魅丽文化
告白
MY LOVE

遇见你很甜

MEET YOU

夏栀·著

YU JIAN NI
HEN TIAN

江苏凤凰文艺出版社
JIANGSU PHOENIX LITERATURE AND ART PUBLISHING

图书在版编目（CIP）数据

遇见你很甜 / 夏栀著. -- 南京：江苏凤凰文艺出版社，2020.7
ISBN 978-7-5594-4880-4

Ⅰ. ①遇… Ⅱ. ①夏… Ⅲ. ①故事 - 作品集 - 中国 - 当代 Ⅳ. ① I247.81

中国版本图书馆 CIP 数据核字 (2019) 第 283560 号

遇见你很甜

夏栀 著

责任编辑 张 倩
选题策划 吴小波 雷凤伶
特约编辑 雷凤伶
封面绘制 THR
封面设计 阿 和
出版发行 江苏凤凰文艺出版社
南京市中央路 165 号，邮编：210009
网 址 http://www.jswenyi.com
印 刷 湖南凌宇纸品有限公司
开 本 880mm × 1230mm 1/32
印 张 9
字 数 241 千字
版 次 2020 年 7 月第 1 版
印 次 2020 年 7 月第 1 次印刷
书 号 ISBN 978-7-5594-4880-4
定 价 38.00 元

目录

C O N T E N T S

目录

CONTENTS

第一章

缘分到了，一切自然水到渠成

1.

七月，盛夏。

云上海集团总部。

集团大楼直入云霄，衣着华美的男男女女精神抖擞地拎着公文包正要开始新一天的工作。

穿乳白色职业装的靓丽美女身后跟着一个身穿粉红色职业装的萌妹子。

“老大，听说陆公子昨晚也被你踢出局了？”萌萌戴着一副大大的眼镜框，像只移动的兔子，跟在温欣身后，八卦得厉害。

温欣手里拿着文件，一目十行，在等电梯的间隙就已经把文件给看完了。而萌萌问的问题，也得到一个字回应：“嗯。”

虽然只有一个字，但足够让萌萌兴奋地跳起来。

她脑海中还有一堆问题，每一个都想知道答案，她偷偷瞥了一眼温欣的脸色，见她已经看完了文件，并且目光正好朝自己看过来，四目相对，萌萌一个激灵，按捺住内心的八卦之心，认认真真地向她汇报工作。

“老大，上次合作的那个大明星杨毅，点名要你再帮他设计一栋新别墅。”

“嗯。”

“还有陆公子之前拿过来的那个艺术产业园的案子，昨天刚签完合同……”萌萌说到一半，欲言又止。

温欣淡淡地扫了她一眼，脸上没有多余的表情。

“这个案子没什么难度，交给新来的设计师就好了，给他们机会锻炼一下。”

“好的。”

“让他们每人出两份不同的设计方案交上来，我看过之后再说。”

“知道了。”

“今天有什么紧急的案子吗？”

“有的，有的！半年前咱们接的那个古文化街三层小楼的设计，屋主昨天打电话说今天下午回国，要交接呢。”

“那个让方栗过去吧，也没什么大问题。”

萌萌点点头，在记事本上飞快地记录。

等行程处理完，电梯正好下来。电梯门一打开，温欣踩着八厘米的高跟鞋，优雅地走了进去，萌萌跟在她的身后，还低着头在写东西，险些撞到温欣身上。

“小心点。”

温欣扶了她一把，眼中带着些许无奈。这个恩师亲自托付的小自己五届的小师妹，性子不是一般的迷糊。像这种八卦别人、从后边撞人的事几乎是每天都要来一遍，她说过两次没有什么效果后，就不再试图纠正了。

“谢谢老大。”萌萌后知后觉地抬起头朝温欣笑了笑，可爱灿烂的笑容，让温欣瞬间没了脾气。

上班高峰期，电梯里很快就挤满了人，几乎将站在最里面的温欣和萌萌淹没。最后进来的两个女生，依依不舍地抻着脖子往外望。

“啧啧，你看到了没？那个站在门口的男人，太帅了。”

“那是陆公子，据说是前市长的小儿子，刚从国外回来不久。”

“那岂不是官二代？也不知道他在等谁。”

“嘘，我跟你说，他昨晚被二十一楼的那个温大设计师给甩了，听说昨晚就在这里等人了。”

女生的话题成功引起了萌萌的注意，她双眼闪亮，恨不得自己的耳朵再长几分。

“你说的是那个温欣吧？听说她交往了很多帅哥，但都七天就把人家给甩了，仗着自己长得好，又嚣张又自以为是。”

“对对对，就是她。”

……

和温欣挨着站的人，这会儿听到两个女生说的话，下意识地轻声咳嗽想要阻止，可惜当事人讨论得热火朝天，根本没有听到这边的动静。

温欣静静地听着两人的对话，没什么表情，但站在她身边的萌萌却不敢再听下去，乖巧地站直了身子，生怕怒火烧到自己身上。

楼层总算到了，电梯叮咚的开门声解救了萌萌和她身边的几个人。似乎是下意识的，几个人都让开了路，让温欣先走。温欣嘴角向上弯了弯，优雅地往前走了两步，然后故意站定在那两个女生身后，语气平淡地对两人说：“不好意思，请让让。”

两个女生下意识地往两边挪了挪。温欣却没有动，反倒是笑眯眯地朝萌萌喊道：“还不走？”

萌萌对上温欣的眼睛，电光石火间领悟到了，清脆地应道:“就来了，温——欣——姐！”

温欣很满意，笑得更甜更美了。目光有意无意地扫了两个女生一眼，然后优雅转身，消失在电梯间。

萌萌飞快地追上，嘴里欢快地喊着：“等等我，温——欣——姐！”

电梯门缓缓地关闭。

还在电梯里的两个女生脑袋里充斥这三个字，最后双双变了脸色。

萌萌跟在温欣身后，还沉浸在刚刚的“丰功伟绩”中，险些又跟着温欣一块儿进了办公室。

“把杨毅的别墅平面图和内部细图、别墅的地理位置还有杨毅最近的活动，都整理出来发给我。”

“好的。”

“对了，他有约定见面的时间吗？”

萌萌有些惊讶：“老大，你是、是要约他吗？”

温欣：“……”

打发萌萌去整理资料，转身对另一边的方栗说：“记得和杨毅约时间，看他什么时候方便过来说需求。”

“好的。”方栗认真地点点头。

方栗是已经跟了温欣两年的助理，为人端正，做事踏实，虽然缺少设计师的大胆创新，但非常适合做助理。

温欣满意地点点头，推门进去，开始一天的工作。

海城是一座文化气息浓厚的海滨城市，也是一个旅游胜地，其现代化风格的艺术气息在全球都有口皆碑，各式各样的艺术组织和团体总部都坐落在海城。而来自世界各地的艺术家，都将海城视为人生中一定要生活上几年的理想圣地。

而海城的云上海集团，则是艺术界人尽皆知的高端艺术创意公司。集团的业务范围极其广泛，从创意设计到建筑设计再到室内装修设计，乃至公司形象设计等，只要是和艺术相关的创意设计范畴，云上海都有涉猎。

据说云上海的七个创始人都背景深厚，而云上海的核心工作人员，皆是业内口碑一流的大牌设计师。许多世界各地的知名艺术家，也都是云上海的专业艺术顾问成员。

温欣，二十五岁，云上海室内设计部门独立设计师，以鬼马新颖的现代风设计理念和优雅艳丽的自身形象，获得了很多房地产大佬、明星等高端客户地认可。可以说，温欣演绎了一个完美女人的传说，除了她丰富多彩的感情生活。

专业能力极强、性情温和、平时让人如沐春风的温欣，偏偏极爱美男，交往的男朋友每个都颜值超高。值得八卦的是，她的每段恋情都极短暂。不论是富二代、海归、神秘设计师，还是市长公子，每个都没能挺过一周。

至于原因？

说起来可能没人相信，因为就连温欣自己都不相信——

那还是三年前，温欣陪一个失恋的同学去一个塔罗社测算她未来的感情状态。那个同学在得到“不出一个月就会桃花运不断”的喜报后，高兴之余怂恿温欣也来一卦。

对于这种东西，温欣一向是不相信的。奈何架不住即将桃花运不断的同学的热情，温欣算了一卦。

塔罗女巫看完牌语之后，惊讶不已地看向温欣。

“奇怪，真是奇怪，居然还有如此寡情如此感情坎坷的人，真是百年难遇啊。”

“什么寡情什么百年难遇啊？”温欣还没着急，同学已经迫不及待地看向女巫，“你说清楚点，我们温欣男人缘很好的，喜欢她的男人多着呢。”

“寡情的意思不是没有喜欢她的男人，而是能和她命理相容走到一起的男人，不多……不对，几乎没有。”

“啊？”

据塔罗女巫说，温欣感情坎坷，虽然喜欢她的男人或者说就算她喜欢的男人不少，但因为命理奇特，能和她这种命理匹配的男人几乎没有。就算她和喜欢的人在一起，如果不是命理匹配的男人，会引起生理异常反应。比如和对方太过亲密的话，会出现胸闷气短，呼气不畅，冒冷汗，身体发虚，严重时还会晕厥。

听完塔罗女巫的话，温欣冷笑了三声：“还有这种东西？你当我是三岁小孩啊！”

塔罗女巫却一本正经地说：“所以才说是百年难遇，真是不可思议。”

要不是同学拦着，温欣简直想一把掀了她的摊子。

都什么世纪了，还有骗子敢这么明目张胆地胡说八道。

温欣当然不相信。

可是一个月后，她就发现事情有点诡异了。

当时一个特别帅气的学长向她告白，温欣稀里糊涂地答应了。然而每次约会的时候，温欣总是莫名感到胸闷气短，呼气不畅。甚至在学长牵着她的手吻她时，她居然莫名其妙地冒冷汗，整个人发虚……

当时温欣的脑海里联想起塔罗女巫说的话，不由得暗自叹道："全中啊！"

温欣不确定是不是心理作用，思来想去还是一个人鬼鬼祟祟地去找了那个塔罗女巫。

温欣的到来，塔罗女巫没有丝毫意外。听完温欣地述说之后，她更是淡定地摇了摇头："只能说他不是你命中注定那个对的人。"

"是不是有人在背后诅咒我？"从来不迷信的温欣皱紧了眉头。

塔罗女巫没有说话。

"你都说了这是百年难遇，难道我这辈子要孤独终老？！"温欣想了想有点后怕。

塔罗女巫高深莫测地一笑："缘分到了，一切自然水到渠成。"

温欣是那种相信命运的人？

男朋友这种东西，当然要靠自己。她打心底还是不太相信塔罗牌女巫说的话。

所以一有机会，她就会去尝试，不管是她看上别人，还是别人看上她，希望能证明塔罗女巫在瞎说。她不介意被人说成是花心，虽然她也不太喜欢这样。

可是一次一次的，每次在她尝试着和男朋友做一些亲密动作时，那种不良反应随之而来。

塔罗女巫的话连她自己都不相信，那些男人又怎么会相信？尤其是第一次，她郑重地向学长解释后，学长失望地对她说："你不喜欢我可以直说，不用拿这种鬼话来糊弄我。"

后来，她就选择用最简单直接的办法——逃之夭夭。

虽然一次又一次地尝试失败，但从来不相信命运的温欣却从来没有放弃过。

所以至今，温大设计师仍然在寻找真命天子的路上。

只是这条路，有点坎坷。

此时，云上海二十一楼办公室内。

手机来电铃声响个不停，温欣的忍耐终于达到了临界值，她认命地接通已经响了半个小时的手机："喂。"

"欣欣，你说的那些我的缺点我都可以改，你说的你的那些缺点我一点都不介意，我们重新开始吧，好不好？"

温欣靠在椅子上，闭着眼睛，诱人的嘴唇张合着："不好。"

电话那边声音紧张了起来："欣欣，我就在你们公司对面的咖啡屋，你下来一趟好吗？"

不等温欣拒绝，电话那头的声音再次响了起来："欣欣，我会一直在这里等你的，你不来我不走。"

温欣盯了被挂断的手机几秒，熟练地拨通外线电话："方栗，你去对面的咖啡屋见一下陆公子，那个……你懂的。"

电话那边一板一眼地嗯了一声。

温欣轻舒了一口气，不由得哼唱了两句，心情也明朗起来。

方栗另一个让她非常满意的技能就是帮忙处理她那些不甘心分手的前男友，不管是哪个，碰上方栗一板一眼地说教都撑不了多久。

白色的办公桌上，一盏小巧的沙漏安静地计时，当最后一粒沙漏下去，门外响起了敲门声，温欣从一堆文件里抬起头应了一声，方栗推门进来，对着温欣比了个"OK"的手势。

盛夏的天气因为给力的助理，莫名清爽了不少。

下午，温欣带着萌萌在公司会客室见几个早就约好的客户，有两个女客户一开始试图说服温欣在设计中加入她们独特的喜好，温欣先后用风水学和建筑学的“专业理念”打消了两人夸张的念头。

送走最后一位客户，萌萌一脸崇拜地看着温欣，正要抒发自己心中真挚的崇拜，却被一阵急促的电话铃声打断。

“喂？”温欣一手接电话，另一只手熟练地收拾桌上的文件。

“老大，你快过来看看吧，方栗和客户发生了冲突，方栗受伤了。”

“什么？”

温欣简直怀疑自己是不是听错了，方栗那种性格，能和客户吵架？还能受伤？

“就是文化街那栋三层的小楼，老大，快来救命啊！”

一惊一乍的实习生很快挂断了电话，温欣垂眸想了两秒，问道：“我待会儿还有别的事吗？”

萌萌迅速摇头：“没有了。”

“那我就先走了，你把这些客户需求都整理好，明早交给我。”

说完，温欣拿了手机拎着包离开了公司。

一出大楼，热浪席卷而来，温欣迅速地上了刚好停过来的出租车，向司机报了地址，坐在后排闭目养神。

古文化街的房子是半年前接的案子，当时屋主在国外，全权由其秘书和公司对接的。屋主的要求就是全部翻新，不用推陈出新，只沿用经典的设计风格即可。这个案子很简单，当时温欣是准备交给新来的设计师做的，但后来她去实地考察了一次，被房子外部的花园和内部原来的旧式设计所折服，所以决定由自己来设计。虽然沿用的依旧是经典风格，但融入了不少新颖的现代元素。

房子里原来的家具很多都是古董级别的旧式限量款，温欣不舍得都堆进仓库里，她花费了很多的心思，选出了好几件偏小巧的家具，和新的装修风格融合在一起。

这栋房子最后的清理早在一个月前就结束了，按说交接的时候不应该出现什么问题。温欣百思不得其解。

房子坐落在古文化街的尽头，一整条街因为长满了古银杏树，遮蔽了漫天的日光，满目的翠绿和一地的树荫让人感觉到一阵清凉。白色复古铁门被推开，特意请园艺工清理过的院子一片郁郁葱葱。温欣走进院子，很快就听到从屋里传出来的声音，是一个奇怪的腔调，中文说得很别扭。

温欣推门进去的时候，听到助理正在试图解释着什么，但被那个奇怪的腔调打断。

“你们不用再狡辩了，既然沈先生说了不能留那些东西，就请你们快点将它们挪走。”

“为什么不能留啊？这些东西市场上已经买不到了你们知道吗？而且他们摆放的位置和整体设计风格是互相融合的，如果将它们丢掉，整个屋子将会黯然失色！”

“需要什么样的家具，你们可以提供图纸，沈先生会请专门的人来打造，总之，就是不能是这几件！”

“为什么？能不能给一个合理的理由？”

“不行！沈先生说了不行就是不行！”

温欣走进客厅后，总算看清了正在争执的两个人。一个是刚刚给自己通风报信的实习生刘岩，一个是身高最少有一米八的金发碧眼的外国人。温欣左右看了一眼，没有见到方栗，沙发上还有一个正襟危坐的男人，穿着深蓝色的西装，头发一丝不乱，从背影看应该是个优质男。

“刘岩，方栗没事吧？”

温欣随手将包放到旁边的吧台上，绕过沙发，走到几个人面前。温欣的声音从后面传过去的时候，坐在沙发上的男人，身体轻微地紧绷了一下。

刘岩见到温欣，像见到了救世主，赶紧说道：“老大，你总算来了。栗子姐在楼上休息，暂时没什么事情。”

温欣眼角上挑：“到底怎么回事？”说着瞥了一眼朝自己看过来的

外国人，又看向沙发上那个男人。

男人低着头，像是没有听到温欣说的话，只是盯着自己的手看，温欣顺着他的目光看下去，手指修长如玉，连衣袖都整整齐齐的。

温欣故意轻咳了一声，朝男人走了两步，伸出手："你好，我是温欣，是这栋房子的室内设计师，请问你们有什么问题？"

男人缓缓抬起头，看着温欣伸过来的手，眉头轻轻皱了皱。

疏离、淡漠和十分明显的拒绝，不仅没有让温欣退缩，反而勾起了温欣心中的好奇。

这么有个性？

温欣淡定优雅地收回手，心里不忘揣测男人的心思。

旁边的外国人回过神来："抱歉，你好，我是杰，是沈先生的私人助理，沈先生的一切需求都由我负责和贵公司沟通。"

温欣见男人又微微垂了眼，完全没有要搭理自己的意思，只能转身和杰沟通。两个人交流的过程中，温欣的余光时不时扫向男人。她发现，这个男人竟然能够像雕塑一般，一动不动地坐在那儿，完全不受他们的影响。

温欣喊停，转移了话题："杰，我想问一下，我的助理方栗怎么会受伤？"

早在温欣和杰交流时，机灵的实习生就已经上楼将方栗扶了下来。

两人刚过来就听到温欣地问话，方栗的脸上闪过一抹尴尬，目光下意识地看向坐在沙发上的男人，欲言又止。

而杰，也下意识地看向男人，也是一脸欲言又止。

温欣将三人的表现尽收眼中："难道这件事和沈先生有关？"

杰有些尴尬，缓缓说道："是这样的……"

"是我误伤了方小姐。"沙发上的男人终于出声了，他的声音富有磁性，像悠悠玉笛之声。

虽然很好听，但温欣还是皱了皱眉："不知道方栗她做了什么？"

温欣实在想不通方栗做了什么事，会惹到眼前这个男人。

杰赶紧站出来解释：“是这样，沈先生刚刚在客厅验收的时候，方小姐想为沈先生解说，因为没有控制好距离，沈先生被吓到了，所以……”

站在一旁的刘岩一脸不快：“老大，你别听他们胡说，分明就是沈先生故意推栗子姐的。栗子姐好心向他介绍，结果他黑着脸转身一下子就把栗子姐推倒了。”

杰看了一眼男人，一脸苦相。

“实不相瞒，沈先生不喜欢女人离自己太近，就算是谈公事，也必须要离他一米之外。方小姐不知道沈先生的规矩，所以才会发生刚刚的误会。”

温欣听完杰的话，忍不住又看了男人一眼。

这一回，两人的目光对视，她明显感觉到男人眼中散发着对自己同样的抗拒和抵触。他的脸上虽然没有什么表情，但她就是知道，这个男人希望自己能离他远一点。

温欣冷笑了一声，这感觉似曾相识啊。她被塔罗女巫判定不能和男朋友过于亲密，难道这个男人是不能和女人接近？

想到这里她情不自禁地摇了摇头，温欣呀温欣，你真是被塔罗女巫害得有点神经错乱了。

“既然是误会，那这件事就暂时这样，回头我会安排方栗去医院检查，如果……”

“如果有任何问题我们都会负责的。”杰很识相地保证。

温欣满意地眯了眯眼，她环视了一眼四周，这栋房子的设计耗费了自己不少心力，虽然不是最成功的，但自觉能在自己的功绩本上记上一笔。

“刚刚你说，沈先生要求把所有原来的东西拆掉？”

杰点点头说道：“沈先生不喜欢原来的那些东西，所以……”

温欣看了杰一眼，示意他先暂停，问沙发上的男人：“沈先生。”

男人再次抬起头，目光中的疏离更深，尤其是发现温欣离自己的距离比之前更近了几步，他微微往旁边挪了挪。这种想要离温欣远一点的肢体动作对温欣而言是个不小的打击。

“沈先生，房间的整体设计风格和主题是相辅相成的，想必您应该知道拿掉任何一样东西再重新放入其他的，不管再完美，都不如原配得好这个道理吧。”

“而这几样旧家具，更是整个设计中的点睛之笔，它们的摆放是经过建筑学、风水学和现代艺术学等多种设计方式综合评估后的最佳效果。如果将它们撤掉……”

“要么换掉，要么重新装修。”男人打断温欣的话，如玉的声音里带着不容置疑的权威。

温欣先是被震慑住，虽然很快回过神来，但心中还是起了不小的激荡：“如果沈先生坚持的话，那我的专业建议是重新装修，选取新的主题。”

男人沉默了片刻，像是在考虑。

杰欲言又止：“沈总，要是重新装修的话……”

刘岩也有些诧异：“老大，这栋房子刚完工，一般要半年后才能再次拆装，不然对房子损伤很大……”

方栗掐了刘岩一把：“老大说话别多嘴，好好听着。”

刘岩不情不愿地闭了嘴。

男人从沙发上站起来，他的目光落在引起这场纠纷的旧式家具上，眉宇间的厌恶一闪而过：“重新装修吧。”

温欣心里有点遗憾，但是相较于替换家具，她也倾向于重新开始。一套完美的室内设计，尤其是主题式的，每一件东西都是唯一的。一旦毁坏，除非是一模一样的替换品，否则都不能再臻于完美。

这既是温欣的设计理念，也是她内心对事物的一种执着。

温欣条件反射般想着如果重新装修的话可以用什么样的主题，就听见那道魅惑人心的声音在喊自己。

“温小姐，”男人居高临下地看着温欣，“我的需求是房子里不能有任何以前的模样，希望你理解清楚‘不能有任何’是什么意思，我不想下次再见到这样的失误。”

温欣被男人莫名的责难说得一愣，她朝男人看过去，带着点愠怒，带着点诧异，还有一点下意识的小委屈。

男人将温欣的面部表情尽收眼底，眉心跳了跳，收回了目光。

“温小姐，那个……沈先生的意思是他不喜欢房子原来的设计，也不喜欢原来的家具，任何东西都不要再出现……”

温欣没控制住，恼怒地瞪了杰一眼：“我知道是什么意思！”

杰摸了摸鼻子，显然对温欣不接受自己的好心有点无奈。

“沈先生，你应该一直都在国外吧，所以才不明白中文的博大精深。我们在交流需求的时候，你的助理传达的原话是‘房屋的风格要和原来的不一样’，这句话可没有不许沿用旧家具的意思。”

男人看了杰一眼，杰摆摆手，一副“我中文真的不好，我是无辜的”样子。

温欣见两人沉默不语，眉眼间闪过一抹自负，她是谁！她是温欣啊，她什么时候弄错过客户的需求？别开玩笑了，明明是你们的需求说得太笼统，这个锅她才不背。

男人沉吟了片刻：“设计师把控客户的需求，在设计过程中出现有分歧的地方要先征求客户的意见，这一点你做到了吗？”

温欣看着男人，目光炯炯发亮，这是她被点燃斗志的信号。

他竟然暗示是自己准备用旧家具的时候没有征询客户的意见……我明明……该死的，他说得还真有点道理。温欣想到这儿，原本发亮的大眼睛一下子黯淡了几分，带着点不甘和无辜。

她的一举一动都被男人尽收眼底，连他自己也没意识到，因为温欣的这些小表情，自己的眼神多了点不一样的意味。

“沈先生说得对，这件事我们确实有责任。既然沈先生愿意既往不咎重新给我们机会，那我代表公司对沈先生表示真诚地感谢。”温欣向来就拥有强大的随机应变能力，并且勇于认错。

男人脸上闪过一抹诧异，像是没想到温欣会这么快认输，不过他很快就掩去了这点诧异，淡淡地说道：“不用了。”

拒绝了温欣的道谢，男人不想再浪费时间，迫不及待地带着杰离开了。

温欣看着有几分落荒而逃意味的男人，目光中再次闪烁起熠熠的光亮。

这个男人的言行举止处处透着怪异，和她在与前男友交往的时候还真有几分相似。

“缘分到了，一切自然水到渠成。”温欣不知怎么想起塔罗女巫的话，想到这里，她的嘴角浮起一抹微笑。

带着方栗从医院出来，早就过了下班时间。温欣拿出手机看了看，好几通外公打来的未接电话，她和两人交代了一下，自己匆匆打车离开了。

温欣从大学毕业后就和外公一起生活。外公是当过兵的退休老干部，性格有点严肃古板，饶是温欣已经二十五岁了，每周也只许温欣一天晚归，平时都要求她十点之前回家，有聚餐或活动要及时报备。

而今天，外公一大早就说了，要做一道外婆以前做过的菜，让温欣回去试吃，不能迟到。明明是外孙女，却活出了乖巧小下属的感觉，温欣觉得自己能在外公眼皮子底下坚持这么多年，真的是蛮厉害的。

一老一小安安静静地吃完晚饭，温欣准备回房间看场电影找找灵感，却被外公喊住：“欣欣，等一下。”

温欣“嗯”了一声，去切了一盘水果，然后乖巧地坐到了外公对面。

外公看着她笔直的坐姿，很是满意，这才缓缓开口道：“是这样的，你小时候来这里住的时候，曾经有一个哥哥来过，你还记得吗？”

温欣一脸迷茫：“外公，我妈还有我的姨妈们，都没有生一个哥哥给我吧，弟弟倒是有，你是不是记错了？”

外公瞥了她一眼，一本正经："你忘记了？”

温欣绞尽脑汁，那段在外公家小住的记忆里，她印象最深刻的是外公和妈妈那场大战，那次之后到她考上大学，妈妈再也不让她来外公家住。

大学毕业后，为了省房租，自己死皮赖脸地搬到了外公家，还偷偷瞒着老妈。

至于一起玩的哥哥，她还真没有什么印象了。

但在外公略带严肃的目光注视下，温欣不得不胡乱点点头："好像有点印象，不过外公你突然间提他做什么？”

外公端起桌子上的茶喝了一口，继续说道："清明之前一直在国外著名的生态研究室做学术方面的研究，前阵子他父亲去世了，为了接管公司他不得不回国，但沈家的老宅一团乱，清明最近一直住在酒店，长住酒店算怎么回事，所以我让清明这周就搬来家里住。”

温欣恍然大悟，随即转念一想，家里房间不少，外公这么正儿八经地通知自己，难道还有其他的事？

还没等温欣问，外公又开口道："所以你这几天有时间把家里打扫一下，尤其是楼上的那间卧室，多放点绿植，重新收拾一下，清明不喜欢房间里东西太多，一些没用的杂物都搬出来吧。”

啊……就知道这才是重点！说了半天原来是要让她做苦力啊！

楼上的卧室她是知道的，不仅宽敞而且采光好，她觊觎了好几年都没得逞，原来这是早就有主的……不过看一脸严肃还等着自己回话的外公，温欣毫无骨气地点了点头。外公的命令，她还从来没抗拒过！

“知道了，外公。那没什么别的事我先回房间啦。”

盛夏的星空带着点特殊的神秘感，情侣喜欢跑去海边解暑，在沙滩上你追我逐，也有坐在路边摊吃烤肉喝冰啤酒的人。温欣看了一部少男少女的爱情电影，靠在椅子上昏昏欲睡。

脑袋里不由自主地浮现白天见到的那个男人。

他缓缓地走过来，不像白天那样冷着脸，还朝自己伸出了手。温欣咯咯笑了两声，动了动，然后扑通一声从椅子上摔了下去。几乎是在瞬间清醒，她拍了拍自己的脸颊，飞快地跑去冲了个澡。

她忍不住喃喃自语："虽然这个男人长得不错，但才见了一面，怎么就这么蹦出来了呢？"

回到床上，放一首安静的音乐，跟着哼了几句，渐渐睡了过去。

接下来的几天，温欣都没有再见到那个男人。

她重新构思了几个主题，又抽时间和杨毅碰面，结果谈完正事，被杨毅拉着去吃一家变态辣的川菜馆，一不小心还被记者拍到。果然第二天，就有好几条模糊的热搜，温欣点进去看了一下，见狗仔没有把自己说成丑八怪，这才长舒一口气。

这天下午，温欣将手上等着要的设计稿完成，才松了一口气，正准备换换脑子，手机响了起来。

"老大！快过来看看吧！沈先生说车库里那些旧家具让我们六点前必须处理掉！"

"什么？"温欣先是惊讶，然后是惊喜，她还正想见见那个冷面男人呢，"好，我知道了。"

刘岩应了一声正要挂电话，听到温欣叫他："你等一下，我问你，那个沈先生是不是也在？"

刘岩看了一眼一直坐在车里处理文件，浑身散发着生人勿近气息的沈先生，低着声音说："在呢。"

温欣嘴角一扬："我现在就赶过去，你们在那儿等我！"

"哦，对了，如果沈先生要走，务必让他等一下，就说我有设计需求上的事要和他沟通。"

温欣说得理直气壮，特意强调了"需求"两个字。

等温欣赶到的时候，已经接近傍晚。

见黑色加长商务车还停在那儿，温欣心里暗暗松了一口气。刘岩迎了过来，温欣也不等他说话，就开口道："你先回公司吧，之前的案子结束了，今晚定好的大家庆祝，你就拿着这张卡，带大家去放松一下。"

案子结束后聚餐庆功是常有的事，听温欣的意思不用自己在这里耗着，刘岩也没有多想，顿时笑嘻嘻地接过卡。他觉得自己和那个沈先生完全不是一个级别的，不用出阵就会被秒杀，还是聪明点遁走比较好。

打发走刘岩，温欣笑眯眯地踩着高跟鞋，不紧不慢地走到车前，优雅地敲了敲车窗。

很快，车窗被缓缓降下来。

沈清明微微侧头。

傍晚的阳光带着点慵懒，又似乎有一种无与伦比的神秘感。这道烂漫的光，从后面打在温欣的身上，给她本就好看的轮廓镀上了一层如梦似幻的光芒，一道虚幻的身影，烙进了沈清明的眼中。

沈清明不自知地眯了眯眼，原来很快就会移走的目光也出乎意料地停顿在温欣的身上，一直到温欣开口说话，才恍惚了一下，迅速垂下。

"沈先生，不知道您今天的要求又是什么？"

沈清明沉默，理由很简单，但跟设计和需求没有关系。之所以喊设计公司的人过来，是认为她们在之前的设计中没有将废物处理彻底。

温欣用眼角的余光看了看车内的情况，前面只有一个司机，那天那个外国人不在。

沈清明的手指轻轻叩着手里的文件："这些之前装修中产生的废物，你们难道不负责清理吗？"

废物？

虽然那些家具样式老了点，但每样重新修缮后都能卖出天价好不好？他竟然说那些是废物？这到底是有什么深仇大恨？这得是多厌恶这些家具啊！

温欣心里闪过很多问题，但靠谱的专业能力让她缄口："我知道了，这的确是我们的工作失误，我马上就找人处理这批'废物'，不过我想还是请沈先生亲自在这里监督比较好，万一我们不小心遗留了什么'废物'，岂不是还要麻烦沈先生。"

沈清明挑了挑眉，对温欣有点不正常的语气略带疑惑。他垂眸想了一下，很快答道："好。"

温欣见沈清明不想多话，只能先找人来处理这批旧家具。

看着车库里那些之前被小心翼翼搬抬和摆放的家具，温欣实在做不到看着它们被垃圾车拉走，最后她打给了公司的物流，让他们过来把这些家具搬到了公司的仓库里。

温欣的说话声不小，甚至有点像是故意要让沈清明听到。但沈清明对温欣的处理方式没有任何反应，就好像他没有听到，或者这件事和他无关。

挂了电话，温欣重新走回车边："沈先生，要不我们进去喝杯茶？"

原来的房屋装修都很完备，还没有重新拆掉前，里面还真的有茶有酒。

沈清明抬眼看着温欣，就在温欣以为他会"嗯"一声同意的时候，却听到一声淡漠的拒绝："不去。"

脚上传来微微的酸痛，她从到这里再到和沈清明沟通再到打电话，已经有小半个小时了，温欣现在迫切地想坐下。见沈清明不同意和自己进去，她干脆转身绕到车的另一边，毫不犹豫地拉开车门坐了上去。

第二章

我已经找到未来老公人选了

一股淡淡的香气，以汹涌的姿态占领沈清明周身的领域。温欣坐上来的一刹那，沈清明的手条件反射般推开了自己身边的车门。

“怎么了？”温欣坐定后瞥见沈清明的动作，有一瞬的疑惑，“沈先生，既然你不愿意和我去里面谈，那我只能上车来和你谈了。”

沈清明的手放在车门上，大概过了两三分钟，才慢慢将车门关上。他坐到了最靠近车门的位置，薄唇紧抿，眉头微皱，目光直视前方，怎么看都让人觉得他是在应对什么洪水猛兽。

“沈先生？”温欣看着沈清明，总觉得他哪里不对劲，又说不上来到底是怎么回事。

她一说话，带动着身上浅淡的香味，萦绕着飘向沈清明。

沈清明忽地闭眼又飞快地睁开，就在温欣想要挪过来伸手检查他是不是身体不舒服的时候，沈清明有些暗哑的声音突然响起：“我很好。温小姐有事请说。”

沈清明的语速极快，越发让温欣觉得古怪，脑袋里灵光一闪，温欣娇笑着看向他：“哦，我想起来了，上次杰说，沈先生你不习惯女人靠自己太近，要保持一米的距离对吧！是不是我靠得太近，你不习惯？”

温欣虽然嘴上这么说，但没有半点要下车的意思，甚至语气中带着点促狭。

车里的光线有些暗，温欣侧过头明目张胆地欣赏着这个犹如神祇般完美的男人。他很安静，没有一丝动作，侧脸的弧度完美到极致，微垂的眼越发凸显睫毛的浓密。温欣的手不由自主地抬起来伸过去。

“温小姐。”沈清明的声音很淡，带着一股沁透人心的凉意，打断了温欣没有来得及做完的小动作。

温欣脸上挂着笑，假装没听明白沈清明的暗示，甚至还特意往他身边蹭了蹭，关心道：“沈先生，怎么了？你是不是哪里不舒服啊？”

沈清明双手微微动了动，身体上并没有预想的那种紧迫和不适感，他眉心微跳了两下，旋即又平静了下来。

温欣见他不复刚刚的那般紧张，整个人已经恢复得清冷温润，完全不受自己影响了。心里嗤笑，就知道杰说的什么不能让女人靠太近都是借口。不过作为一个对工作负责的好员工，她也无心在意这些，很配合地抽出包里的文件。

两个人在车里开始讨论起房子的新装修风格。

“……总之，为了这栋房子能够有更好的年限和居住体验，我建议沈先生您再等一等，等过了现在的危险阶段后再拆除之前的装修。而新的装修风格，我又综合了沈先生您的性格和喜好，准备采用后现代偏复古的风格……”

温欣一边说一边将一些独立的效果图拿给沈清明看，图片上是简单的室内风格样式，沈清明在看到效果图后，瞳孔猛地收紧，他伸手接过效果图，甚至连他的手不小心碰到了温欣都没有反应过来。

“这图……”沈清明的声音很低，低到完全被温欣包里响起来的电话声盖了下去。

是拉家具的司机来了，温欣不无遗憾地在心里叹息一声，有些不情愿地和沈清明说了两句，便准备推门下车，下车前又特意抽了几张图递给沈清明。

之前的碰触，带给指尖的若有似无的酥麻感，让温欣意犹未尽，这一次，她趁着沈清明看图心不在焉的时候故意将手伸得更长，下车前美美地摸了一把。

这才叫君子如玉啊，手感真是滑而不腻，让人流连忘返。

这一回，温欣的小动作说得上是毫不掩饰，沈清明在她下车前猛地抬起头，正好看到温欣明艳的小脸上满是笑意和满足感。

“你……”沈清明张了张嘴，又发现自己根本不知道要和她说什么，只能佯装咳了一声，又低下头去看那些图。

温欣下车后，效率一流地招呼司机和工人到车库去，不到半个小时就把沈清明口中的那些废物都装好了。

她不放心司机和工人卸货，让他们等自己一会儿，转身去往沈清明的车前，站定后敲了敲车窗。

车窗缓缓降下，沈清明微微仰头看向温欣。温欣笑眯眯地看着他说："沈先生，车库和房间里碍眼的东西都已经搬走了，你这边要不要再检查一遍？"

"不必了。"

温欣了然，没有真的坚持让他去查看，"我还要回公司一趟，今天没机会请沈先生吃饭了，改天吧。"

沈清明皱眉刚要拒绝，温欣却指了指他手里一直没有放下的效果图："为了能给沈先生设计出最好的房子，这一次的需求我坚持和沈先生亲自沟通。"

沈清明看了眼手上的效果图，不知道想到了什么，没有拒绝："好。"

温欣见他答应了，便伸手过去。

沈清明挑眉，不解地看着温欣的手，心头又浮现刚刚两人指尖相触时那种酥麻的异样之感。

"沈先生是不是应该把联系方式给我一下，不然我之后怎么和你联系呢？"

听到温欣的话，沈清明心底莫名升起一股凉意，光是想想以后每天接到眼前这个女人的电话，他就感觉身体已经不由自主地起反应了。

无视温欣赤裸裸期待的目光，沈清明毫不犹豫地升起车窗，立马发动车子，疾驰而去。

温欣看着驶离的车子，拍了拍脑袋："温欣呀温欣，你这是吃错药了吗？平时都是男人往你身上贴，怎么这次看到他就走不动道了？"

不过，刚刚碰到他手的感觉，还真和别的男人感觉不太一样呢。

因为这种不太一样，温欣斗志满满地转身安置旧家具去了。

等她腰酸背痛地从公司仓库出来，外公和欧阳的语音像是算好了时间一样，争先恐后地发了过来。

一个问还回家吃饭不。

一个说之前她让找的那套摆件已经到手了，让她晚上去取。

温欣给外公打电话报备了一声，认命地打车去欧阳那儿取摆件。

外公为了那位小哥哥可谓是费尽心思，不仅将卧室的家具全都换新了，还特意买了好几件艺术品。等着自己去取的这件，更是价值不菲，几经周折，最后还是拜托欧阳才算是拿到了。

欧阳是温欣的大学同学，就是当初那个非要温欣陪她一起去算塔罗的罪魁祸首。不得不说塔罗女巫算得还挺准，欧阳在两周之后真的遇到了自己的真命天子。现在两个人恩爱得每天在朋友圈撒狗粮，气得温欣把他们屏蔽了。

不光是感情顺，欧阳的事业更顺，毕业后她开了工作室专门承接各种艺术品的展览，这几年又赶上了互联网大潮，做起了线上的艺术品商业代售，生意很火爆。

真是财色双收啊。

温欣到的时候正好一个展览结束，欧阳带着员工，正在给几个小有名气的艺术家庆功。

工作室是由破旧的工厂改造的，风格独树一帜。外面简单挂了几串彩灯，酒香和欢笑声从里面传出来，整条寂静的巷子都被带活泼了起来。

温欣进去的时候，好几个人正抱着欧阳往半空抛。欧阳尖叫着向她求助，温欣笑了笑没搭理她。只是，没一会儿温欣就发现自己竟然“被相亲”了！

对方正是那套贵到要死的艺术摆件的创作者谢云。

谢云是小六喊过来的，小六是欧阳身边的跟班。等谢云过来，小六一个转身，得意地对欧阳比了一个胜利的手势，笑得有点奸诈。

谢云理着个小平头，穿一件浅粉色夹克，又高又瘦，身上充满了艺术家浪漫的气息。和大多数艺术家比，又多了点青嫩的感觉。温欣甚至在心里揣测，这个谢云不会刚刚成年吧。

像是能够读懂温欣的表情，谢云笑眯眯地自我介绍道：“谢云，今年刚好三十整，要是欧阳说得没错，我应该还比你大不少，绝对不是未成年。”

温欣脸上带笑，心里有点吃惊。

谢云也在打量着眼前这个长相明艳靓丽的女人，她的一双眼睛尤其有神。

温欣定了定心神，连忙伸手过去：“你好，温欣。”

谢云握了握她的手，绅士地放开，然后很自然地坐到温欣身边接着说：“欧阳经常和我们说起你。据说你可是她们班唯一一个跑去做室内设计的天才。”

温欣一道杀气腾腾的眼光朝欧阳发射过去，又迅速收回来。

“她瞎说的，你随便听听就好。哦，对了，我让欧阳帮忙找了一套超棒的艺术摆件，听小六说你是作者，真是幸会！”

“原来你就是那个急切的买家啊。是你的话，看来不能挣黑心钱了……”

“别别别……”温欣连忙拒绝，金钱交易绝对不能用人情来还，更何况这摆件最后还是归和自己有夺房之仇的小哥哥，她才不要因小失大，顾此失彼呢！

谢云没有再客气，反而引着温欣聊了许多她的事。如果说一开始温欣没想到，那么等到谢云直白地问“温小姐现在是单身吗”的时候，她要是再弄不明白欧阳的心思，那她也就白活二十几年了。

趁着谢云接电话的间隙，温欣将欧阳抓到一边拷问：“说，是不是早就打好主意了？！”

欧阳笑得有点奸诈，越来越像个奸商：“你不是都猜到了嘛，还问什么？”

温欣对欧阳这个时不时给自己来点惊喜的同学有些无奈：“姐姐，

你又不是不知道我，我像是那种缺男朋友的人吗？”

欧阳翻了翻白眼：“你是不缺男朋友，但你缺老公啊！我告诉你，这个谢云，不仅和你有共同话题，而且也是红色出身，和你外公肯定也能合得来，你们俩要是能在一起，也算是门当户对了。”

温欣一听，浑身抖了抖，想了想自己每天在外公身边过得像小跟班的日子，她可一点也不想找个一样的婆家继续过这种日子：“姐姐，求求你放过我吧！我跟他不来电！而且……”

温欣脑海里不由得浮现沈清明那张棱角分明的脸：“你不用操心了，我已经有未来老公的人选了，你就别瞎点鸳鸯了。”

欧阳一听这话，八卦因子瞬间被挑了起来：“有人选了？不会是骗人的吧？我还不知道你，塔罗女巫说得很对呀，你就是一个寡情、感情坎坷的人，你看你尝试了这么多个男朋友，到现在是什么结果你还用我说？这个谢云说不定就是你的缘分，而且努力尝试不是你一贯的风格吗？怎么？死心了？打算这辈子就这样看破红尘？”

“呸，你才看破红尘。反正你别管了，我有一种预感，这回肯定是对的人。等我把他拿下，第一个带来给你看。”温欣其实自己心里也没底，毕竟曾尝试交往的几个帅气男人都被塔罗女巫说中了，她还真有点担心。

“唉，你哪回不是这么说？”说完后发现温欣说得很认真，欧阳有点意外，又对她挑了挑眉，“来真的啊？谁啊？我认识不？”

温欣眯着眼，又恢复了以往越挫越勇的精神，反正大不了这个像以前一样不行，她也不过是再多一次失败的经历而已。

可是万一呢？

万一这个就是她的缘分，她要是没有尝试就放弃，那不是亏大了。

温欣笑了笑，像是在回味沈清明的味道，重重地点了点头：“当然是真的，比真金还真。你不认识，前阵子刚回国的客户。”

欧阳啧啧出声，饶有兴趣地打量着温欣。她还真是希望温欣能早点遇到对的人，毕竟当初是她怂恿温欣算的那一卦，多少有点愧疚啊。

温欣见谢云接完电话又朝自己走过来，连忙放下手中的酒杯：“你惹的祸自己解决哈，东西在哪儿呢？我拿上走人了。”

欧阳看了一眼谢云，明眸皓齿翩翩少年，竟然都诱惑不了温欣这丫头片子，看来真的是遇到真爱了。她叹息一声，只能对谢云说抱歉了，只怪缘分不够，来得太晚了。

“就在后面仓库，你自己去拿。”

欧阳先一步迎上谢云，温欣朝她灿烂一笑，毫不犹豫地转身离开。

一连几天，谢云打来电话想要约温欣一起吃饭。温欣一改以往对帅哥来者不拒的作风，非常认真严肃地拒绝了谢云的邀约，甚至大周末也没有早早出逃，反而认命地被外公叫去收拾房间。

因为，那个还未出现就已经妥妥把自己的地位比下去的小哥哥，今天晚上就要搬过来了！外公为了彰显他的重孙情结，不仅亲自去买菜，还勒令温欣把家里从里到外打扫干净，等待小哥哥入住。

温欣一直忙到下午才总算在外公的检阅下合格通关。

她看了看时间，借口到公司取东西逃了出来，径自打车去了沈清明公司附近的咖啡厅。主动出击，向来是她的风格。不过温欣打电话过去的时候，沈清明正在开会。

盯着陌生的手机号，沈清明第一时间按掉。

温欣撇撇嘴，发过去一条信息。

“沈先生，我是温欣。碰巧在你公司附近，有时间一起吃个简餐吗？PS：每个拒绝女士邀约的男人都不会是好男人哦！”

温欣坐在咖啡厅，对着手机，一脸狡黠地笑。不给我私人名片就以为我拿你没办法吗？

想到那晚回去后，温欣就打电话给沈清明的助理杰，称自己洗衣服不小心弄丢了沈清明给的名片，但沈清明要求自己随时向他报备装修进度。想到自己只是语气温柔了点，可怜兮兮了点，他那个长得还不错的助理就爽快地把他的私人号码发了过来，温欣就忍不住在心里大笑。

沈清明盯着信息看了很久，额头紧蹙，像是遇到了什么难题。直到杰催促沈清明去机场接人，沈清明才拿起手机回了一个“嗯”，然后对杰交代道：“我中午有事，你去接他。”

虽然只回复了一个字，但并不影响温欣的好心情。她悠闲地掏出新买的设计杂志，兴趣盎然地翻看着，不时做做笔记。

沈清明到的时候，远远就看到穿着浅粉色休闲装的温欣坐在咖啡厅一角，认真地看着书。等他走到她身边时，温欣正好拿起杯子喝了一口，牛奶沫沾在她的唇边，别样诱人。

走在沈清明前面的年轻男人目光惊艳地看着温欣，脚步缓了下来。

温欣的目光越过年轻男人，朝着沈清明浅笑。年轻男人失落又不甘地扭过头，在见到沈清明后顿时信心锐减，有些沮丧地快步离开了。

“你来啦。”温欣笑得灿烂，眼睛弯弯，莫名将沈清明浑身的不适冲淡了几分。

沈清明坐到她对面，目光停留在温欣的唇边，那一圈淡淡的白色牛奶沫，让他下意识地伸手去抽纸巾。看着沈清明的动作，温欣先是不解，随即像是想到了什么，莫名有几分脸红。

果然，沈清明将纸巾递过来的动作应了温欣的想法。

她轻咳了一声，佯装镇定地接过纸巾，动作优雅地擦着嘴角，一边忍不住小声嘟囔：“完蛋了，这下子我甜美的人设肯定在他心里崩塌了……”

温欣的声音没有她想得那么小，一字不落尽收入沈清明耳中。

目光微闪，沈清明道：“还好。”

温欣迅速抬眼望过去，眼角带笑，眸子因为兴奋更亮了几分：“真的吗？那我就放心了。”

沈清明抿着嘴没有回答，心中却多了几分迷惑，像是想不明白自己为什么会说那句话。

温欣也不较真，反而开始兴致勃勃地转移了话题，“这附近有一家私房菜很地道，有没有兴趣去尝尝？”

不等沈清明表态，温欣就率先收拾东西站了起来：“走吧走吧，保证地道，你不去的话肯定会后悔的！”

温欣准备伸手去拉沈清明，沈清明先一步站起身来，往旁边挪了两步，借着整理衣服的工夫，错开了距离。

“温小姐。”

“欣欣，你可以叫我欣欣。”

沈清明沉默地看着温欣。

温欣仰头朝他笑。

“不是所有人都可以喊我这个名字的，因为是你，所以我想听你喊我欣欣。”

沈清明的目光依旧带着明显的拒绝。

温欣上前一步，继续说道：“你要是拒绝的话，我保证接下来就不是光喊欣欣这么简单了，说不定我还想要对你搂搂抱抱……”

沈清明见温欣说话的时候真的在朝自己这边挪动，周身毛孔已经开始竖了起来，他有些无奈地妥协：“欣欣。”

温欣狡黠一笑，顿住脚步，改为走到前面带路。

哼！不近女色？

她温欣长这么大，还没见过不吃肉的狗呢。

因为离得不远，两个人选择了步行。温欣一路上问东问西，虽然沈清明不是多么配合，但也够温欣问出不少自己想知道的东西。等到了私房菜馆，温欣已经知道了沈清明的大概信息。

沈清明，二十九岁，二十三岁波士顿大学毕业以后，便在学校生态研究院潜心研究学术，现为学院最年轻的院士。父亲沈徽，国内知名航空公司沈氏集团董事长。原本打算在国外定居的沈清明因为父亲沈徽的意外去世不得已回国接管家族企业。本人没有任何绯闻，过了小三十年清心寡欲的生活。

温欣越打听越开心。这完全就是老天爷给自己准备的完美先生啊，一切都超乎意外地合适，而且还身心干净，简直就差她的“临幸”了。

一直到菜上齐了，温欣还沉浸在自己的喜悦之中。沈清明咳嗽了两声，声音干涩沙哑地说：“温小姐，你这次找我不知道是什么事？”

“没事就不能找沈先生了？”温欣对沈清明挑了挑眉，“而且刚刚沈先生又叫错了，温小姐这个称呼太见外了。”

“如果只是吃饭，那么现在已经吃过了，希望下次温小姐不要再做这么无聊的事情。”沈清明冷淡地说，“我很忙。”

说完，沈清明便起身准备离开。

可是他才走两步，就发现自己的胳膊被人攥住了。而且温欣力度很大，加上又是偷袭，沈清明根本没有防备，于是一个不小心，他直接倒在了温欣的怀里。

“哎哟，沈先生，你还真是客气啊，走之前还要来个热情拥抱。”

沈清明：“……”

你还能再不要点脸……

温欣要不要脸沈清明没什么兴趣，让他疑惑的是，在和温欣这样亲密接触以后，他的身体居然没有任何的异常反应。

而且……

来不及多想，温欣已经将他扶住站稳，一脸认真地看着他。

“好了，好了，沈先生，明人不说暗话。”温欣对沈清明羞涩一笑，“你长得很像我下一任……男朋友，所以……我……哈哈，你懂的吧？”

虽然温欣谈过不少恋爱，但是说完发现自己脸有点红还是第一次啊。

沈清明怔怔地看着她：“温小姐还真是幽默，如果我没记错的话，我们这才第三次见面，而且每次见面不超过半小时……”

“感情可以慢慢培养嘛……”温欣打断沈清明，“再说了，我也不是要沈先生立马娶我，我们可以先谈个恋爱嘛。”

“抱歉，我对这种感情游戏没兴趣，温小姐还是找别人吧。”

“你当我是这么随便的人吗？我可是认真的。”温欣有点着急，以前可都是男人追着喊着追求她希望能和她交往，现在她主动出击了，却被泼了一盆冷水，还真是让她有点束手无策啊。

“认真？”沈清明一脸好奇地看着她，“好，那温小姐说说你喜欢我什么？”

“如果喜欢还有理由和条件的话，那能叫喜欢吗？喜欢就是第一眼看到对方的感觉啊。我看到沈先生的第一眼就觉得……嗯，心跳加速你知道吗？小鹿乱撞你知道吗？就是那种怦怦怦的感觉……”温欣说完还对沈清明莞尔一笑。

沈清明却一脸严肃地看着她：“谢谢你的厚爱，不过温小姐，你刚刚说的感觉，我对你……没有。”

“我……”温欣还真想再说点什么，下一秒，门外传来两声不和谐的摔倒声，两个人一前一后闯了进来。

温欣眯着眼看过去，一个身材高挑性别不明的浑身红艳艳的生物，径自朝沈清明走过来，而杰则走在后面，看向温欣和沈清明的目光里饱含歉意。

温欣还来不及先发制人，就听到来人尖声道：“我的天哪！我听到了什么！清明，刚刚这个美女是不是向你表白了？！太劲爆了，哈哈哈……”

沈清明早在来人朝他靠过去的时候就站起来了，他像是没有听到对方的嬉笑声，板着脸问：“你们怎么来了？”

红衣服的妖孽伸手捂着心脏，一副“我好怕怕”的样子，围着沈清明转了一圈，啧啧不已，“你这话也太无情了吧，亏我担心你不适应国内的生活，千里迢迢追随你回国。没想到我刚回来就见到让人嫉妒的一幕……虽然想到以后你就不属于我了，我的心脏会痛，但是……”

这下，温欣终于确认了此人的性别。这是个长得比较高的女人，风格还挺有特色，而且听起来和沈清明很熟悉，危险信号五颗星。想到这儿，温欣毫不犹豫站到了沈清明身边，试图宣示主权。

沈清明一时间陷入进退两难的境地，前面是桌子，身后是椅子，左边是红衣服的妖孽，右边是温欣。沈清明有些生气地看向杰。

杰哭丧着一张脸，看向秦子萱和温欣，他也不想来这里听老板的墙脚啊，可是秦子萱是个混世魔王，他们回来的路上撞见老板和温小姐在大街上走，秦子萱为了下车差一点就在大马路上上演跳车大戏了。

等他好不容易追上秦子萱，已经到了包厢门口，然后就听到温小姐劲爆地表白……杰内心默默念叨着，呜呜，我只是一个敬业的助理，绝对没有八卦的心，我能不能先回家啊！

秦子萱拍了拍沈清明的肩膀：“你不要欺负杰，是我非要过来的。幸亏我来了，不然我怎么知道你不来机场接我的原因，竟然是因为佳人有约啊！”

说完后秦子萱走到温欣面前，目光带着点打量，很快便笑眯眯地伸过手来，热情无比地将温欣一把拉过去抱在怀里，扑鼻的消毒水味闯入温欣的鼻息间。

“你好，我叫秦子萱，以后可以叫我阿萱！”

温欣被半强迫地抱着，对“情敌”的举动很是不理解，其次她发现抱着自己的这位阿萱力道不是一般的大，胸不是一般的平……温欣疑惑地瞪大了眼睛，大脑飞快地倒放刚刚发生的事，最后忍不住推开秦子萱，问道：“你……到底是男人还是女人？”

“你说什么？！”秦子萱后退两步，目光森森地瞪着温欣，像一头怒兽。

温欣被他的反应吓了一跳，声音弱了下来：“我问你到底是男人还是女人……”

旁边的杰憋着笑，一张脸通红。秦子萱双眼喷火，他的动作带着愤怒，恨恨地开始解上衣的扣子："老子爷们得这么明显，你都看不出来？"他一边解一边朝温欣靠近，"不过也对，要不是你眼光差，怎么会喜欢他那么奇葩的家伙……"

眼看着秦子萱就要脱掉衬衫赤裸着上半身贴近温欣，一旁站着皱眉的沈清明终于有了动作，他伸手拉住温欣的胳膊，将人带到了自己身后，冷冷地扫了秦子萱一眼："穿上衣服。"

低沉带着几分怒气的声音，警告了还想兴风作浪的秦子萱。

秦子萱愤愤地瞪了温欣一眼，不情不愿地重新穿好衬衫。首先反应过来的是杰，瞪大眼睛看着还抓着温小姐胳膊的自家老板，只感觉今天果然是八卦满天飞的大好日子。温欣是第二个注意到的，她站得离沈清明很近，笑眯眯地看着他的手，心里升起了一堆粉红色甜蜜的泡泡。

然而她的笑还没收回来，沈清明就已经松开了手，并且率先离开："我还有事，杰，你送温小姐回去。"

沈清明说完看了秦子萱一眼，冷冷地丢下一句："你跟我来。"

温欣恋恋不舍地看着沈清明离开的背影，感觉颇为遗憾，她可是好不容易鼓起勇气表白的，结果失败了。

秦子萱后知后觉地反应过来沈清明的动作，脸上带着惊讶和狂喜，几乎是狂笑着、尖叫着追着沈清明出去的。

温欣打发杰回去，没有着急回家，反而心情郁闷地去逛街了。

一直到外公打电话来催，温欣才拎着自己的战利品——新衣服和一款经典袖扣，心满意足地回家。

温欣到家的时候，外公正将锅里让人垂涎欲滴的油焖大虾装盘，他戴上眼镜看了温欣一眼，交代道："摆餐具吧。"

温欣乖乖应下，等她摆好餐具，外面传来一阵车声。

还没等温欣说话，外公已经先一步解开了围裙冲了出去："来了，来了！"

温欣还是头一回见到外公这么迫切地想要见到一个人，完全不像那个平时对自己作威作福的长官，倒是有点像平常人家的小老头。

温欣心里略吃味地哼哼两声，还是跟了出去，嘴里念叨着：“外公您慢点啊！”

“对了，我这位小哥哥叫什么啊？”温欣后知后觉地想起来自己还不知道这个突然出现的小哥哥姓甚名谁。等她问完跟着抬眼望过去的时候，就见到一辆有些眼熟的车已经开了进来，还没来得及细想，车门已经打开。

一个挺拔的身影从车上下来，目不斜视地朝外公走过来。

“蒋爷爷。”男人的声音温和又透着亲切。

“清明你来了，快进来。”外公笑呵呵地迎上去，完全没有往日那副严肃的模样，“这次回国就在国内定居下来吧，别再回去了。就在爷爷这里住，这里就是你的家！”

来人嘴角挂着淡笑，没有反对也没有同意。

“对了，你还记得小欣吗？你们小时候还一起玩过的。”说着，外公伸手指向温欣，“小欣，傻站在那儿做什么，还不快过来，这就是你清明哥哥。”

温欣怔怔地看着离自己不到两米远的“清明哥哥”，一时间不知如何是好。

她做梦也不会想到，自己正在为用什么借口接近这个男人犯愁时，他居然主动送上门来了。

这不是缘分是什么？

这不是命中注定是什么？

要不是外公在场和自己的定力十足，她差点就尖叫起来了。

虽然对方的目光在外公介绍的时候已经投了过来，在看到温欣的刹那，男人的目光猛地收紧，原本搀扶着外公的手不受控制地抖了两下。

但这完全不影响温欣的好心情啊！

“清明哥哥！”温欣的动作比沈清明快了一步，昂起一张笑脸，热情地迎了过去，“你总算来了，自从你回国后，外公天天念叨，现在好了，你搬过来了，以后外公也不用再天天担心你有没有好好吃饭了。”

说着，温欣伸出手朝男人递过去，一副“我很欢迎你的到来，很期待和你握手”的模样。

沈清明笔挺的身姿站在原地，目光中的诧异早就消散，他淡然地看着温欣，将她的“激动”“兴灾乐祸”看在眼里，平静地道：“抱歉，我不习惯和异性有肢体接触。”

温欣毫不在意地耸耸肩：“清明哥哥，我怎么是异性呢？我是你小欣妹妹啊。”

她依旧伸着手，想要借机达成心愿。

蒋爷爷看着一脸拒绝的沈清明，像是想到了什么，低低叹息了一声道：“小欣，别闹了。”

温欣：“……”

因为外公的干预，温欣不得不放弃计划，乖乖地应了一声，跟在两人身后进了屋子。

“你的房间爷爷还给你留着，而且啊，小欣她是做设计的，爷爷让她专门重新给你布置了房间，保证你满意……”说着，外公猛地一拍手，“对了，小欣啊，那个床单是不是还没换？你现在就去帮清明换上，一会儿吃完饭，让清明好好睡一觉。”

温欣心里默念，怎么总觉得沈清明才是外公的亲孙子啊！

不过帮沈清明铺床单这种事，她肯定义不容辞啦！这次都不用外公多说什么，温欣含情脉脉地看了沈清明一眼，步履轻快地上楼铺床单去了。

被外公拉着坐下的沈清明，看着温欣上楼的身影，复杂的心绪如一团乱麻。

“清明？清明！”外公重重地咳了一声，对沈清明的走神有些不满。

“您说。”沈清明收回思绪，目光真诚地望着蒋爷爷。母亲去世后，自己很快就出国了，如果不是沈徽意外去世，不愿意眼睁睁地看着外公的产业落到那个女人的亲戚手中，他可能这辈子都不会回国。

此时，看着这位蒋爷爷，曾经在母亲的葬礼上毫不留情地打了沈徽的长辈，沈清明常年冰冷的心多了几分暖意，尤其是看到蒋爷爷两鬓的银丝，让沈清明真切地感受到十年的时间是什么样的概念。

十年，足够让一个自己恨之入骨的人意外身亡。

十年，也让这个当年神采奕奕威风八面的长辈变成一个和蔼话多的普通老人。

此时的外公像小孩子赌气似的瞪着沈清明，他觉得自己说话不被重视而气呼呼的。这样的外公，是温欣往日里不曾见过的。

“小姨她们不经常回来吗？”沈清明大概知道一些蒋爷爷年轻的时候和三个女儿发生的事，感受到蒋爷爷身上浓郁的孤独气息，沈清明下意识地问出口。

外公哼了一声：“别提她们，一群丫头片子，都被臭男人拐骗走了，连老爹都能恨一辈子。”说着还把手里的茶杯重重地放在了茶几上。

这样的蒋爷爷，让沈清明莫名地想到了温欣，大约是因为和那样一个阳光明媚的外孙女生活在一块，所以才被潜移默化影响了吧，从原来的不苟言笑，变成了如今这个让人觉得亲近的小老头。

“走啦，走啦，今天爷爷我亲自下厨，给你做了很多你喜欢吃的菜，这些在国外可吃不到。”沈清明扶着蒋爷爷，两人一前一后进了厨房，在蒋爷爷的指挥下，沈清明将五菜一汤端到了餐桌上。

温欣铺好床单从楼上下来的时候，正好开饭。

“清明哥哥，你可是有口福了，我外公的手艺和五星级大厨不相上下，平时我也只有过生日的时候才能吃到。”温欣说话的时候，悄悄伸手拿了一只大虾，趁外公不注意丢进了嘴里，飞快地咀嚼吞咽了下去。

这一幕正好被沈清明看在眼里，心中莫名有一种新奇的感觉，这种陌生的感觉让沈清明心虚地快速移开了目光。

“清明，来尝尝爷爷私藏的好酒。”

温欣瞥了一眼，越发惊讶：“外公，我现在都有点怀疑自己的身世了……是不是清明哥哥才是你的亲孙子啊？你这藏了二十多年的酒也舍得拿出来？！”

外公难得没有严肃地瞪人，反而笑呵呵地说：“清明可比你们这些小没良心的讨人喜欢多了。”

温欣的目光看向沈清明，既大胆又肆意，亮莹莹的目光像是在说，外公这话我赞同。

三个人喝了一杯，接下来偌大的餐桌上就变成了外公和温欣频频给沈清明夹菜。

“清明，这个青菜，你小时候最喜欢吃了，多吃点。”

“清明哥哥，这个大虾不仅肉质鲜美而且特别补！我都帮你剥好了，你尝尝。”

……

沈清明微微蹙眉，看着自己面前已经堆成小山高的碟子。

一个是长辈的拳拳关爱，一个是双眼冒光的虎视眈眈……

吃完饭，沈清明第一次感觉到什么是胃胀的感觉。他主动收拾碗筷，想要借此来消食。外公也不阻止，笑呵呵地拍了拍沈清明的肩：“爷爷去泡茶，一会儿来陪爷爷下棋。”

温欣拿水果到厨房切的时候，刚好看到挽着衣袖刷碗的沈清明，手臂处露出的小麦色的皮肤，让她看痴了几秒钟。

一直到沈清明擦干手转身，温欣才回过神来，收住痴痴的笑意。沈清明头疼地止住脚步，和温欣保持安全距离。

“切水果？”沈清明的声音低沉又带着点居家的慵懒，虽然依旧没有什么表情，透着点疏离，却越发让温欣着迷。

温欣朝他笑着点点头，伸手指了指果篮里的水果：“你喜欢吃什么？

我多切点！”

说话的同时，温欣不经意地往前走了几步，在就能触碰到沈清明的时候，他却像是早就料到了温欣的小把戏，娴熟地避开她的手，绕过她走了出去。

“随便。”

温欣听到沈清明的话，只哼哼了两声，然后认真地切好水果，端出去给两人吃。

这会儿，外公和沈清明已经摆好棋盘，开始厮杀了起来。

温欣故意坐在了沈清明那边，和他隔了不到一米的距离，并且殷勤地拿了牙签插了一块苹果递给外公，等外公接过后，又插了一块梨递给沈清明。沈清明不自然地往旁边挪了挪，压制住心理上汹涌而至的危机感，伸手去接。

这一次，温欣不给他躲避的机会，顺利和沈清明的手有了零距离接触。不过碍于外公在旁边，温欣的动作比较收敛，摸完就闪。随后自顾自地坐在旁边，回味着沈清明修长如玉的手摸起来的触感，莫名让她红了脸，心跳也快了些。

棋盘上，沈清明和外公棋艺不相上下，厮杀得很是激烈。温欣在旁边默默观战，等到沈清明渐渐被外公逼得开始后退时，才忍不住曲线救国，想要帮沈清明夺回阵地。温欣一脸乖巧地递给外公一块水果，问道：“外公，清明哥哥他多大了呀？有女朋友了吗？”

她问这话的时候，目光狡黠地看向沈清明。

外公又吃了沈清明一子，慢吞吞回道：“清明比你大四岁，至于女朋友……清明，你有女朋友了吗？”

沈清明淡淡地回道：“没有。”

外公点点头，注意力重新回到棋盘上。

但温欣却不满足于此，继续问道：“外公，清明哥哥都这么大了还没脱单，你不着急吗？要不回头让清明哥哥多跟我出去，我把同学介绍给他？”

外公不疑有他，倒是觉得温欣的提议很是不错：“对对对，清明你年纪也不小了，是该找个女朋友了，别看小欣她吊儿郎当的，但她有不少人好家世也不错的朋友，你说说有什么要求，让小欣帮你留意着。”

沈清明微垂了一下眼，轮廓分明的脸上有一瞬间多了一股清冷，但不等温欣看清楚就消散了。

“蒋爷爷，我现在还不想考虑这些。”

温欣百分百肯定，这男人是说给自己听的。

“清明哥哥，现在女少男多，想找性感漂亮又风趣幽默的女朋友很难的，有合适的你千万别矫情也别不好意思，不然会错失真爱的！”

性感漂亮、风趣幽默八个字，温欣说的时候，音咬得很重。

沈清明若有所思地看了她一眼：“正是因为没有遇到这么完美的真爱，所以暂时不考虑。”

听到这话，温欣险些站起来去揪着沈清明的衣领问个清楚。她这么性感漂亮、风趣幽默，他难道看不到吗？难道那两颗灿若星辰的眼珠子只能散发魅力而不能发现她的美丽吗？！

“对了，那个欧阳，我就觉得还不错，改天你介绍给清明。”外公没有听出两人之间的剑拔弩张，反而认真地考虑起温欣的那些朋友。

温欣：“……”

外公，人家有男朋友的！你怎么就忘了你眼前的亲外孙女啊？

可惜，她没勇气说出这句话，只得选择闭嘴。

伴随着温欣暂时的休战，外公笑眯眯地落下最后一子：“赢了！”

沈清明伸手倒了一杯茶递给外公：“您棋艺越发出神入化了。”

温欣在旁边直撇嘴，明明自己都帮忙转移外公的注意力了，沈清明之后分明故意走错了三步，外公才能赢得这么快。没想到这个冷冰冰的家伙，也不是看起来那么不食人间烟火，这不，拍马屁拍得很娴熟嘛。

收了棋盘，外公和沈清明坐着喝茶，温欣突然想起今天买给沈清明的礼物：“等我一下。”说着飞快上楼回房间拎出一个小巧的礼品袋。

温欣笑眯眯地在盒子上亲了一口，心想，原本还想着要怎么找机会送给你，没想到你竟然自己送上门来了，那就不要怪我下手太快了。

这一回，温欣再次拉近了两人的距离，不到两个手掌的距离，让沈清明的身体迅速紧绷起来。

“清明哥哥，我特意给你买的礼物。”

“我……”沈清明想要站起来退让，但对面的蒋爷爷却饶有兴致地催促他快打开看看。

温欣更是不给他拒绝的机会，直接抓住了沈清明的手。她装作看不出沈清明的僵硬和拒绝，眨着大眼睛无辜又戏谑地望着他，声音低到只有两个人才能听到：“原本是想下次约会的时候送你的，我一眼就看中了这对袖扣，觉得和你今天的衬衫特别配。”

沈清明木着脸，努力调适紧绷的情绪，但好像身体的反应没有精神上的剧烈，他甚至没有时间仔细思考为何会有这种特殊的感觉，身心都被温欣的动作牵制着。

温欣握着沈清明的双手，来回摆弄。因为有些小激动，一缕细发散落下来，她都没有发觉。但这缕发，却有些牵动沈清明的注意力，原本的紧绷感，随着这缕松软的发丝，莫名松懈下来。

“好啦。”温欣满意地看着沈清明的袖子，越看越觉得这个男人的双手，比女人的还要漂亮。

外公也瞥了一眼，赞许地说：“不错，跟你很配。”

沈清明收回了思绪，目光从刚刚的迷惑不解回复到清明淡然，平静地说道：“谢谢。”

温欣脸上挂着得意和狡黠，笑着朝沈清明伸手：“清明哥哥，我的礼物已经送完了，我的呢？”

沈清明从没有见过这样的女人，也从没有被人追着要过礼物。他有一瞬间的迷惑，旋即在温欣促狭的笑意中，意识到这个女人是故意的。

“小欣，清明刚回国，哪里知道你喜欢什么，回头让清明请你吃饭好了。”外公帮着沈清明解围。

温欣没有拒绝，反而对外公的神来之笔很是欣慰，她连连点头：“好呀，好呀，那我就等着清明哥哥请我吃饭，陪我逛街……”

沈清明：“……”

他怎么感觉自己掉到了坑里？

外公的睡觉时间到了，沈清明和温欣一前一后送外公回房休息，之后温欣受外公的嘱托带沈清明回房，确保沈清明享受到家一样的感觉。这简直正中温欣下怀，她笑眯眯地望着沈清明，如果不是怕把人吓跑，她早就伸出蠢蠢欲动的魔爪了。

“沈清明，这名字真好听，是谁起的？”

前面走着的人似乎没听见，继续往前走。

“清明哥哥……”

“沈先生？”

“沈清明小哥哥！”

没有外公在场，沈清明直接将温欣的话当作空气，彻底无视。眼看着沈清明就要推门进房间，温欣快步走到他前面，望着他说：“沈清明！你之前真的不知道……”

沈清明一手拎着外套，一手插在裤兜里，微微低着头看向温欣，没有答话。

“好吧，好吧，我相信你，相信你之前也和我一样不知道。”温欣没有在这个问题上纠结太久，而是仰头看着他，突然璀璨一笑：“沈清明……你不觉得咱们的缘分是上天注定的吗？你看，连老天爷都在帮我们，虽然还没有确定关系就住在同一个屋檐下好像是太快了，但是……”

沈清明打断温欣天马行空的幻想：“你想太多了。”

虽然只接触了不长时间，但沈清明的脾气温欣已经摸清楚了，所以此时听到他这样说，她丝毫不介意。

“我是不是想太多，时间会告诉你答案。”说完温欣突然一个踉跄，想假装跌倒然后扑向沈清明。

可惜有了上一次的经验，沈清明这一次反应很快。就在温欣要靠近自己的时候，他一个转身躲开了，于是……温欣直直地撞到了门框上。

“你还真是一点都不知道怜香惜玉啊！”温欣揉了揉脑袋愤愤地看着沈清明。

沈清明无视温欣，绕过她直接推门进了房间。

这次温欣没有阻拦，而且还很配合地目送他进门，一直到沈清明反手关门，她才不怀好意地开口：“哦，忘了告诉你了，你房间的每一样东西都是我亲手布置的哦，尤其是床单……我觉得你今晚一定会做个好梦的。晚安！”

说完，温欣心情甚好地回了自己的房间。

反倒是进了房间的沈清明，在灯光下，目光所及的房间，还带着几分小时候的熟悉感，但里面精致的摆设，重新更换的布局，都透着一股别样的味道。他的耳边还回响着温欣的话，目光不由自主地落到床上。暗蓝色的床单，甚至还有阳光的味道，若有似无地拂着鼻尖。

“你房间的每一样东西都是我亲手布置的哦，尤其是床单……”

此时的沈清明想把床单扯掉……

第三章

请你不要随意揣测我男朋友

一个月后。

清晨的阳光带着淡淡的清香。

沈清明站在窗边穿衣服，目光不由自主地落到吧台上的那对袖扣上。等他伸手准备将袖扣收起来的时候，门外传来熟悉的敲门声。

“清明哥哥，吃早饭啦，我亲自下厨哦。”

沈清明不由得加快了手上的动作，像是在躲避什么。不等温欣第二遍催促喊出声，沈清明就打开了房门，一脸平静地从她身边走过，径自下楼。

温欣也不恼，笑眯眯地看着沈清明颇有几分落荒而逃的背影。

沈清明会有这种反应是再正常不过的，这一切要归功于沈清明刚住进来的那天早上。

温欣来敲门喊人，里面迟迟没有动静，温欣也不知道自己当时怎么想的，反正等理智回笼的时候，她已经踹开了他的房门，大大方方地进去了。

然后，她看到了沈清明的香艳出浴图——完美的身材以及若有似无附着的水珠。

要不是那个时候理智重新上线，她应该会直接冲上去将人扑倒吧。

从此以后，沈清明就时刻保持警惕，每次她去敲门，都应得很快，让她再也没有直接推门而入的理由。

两人一前一后下楼，温欣拿了碗筷，非常贤惠地给沈清明盛粥:“外公和朋友喝早茶去了，今天就我和你。”

沈清明默默坐下没有答话，接了碗筷，不动声色地喝起了粥。

“沈清明，你什么时候请我吃饭呀？我们还有一次约会呢。”

沈清明本来就话不多，而且坚持食不言寝不语。一直到碗里的粥喝完，放下碗，抽了纸巾擦嘴，才慢腾腾拿了一张卡出来：“我没时间，你自己去吧。”

温欣接过卡拿着把玩，戏谑地说：“咱俩还没结婚呢，现在其实还不用给我家用。”

沈清明皱眉。

温欣继续道：“不过你既然想提前给，我也不会拒绝的，我先留着，等以后咱们结婚了再用。”

沈清明抬眼望向她，突然想把卡要回来。

温欣赶紧将卡收进了自己的包里，然后迅速喝完粥，站起来催促道：“走吧，我吃好了。”

沈清明看着拎包走在前面的温欣，第一百遍回忆自己到底是怎么中了她的计，答应以后送她去上班的。明明那只是一顿平常的早餐，不过是因为她生理期身体不舒服，在蒋爷爷的命令下，他才勉为其难，忍受着浑身的不适，顺路送她去上班。

为什么等到第二天、第三天……直到她现在，突然就变成了自己每天送她去上班呢？

沈清明不由得喊了一声：“温欣。”

温欣疑惑地转身：“怎么了？”

穿了高跟鞋的温欣，气场瞬间切换，不同于家中的调皮可爱，多了几分优雅的女王气息。

看着她仿佛会发光的大眼睛，沈清明到了嘴边的话，一个字都没说出来：“没事，走吧。”

路上，温欣坐在副驾驶位上，兴致勃勃地计划着约会：“我有个朋友今晚有一个夜间艺术展，咱们一起去看吧。”

“没空。”

“这个展览很棒的，而且晚上九点才开始，一起去看吧。”

沈清明这回干脆不搭理她。

温欣也不气馁，又道：“那不如咱们中午一块儿吃饭？上次去的那家私房菜，你都还没吃呢就走了。咱们再去那里？”

“我中午有事。”

温欣嘟了嘟嘴，眼看就要到公司了，只能暂时作罢。

“好吧，好吧，你是大老板，是大忙人！”温欣的语气带着点撒娇，又带着点抱怨。

这段时间温欣又对沈清明多了几分了解。

沈清明十年前去国外读书后一直没有回国，毕业后在研究院异常低调，如果不是他的学术成果被媒体报道过，甚至没几个人知道有这么一个年轻的院士。温欣知道他这次回国完全是逼不得已，商场上的事他完全不懂，却靠着自己强大的智商在短时间内全部摸清楚。

具体的问题好像是家族要瓜分产业之类的，温欣不太了解，但从外公口中描述所知，沈清明肩上的担子不轻。

所以温欣最后还是善解人意地没有再继续为难沈清明。

沈清明停下车，等着温欣下车。温欣推开车门，却又在沈清明不注意的时候，猛地回身，探过去，在他脸上轻轻抚摸了一下：“我上班去啦，拜拜。你要加油啊！”

说完后，温欣下车关门，挥了挥手后转身进了大楼，动作流畅，一气呵成。

沈清明握着方向盘的双手一紧，而后又缓缓松开，直到后面传来催促的车笛声，他才重新发动车子，开了出去。

温大设计师连续一个月坐同一辆车来上班，这件事早就在大楼里沸腾了。

温欣等电梯的时候，萌萌在身后探头探脑地八卦：“姐，这回这个是谁啊？富二代？还是哪个新晋明星？”

温欣瞥了她一眼，伸手要文件：“昨天让你做的方案做完了？这么八卦！”

萌萌嘻嘻笑着，将方案递了过去，她对温欣这种一进公司就无时无刻不在工作的作风已经非常适应了。

她跟在温欣身后，简单说了说自己的想法和自认为新颖独到的地方。温欣一边听一边拿着笔在方案上勾勾画画。

“整体还不错，有亮点，但细节、风格上还不够独到，你去翻翻《英国家居报》这两期的主题，看看它最近介绍的行为艺术风格。”

萌萌认真地记录着，等温欣进了办公室，才发现自己八卦话题再次夭折，无奈地哀号了一声。

温欣在办公室窝了一天，中午都没有下楼，画设计图到了如痴如醉的地步，一直到电话铃声接连不断地响起，她的思绪才被拉回现实。温欣抬头一看，窗外竟然已经黑了，高楼大厦之间灯光交相辉映。

温欣看了看手机上的来电显示，发现是个陌生号码，犹豫了片刻，见它执着地响着，还是接了起来。

“喂？”

“是温小姐吗？这里是北新区派出所，你男朋友因为破坏公物、扰乱公共秩序被拘留了，需要你过来保释。”

温欣：“……”

什么？男朋友？

下一秒，她反应了过来。

半个月前，沈清明的手机落在了客厅，她本来想偷偷加沈清明的微信的，后来忍不住翻到了电话本，发现他通讯录里的人少得可怜，而自己的名字，因为按姓氏首字母排序，竟然在最后面。

鬼使神差地，温欣偷偷修改了自己的备注，还把自己设置成沈清明的紧急联系人。

温欣回过神来，着急地追问：“沈清明，不……我男朋友，他出什么事了？”

“你男朋友在餐厅突然和人大打出手，情绪很暴躁，但我们并没有在他身上找到控制情绪的药物……”

“警官，我男朋友没病！你等着，我马上就过去！”

温欣顾不上收拾桌上的设计稿，拎了包拿了大衣就冲出了办公室。

外面还在加班的萌萌看着冲出去的温欣，迷糊的大脑后知后觉地感知到了浓浓的八卦味。

温欣赶到派出所的时候，几个值班的警官正小声交谈着什么，还有时不时传来关押的醉酒者在耍酒疯的声音。

“你好，我是……”

“你是温小姐吧？”一个警官从里面走出来，打断她的自我介绍，直接开口道，“你还是先去看看你男朋友吧，他有点不对劲。”

温欣满腔疑虑，她实在是想不通有什么事能让沈清明做出这样的举动。等她跟着警官到了隔离室，才终于明白警官口中的不对劲是什么情况了。

沈清明坐在椅子上，他的双手攥成拳头，关节处甚至有些泛白。他的衣服还算整齐，只是发丝略微凌乱。

“温小姐，你小心点。”警官欲言又止。

温欣没有吱声，内心生出一丝吃惊和莫名的酸涩，她从未想过清冷禁欲不食人间烟火的沈清明竟然会有这样的一面。她在沈清明的身上感觉到了浓烈的孤独和脆弱，此时的他就像是一头孤绝的、愤怒的、受伤的兽，只能用龇着獠牙自卫。

温欣推门走进去。

她的脚步声不轻，但沈清明却好像没有听到。

“沈清明。”温欣的声音很轻柔，不复平日的调侃和肆意，带着浓浓的关心。

“沈清明，你没事吧。”她先是缓步然后又加快了脚步，三两下便到了沈清明的身前。

内心本能的驱使，大脑甚至来不及思考，温欣伸手抱住了沈清明。

“你没事吧。”

“对不起，我来晚了。”

抱住他的一刹那，沈清明本就紧绷防备的身体越发僵硬。他立时站了起来，紧紧攥着的拳头下意识地朝温欣挥过来。外面的警官大喊，想要喝止他。

温欣趁着沈清明站起来的工夫，双手往下挪抱住他的腰，紧紧的。

沈清明一副生人勿近的样子，甚至温欣抬头时，看到他的双眼中夹杂的血红色怒意。

温欣仰起头，大眼睛挂着几分水雾："沈清明，你怎么了？是我啊，温欣啊！"

沈清明慢慢松开了拳头，身体依旧僵硬。鼻息间仿佛闻到了什么熟悉的味道，让他一直漂浮暴躁的心情渐渐安定下来。

"温欣？"两人维持着这个姿势好一会儿，才终于听到沈清明有些沙哑的声音，带着几分疑惑。

他微微低头看着这个扑在自己身上，紧紧抱着自己的女人："温欣，放开。"

沈清明冷静下来后，理智迅速恢复，之前发生的事也尽数记了起来。在想到某处时，他清冷的双眼猛地收缩，闪过危险的暗芒。

垂眸看着还紧紧抱着自己的女人，沈清明木然的脸上闪过一抹探究，神色有些复杂。他像是在尝试什么从未做过的事般，小心翼翼地把手慢慢落在温欣的肩膀上，然后僵硬地拍了拍："温欣，你可以放开了。"

看着身前的女人不情愿地松开手，沈清明心里松了一口气。等温欣抬起头望向他时，沈清明的眉心又跳了起来，看着温欣红通通的双眼，他有些迷惑："你……怎么哭了？"

温欣吸了吸鼻子，一时有些羞赧，不想承认自己竟然为他刚刚的模样心疼，所以故意仰着头，嗔怪道："我怎么了？我很好啊！现在不好的是你吧，竟然都跑到派出所来了……是吧，男朋友！"

沈清明敏锐地觉察到温欣的情绪有些不对劲，所以他没有立刻澄清男朋友这个误会。沈清明的目光直直地看着温欣，大有一种想要看透她的架势。温欣很快败下阵来，不由腹诽着：明明我是救他于苦难啊，怎么就没控制好局面呢。

外面的警官终于等来了钥匙，迅速开门进来，板着脸训温欣：“温小姐，你知不知道刚刚多危险？不是告诉你了吗，不要锁门，你怎么一进来就把门锁上了呢！”

“不好意思。”温欣态度端正地道歉。

沈清明上前一步说道：“我已经没事了，办手续吧。”

警官没有搭理沈清明，显然对他之前的状态心有余悸，只带着温欣先出去办手续。等温欣交了保释金，签了字后，还不忘叮嘱：“小姐，我建议……你还是尽快抽空带你男朋友去医院检查一下吧，现在很多……”

温欣皱眉，有些不乐意：“警察同志，你们不是一切用事实说话吗？请你不要随意揣测我男朋友。”

警官一时语塞，只觉得这个小姑娘是被爱情冲昏了头脑，被沈清明的外表欺骗了。

温欣和沈清明从派出所出来，正好碰上匆匆赶来的杰。原本沈清明有个晚宴要参加，杰作为沈清明的助理，先一步去了晚宴，却一直等不到人。后来杰打了好几个电话，才得知沈清明出了事。

杰急匆匆地赶过来，路上还给秦子萱打了电话。

结果他刚停好车，就看到自家老板竟然和温欣从派出所走出来，而且温欣竟然在老板身边，两人的距离近得都放不下一个乒乓球，这一幕着实让杰震惊。

“沈、沈总，你没事吧？”杰问结结巴巴地问道。

沈清明看了他一眼：“没事了，回去吧。”

杰听出来这是要赶人的意思，越发吃惊，他转身离开，一边走一边回头，总觉得自己好像又撞到了什么大八卦，等开车离开后才猛然想起忘了把秦子萱要过来的事告诉老板了。

杰自我安慰地想着：他们应该不会很快就走吧，秦子萱应该能碰上他们的。

温欣看着来也匆匆去也匆匆的杰，觉得有些好笑。

沈清明单手插兜，往前走了两步，见温欣没有跟上，于是转过身说：“走吧。”

温欣收回目光看向沈清明：“你让他走了……咱们怎么回去？”

沈清明指了指旁边的车，没有回答温欣白痴般的问题。温欣后知后觉地反应过来，警察带走他的时候，应该是把车也一块儿开过来了。

真是想不到，现在的警官，服务真周到。

趁沈清明开车掉头的工夫，温欣跑到旁边的便利店买了两个三明治，上车后见他不方便吃，她干脆撕了包装，伸手递过去喂。沈清明抿着嘴不配合，温欣就一直举着，大有一副你不吃我就不收手的架势。

对温欣的动作，沈清明如临大敌，握着方向盘的手青筋突起，浑身紧绷着，甚至有一种想要开门跳车的冲动。但很快他就发现，身体却并没有出现预想中的反应，没有紧绷也没有呕吐感，反而因为温欣身上那股淡淡的气息，身心渐渐放松了。

最后，他叹息一声，妥协了。

等沈清明吃完，温欣才拿出自己的那份，三两下就解决了。吃饱了，战斗力重新回笼，总算是想起了正事。她侧头看着沈清明问道：“到底什么事让你气得要打人啊？”

温欣的话，让沈清明想起下午的会面，表情变得有些阴沉。

温欣自顾自猜测：“是生意伙伴？难不成有人坑你了？所以你气不过……”

“不是。”

这时突然有辆车窜到他们前面，沈清明猛地踩了刹车，温欣不受控制地往前倾去。沈清明反应很快，伸手稳稳地拉住她的胳膊。路口的红灯闪了起来，车子停了下来。

沈清明瞥了她一眼："系上安全带。"

温欣还沉浸在刚刚沈清明护着她的动作上，愣愣地点了点头，却没有行动。沈清明眉头皱了皱，沉默了一瞬，还是侧过身去，伸手从温欣身侧拉出安全带，认真地帮她系上。虽然沈清全程控制着自己的手，没有和温欣有身体上的接触，但光是这一个贴心的动作，就足够让温欣沉溺其中不能自拔了。

而此时的派出所门口，一个穿着时尚的妖孽，正双手叉腰毫无形象地破口大骂。此人，正是被杰一通电话忽悠去的秦子萱。第二天一上班，温欣就接到秦子萱要来公司找她的电话。

半个小时后，两人坐在附近的西餐厅，面对面互相打量着。饶是温欣心有所属，还是被秦子萱妖孽过头的容貌吸引，双眼不由自主地盯着他发呆，就连一向不喜欢吃的胡萝卜，今天也觉得异常美味。

秦子萱深谙温欣这副表情的意思，他有些恼怒，但更多的是习以为常和对自己容貌的自傲。

"看够了吗？"秦子萱拿着叉子敲了敲酒杯，用妖孽的丹凤眼瞪着温欣。

温欣回过神来，理直气壮地点点头："秦先生，你找我有什么事？请说吧。"

秦子萱咳嗽了两声，虚张声势地说道："其实也没什么事，就是好奇温小姐和清明到底是什么关系。"

温欣不动声色："哦，你说沈清明啊，我们现在住一起，你觉得会是什么关系？"

这话一说出口，秦子萱瞬间就不淡定了："什么？你们俩住一起？我就说呢，这小子怎么不住酒店了，去他公司也找不到人，竟然是和女人同居去了！"

温欣微笑着，并不解释，任由秦子萱"脑补"。

秦子萱感慨了几句后，又将注意力重新放到了温欣身上。他的目光有点复杂，除了一丝八卦意味，还有一股陌生的探究，让温欣有些警惕。

秦子萱回忆着昨晚从警察那儿得到的信息，还有杰大晚上把自己从被窝拽出来，老实交代了沈清明犯病的经过，秦子萱越听越觉得不可思议，强忍着心里的好奇，煎熬了一晚上，一大早就跑来找温欣了。

他非常迫切地想知道，温欣到底有什么魔力。

得益于眼前送上门的秦子萱，温欣很快就得知了昨天沈清明打人的缘由。

沈清明回国除了接管公司外，还为了找一个室内设计师，至于这位设计师姓甚名谁秦子萱并不知道。只知道这位大师有些古怪，三年前就销声匿迹了，沈清明派人查了好久才查到他定居在海城。经过多次预约，对方终于同意和沈清明见面。

谁料，等沈清明赴约后，才发现根本没有什么设计师。

在那等着他的是一个从国外追到国内，并且买通了沈清明公司某个秘书，从而伴装成那位设计师的华尔街某千金大小姐。

这位大小姐见到沈清明后一激动就忘了沈清明的规矩，不仅凑到了沈清明面前，而且还准备来个热情的拥抱。沈清明本来就因为被骗而沉了脸，又被女性生物扑到身上，直接刺激到了他，将女人直接推了出去。

这一下可好，连锁反应啊。

旁边的女服务员将人扶了起来，走过来想要和沈清明理论，结果也因为靠得太近被攻击。最狗血的是，这家餐厅的经理竟然也是女的，而且还一眼就被沈清明迷得神魂颠倒，嘴上说着处理这件事，身体却不受控制地向他靠近。

结果可想而知。

最后，还是旁边用饭的客人感觉沈清明的状态不对，机智地报了警。

秦子萱说完后不忘拍了拍胸脯，长舒一口气："幸好警察不是女的，不然估计沈清明就该袭警了！"

听完秦子萱的话，温欣总算是察觉到了什么不对劲。

“你、你刚刚说沈清明有隐疾？”

秦子萱听她这么一问，更惊讶了！

什么？你们俩都睡一起了，难道你不知道沈清明不近女色？

“荷尔蒙应激症你听过没有？就是患者因为一些经历从而产生极大的感情波动，会使荷尔蒙分泌系统病变，之后分为两种病症，一种是沈清明这样不能让异性靠近的，这是由于他体内和异性荷尔蒙产生共鸣的荷尔蒙分泌系统已经失效，不仅如此，还被记录着感情阴影的神经所控制，所以对异性的靠近会有强烈的反感，比如情绪暴躁，身体不受控制的紧绷，呕吐，眩晕等。”

等秦子萱说完，温欣就怔住了。

特别是最后两句，怎么好像和那个塔罗女巫对自己说的差不多啊？不对，是比自己的身体反应还要严重。

秦子萱一看温欣的反应就知道她这是不相信自己。

“你别笑，我给你看我的专业证书！”

秦子萱气呼呼地掏出自己的医生证书拍在温欣面前。

“我告诉你，要不是因为和沈清明是好朋友，你以为我堂堂剑桥毕业的医学高才生会放弃为世界作大贡献的机会，专门跑来当他的私人医生吗！”

温欣瞪着桌上的证书，还是不敢相信。

“就、就算你是医生，但你说的那个什么症，也太怪诞了吧！”温欣皱了皱眉，“你哪怕说他有洁癖，也比说他因为有病，所以不能让女人靠近要靠谱一点吧。”

话虽然这样说，不过……一想到塔罗女巫对自己说的话，她还是有点心虚。

秦子萱气急败坏：“我没骗你！他是真的有病！虽然现在全球发现的病例不多，但我以我的专业能力作担保，我开出的诊断证明绝对不会有错！”

不料下一秒，他就被温欣揭了老底。

“我倒是听说过你们会很多超前的研究，我看这个什么病应该是你首创的吧，而正好沈清明是你的好朋友，方便做你的小白鼠——”

秦子萱：“……”

温欣想了想又觉得不对：“可是沈清明他并不排斥我啊，所以说你的推测是不对的。”

秦子萱据理力争：“这话不对！据我所知，到目前为止，能够近他身的，就只有你一个，所以我有理由怀疑，你应该也属于该症状的潜在患者，说不定你和他是互补的，你身上也许有什么激素正好能够解他的病症。”

温欣：“……”

秦子萱突然朝她笑了笑，很是妩媚：“欣欣，我想你一定不介意配合我的医学调研对不对？”

温欣看着他：“很介意。”

秦子萱锲而不舍：“难道你不想治好沈清明的病吗？他这种一有女人近身就失控的状态很不稳定，说不定会减寿的！而且万一以后你们生了小孩，难道你忍心看他不能亲近你们的女儿吗？”

温欣：“……”

接下来的画风，秦子萱直接从八卦转到了锲而不舍的劝温欣配合他做实验。温欣坚持不答应，反而趁机套出了很多和沈清明有关的事——沈清明二十三岁拿下波士顿大学双学位，被誉为生态学术界的天才；波士顿大学百分之八十的女学生和女老师都对沈清明垂涎；沈清明身边从来没有过任何女人；温欣是第一个能够靠近沈清明的女人。

……

这顿饭温欣吃得很愉悦，物超所值，所以她爽快地刷卡买单。

她没有告诉秦子萱，自己不仅能近沈清明的身，而且还摸了他的手好几次呢。她更没有告诉秦子萱自己也被一个塔罗女巫算出过什么寡情感情坎坷之类的屁话，毕竟到现在她都坚决不相信迷信。

倒是因为秦子萱的小道消息，让她越发坚定了拿下沈清明的决心。沈清明的这个隐疾，简直就是自己的缘分啊。

温欣出门的时候，想到这儿，没忍住笑出了声。

温欣的好心情持续了好几天。

直到这天晚上，她早早收拾好东西准备去沈清明公司叫他一块儿去吃晚餐，却在楼下撞见了特意来等她的谢云。

“嗨。”

吸引温欣注意力的是他身边的杜卡迪摩托车。

谢云穿了一身牛仔装，配上他水嫩的脸，越发像是青葱的大学生。

“嗨，你怎么来了？找人吗？”

温欣装作不懂的样子，配合地打招呼。

谢云笑眯眯地朝她走过来：“给你打电话，你一直在忙。所以只能过来守株待兔了。”

“……”温欣望着他，“你什么时候过来的？一直在这里等着？”

谢云脸上挂着笑，看着温欣的目光温柔缠绵。不得不承认，如果在没有遇到沈清明之前，按照温欣以前和美男的相处模式来看，她应该会给自己和他一次尝试交往的机会。

遗憾的是，自从遇到了沈清明之后，温欣觉得沈清明就是自己一直在苦苦找寻的真命天子。所以现在，别的男人就靠边站吧！

“刚到不久，我想应该是我们心有灵犀吧，不然你今天怎么会这么早下班。”

“呵呵。”温欣无奈地浅笑，脑子快速运转着，想着要怎么拒绝谢云。

“走吧，今晚黄金岸上有个烟火盛宴，你一定会喜欢的。”

烟火盛宴？

要是沈清明也去的话，应该会很浪漫吧。

温欣晃神的工夫，已经被戴上了头盔，拉到了车上，温欣有点着急，想要下来。

谢云拦住了她："温欣，我真的很喜欢你，无论如何，给我一个机会，怎么样？"

"可是我——"

谢云伸出手指拦住她接下来的话。

"就算没有结果，最少今晚给我一个机会。"

温欣知道谢云是铁了心，知道现在不好拒绝，只好先认命地坐在拉风的摩托车上，被谢云载着去了黄金岸。

温欣打算找个机会再和他说清楚。

两人到黄金岸的时候，宴会已经开始了，不少年轻的男女兴奋地在沙滩上舞动着青春的身躯。温欣被谢云拉着去吃了点东西，等两人再回到沙滩上的时候，漫天的苍穹之中，夜空之下，满是烟花。

温欣仰头看着烟花和星空，脑中灵光一闪，下次可以尝试一下烟花和星空的设计主题。一直站在温欣身边的谢云，不知道从哪儿抱来一束玫瑰花，搭配着满天星，掩映在星空下，别样的浪漫。

"温欣，你是个很特别的女孩，第一眼见到你的时候，我的心就不由自主地跟着你跳动，你能给我一个追求你的机会吗？"

温欣微微眯眼，仰头看向自己面前的男人。

浪漫的夜晚，漫天烟花，如果对自己表白的人正好是沈清明的话，应该会很梦幻吧。

温欣从思绪中回过神来，没有接谢云递过来的花。

她反而伸手指向天空。

"你看，星空多美啊。"

谢云脸上有些黯淡。

"每个人都有一颗属于自己的独一无二的星星。"

“属于我的那一颗，就在不久前，我终于找到了。”

“属于你的，一定还在穿越人山人海，奋勇向你走来。不要因为偶尔的烟花迷了眼，放弃你的星。”

温欣朝谢云笑了笑，轻声道歉，转身毫不犹豫地离开。

一直到坐上了车，温欣不由自主地长舒了一口气。她从来没想到自己有一天竟然会在这么浪漫的时刻拒绝一个同样浪漫的男人。

“看来，你真的是我的劫呢。”

温欣拿出手机，看着上面偷拍的沈清明的俊脸。

脸上挂着小幸福，嘴角的笑意淡淡的，一直不曾消散。

“甜蜜的劫。”

“永远属于我的那颗星星。”

第四章

我们俩
命中注定要在一起的

据说上帝造人的时候，故意将男人和女人的灵魂捏造成半圆，等到在人世间寻寻觅觅，最终找到真爱后，两个半圆会相互吸引组成一个新的圆。此时，人的灵魂才算完整。

温欣在见到沈清明的时候，就认定了他就是那个可以让自己的灵魂完整的真爱。所以她毫不掩饰自己的感情，一步步靠近沈清明，用尽百般手段攻城略地。尤其是在派出所风波后，温欣更加坚定了要拿下沈清明的决心。

然而事实证明，两个人一起努力的感情是一见钟情，一个人努力一个人承受的感情是日久生情……而一个人努力一个人逃跑的感情，是荷尔蒙应激症！

自从派出所风波后，沈清明不仅开始了早出晚归的生活，更是中断了每天顺便送温欣去公司的“例行公事”，这一变化，让温欣十分挫败。

而另一方面，温欣公司里的同事纷纷揣测那个坚持了一个月的神秘男人，最终还是被温欣出局了，私下里开的小赌局，有的人赢了，有的人输得很惨。

感情第一次影响了温欣的工作，在第三次会议中走神后，温欣决定去找沈清明问个清楚。

沈氏集团的办公大楼在海城很知名，不仅建筑风格别具一格，更主要的是整栋大楼都是沈氏集团的产业。

这是温欣第一次来沈清明的公司。

楼下的接待听说温欣找的是她们新上任不久的大老板，纷纷投过来八卦的目光，一直到杰下楼来接人。等到温欣跟着杰从私人电梯上楼后，几个人迅速放下手头的工作，凑到了一块儿小声地脑补起来。

“喂喂，看到没，那个女的是沈总特助亲自下来接的。”

“那又能怎么样？”

“这你就不知道了吧，江湖传闻咱们沈总在美国十年，一向是不近女色的，没想到回国才三个月，就有女人能够乘沈总的私人电梯去会面，再次证明还是国产美女有实力啊。”

……

温欣对这些议论没有什么兴趣，因为心中有很多疑问想要找沈清明问清楚，所以连带着在电梯里看向杰的目光，颇有几分委屈的意味。

“沈清明最近在忙什么？”

杰目不斜视：“老板刚接手公司没多久，公司里很多老人都不服气，最近有几个新项目，老板亲自接待几个伦敦过来的合作伙伴。”

温欣又问：“那他最近有没有提到我？”

杰率先走出电梯，彬彬有礼地按住电梯等温欣出来。“这个还是温小姐您亲自去问老板吧。”

杰直接带着温欣进了沈清明的办公室：“温小姐稍等一会儿，沈总一会儿就回来，您喝点什么？”

“奶咖。”

温欣按耐住心中的疑问，开始打量沈清明的办公室。风格有些古板，装修得并没有多精致，不过空间很大，尤其是阳光从巨大的落地窗透射进来，明媚而温暖。只是和一旁新增添的冷色系的书架、书桌完全不搭调。

温欣皱着眉头扫了一圈，脑袋里蹦出来好几个搭配方案。

沈清明端着奶咖进来的时候，就看到温欣一副摩拳擦掌跃跃欲试的模样。

温欣看见沈清明后，收敛了神色，不像之前那样灿烂地对着他笑，反而一本正经，目光犀利地看着他，目光随着沈清明的脚步而挪动，一直到沈清明将奶咖放到她面前，才收回目光。

沈清明没有因为温欣的沉默而率先开口，反而随手将外套脱下来挂在衣架上，自顾走到办公桌旁边，把手上拿着的一沓文件放在桌子上，大有一副马上就要投入到工作中的意味。

温欣端起奶咖喝了一口，看着沈清明的目光更加犀利。

沈清明发现自己根本没办法在温欣这样犀利的目光下静下心来办公，他放下手中的笔，抬头看向温欣："有事？"

温欣好看的额头蹙了起来，在沈清明没有防备的情况下，她站起来绕到了办公桌后面，站在沈清明面前，居高临下地望着他。

"为什么躲着我？"

沈清明猛地扶着椅子后退了几步，他的动作甚至要比温欣的质问更快上几分。想到秦子萱见过温欣后，兴致勃勃来找自己的事，沈清明放在椅子上的手不由自主地加重了力道。

几天前秦子萱闯进沈清明的办公室，就对他开门见山。

"沈清明，你是不是和温欣在一起的时候，没有呕吐感，也没有晕倒过？"

"如果我说，温欣就是你的解药，你信不信？"

然后，秦子萱将自己揣测的，温欣很有可能是另一种形式的荷尔蒙应激症患者的事告诉了沈清明，并称这两种荷尔蒙应激症症状本身就是互补的，因为这种互补性，所以沈清明完全可以尝试着和温欣交往看看。

沈清明还记得当时自己听完后，心底浮现出的失望。

原来不是真的喜欢自己，自己也不是真的对她特别。这一切不过是两个可怜的病人能够互相解毒而已，这样的"感情"，也能算得上是命中注定的"真爱"吗？

沈清明原本就不是一个相信感情的人，他记忆深处有很多阴暗的记忆。他也不能容忍自己接受这样的"感情"，所以不如趁还没有依赖上对方的"药力"，赶紧保持距离，避免发生不可预见的悲剧。

沈清明保持着两米远的距离，修长好看的手搭在额头上，恰好遮挡住目光里一闪而过的复杂。

"你想多了。"沈清明淡声回道。

他抿着嘴，压下未尽的话：我们并没有熟悉到可以玩互相躲着的游戏的地步。

温欣认真地看着沈清明，仿佛要看穿他的内心。

“秦子萱说你有荷尔蒙应激症，不能和异性接近，否则就会呕吐、恶心甚至晕倒——但是，我们抱也抱过了，你既没有晕倒也没有恶心反胃，这就证明上天注定我就是你的真爱，你为什么不仅不开心，还开始早出晚归，并且对我也又像第一次见面那样疏离又冷淡了？”

“生理上的疾病不可能被精神上的感情治愈。”

沈清明被再次朝自己靠近的温欣逼得无路可退，只能冷声说出自己的看法。

温欣挑眉，像是明白了沈清明别扭的感情观。她了然地点点头：“原来你觉得你对我的特殊只是身体上，你的感情上并不喜欢我是吧？”

沈清明沉默，没有否认。

温欣像是受到了打击，她后退了几步，一副准备离开的模样，沈清明心中暗暗松了一口气，压下那股浅淡的失落，准备重新恢复工作状态。

不料，下一秒，温欣像是一只大猫，喵喵叫着冲向他，在沈清明猝不及防的情况下，扑进他的怀里。

温欣的双手紧紧地搂着沈清明的腰，脑袋靠在他的胸前。

“沈清明，你这个笨蛋。”

“现在没有爱上我，以后也一定会爱上我的。”

“没事瞎矫情什么，我早就说了，你是我的。”

“什么荷尔蒙应激症，我看应该是上天特地为了让我能够遇到一个身心干净的完美老公，不仅以前不会有敌人，以后也不用担心有敌人。简直是上天专门派你来爱我的！”

“而且我实话告诉你吧，以前也有一个女巫给我算过命，说过什么寡情，只有遇到缘分到的人，才能正常地在一起。不然和别的男人交往也不会有好结果。虽然我一直不相信，但事实上，还真是那么回事。”

“所以，唯一地解释就是我们俩是命中注定要在一起的。”

温欣一句一句的歪理，让沈清明高举起来想要将人推开的手停在了半空，久久没有动作。沈清明的身体从最开始被抱住时的僵硬渐渐放松下来。

两个人维持着这个姿势，谁都没有先破坏气氛，直到——内线的电话声响起，沈清明身体动了一下："温欣……"

不等他组织好语言，温欣就善解人意的先一步松开了他。

"快去接电话吧。"

沈清明不由得深深看了她一眼。

等到沈清明接完电话，温欣才笑眯眯地开口道："沈清明，你不觉得这个办公室的风格很不协调吗？"

"不如我帮你重新设计一下吧！"

"不用了。"

沈清明没有多想就一口拒绝。

温欣直接忽视了沈清明的话："就这么说定了，我回去先画个图纸，回头咱们一起去选购材料！"

沈清明："……"

温欣不给沈清明反悔的机会，迅速转移话题："沈清明，你还欠我一个约会。"

"我最近——"沈清明想要拒绝。

"你又要说自己很忙对不对！你放心，不管多晚，今天我都等你，就在这里等你忙完了，我们再去约会。"

"……"沈清明看着走到沙发边坐下掏出设计稿开始看的温欣，最终沉默地挪开了目光。

温欣真的在沈清明的办公室耗了一整天，沈清明处理文件，她就窝在沙发上看室内设计的公开课，有时候会在本子上记上几笔。

直到夜幕降临，温欣毫不犹豫地收拾了东西，站在沈清明桌前催人。

"工作是永远都做不完的，但晚饭绝对不能不吃！"

沈清明抬头看了一眼温欣，她的脸上挂着势在必得的决心，默默妥协，收拾了文件站起身来："去哪儿吃？"

温欣笑眯眯地凑过去，不等沈清明反应过来，已经双手抱住了他的胳膊。

"我都定好了，你负责开车就好了。"

沈清明下意识地想要将胳膊抽出来，和她保持距离。但他低估了温欣的八爪功，力道不是一般的大。沈清明暗暗深呼吸了两次，没有感觉到身体里有涌动不好的情绪，索性木着脸任由温欣拉着自己出去。

两人走出去的姿态，让跟着沈清明从国外回来的心腹团震惊不已。一直到两人下楼离开，都没有合拢上自己的嘴。温欣坦然地接受众人投来的目光。而沈清明，一向没有什么表情的脸上，看不出来有什么情绪起伏。

上车后，温欣报了一串地址给沈清明。

"你一直在国外，又不爱说话，肯定很少去吃火锅吧。今天我带你去人气火爆的火锅店体验一下。"

温欣兴致勃勃。

沈清明却微不可见地皱了皱眉。他对火锅店的印象清晰地表现为人多味重。

"不用了。"

沈清明拒绝，他更想去一个安静的地方，在闲适的环境下用餐。

温欣侧过头大眼睛对着他眨啊眨。

"怎么办，我真的很想和你一起去吃火锅嘛。"

沈清明："……"

嘴上拒绝，但车子最后还是按照温欣说的地方驶去。小计谋得逞的温欣，笑得好不开心。

两人去的是江边的火锅酒楼，放眼望去环境很是优雅。

温欣向他解释："你放心吧，现在的生活水平提高了，大家的消费档次也高了，火锅店早就不像以前那样人多味重了。"

进到酒楼后，沈清明马上明白了温欣的意思。

酒楼之中的布局采用复古的中国风，很有格调。每张桌子都用汉风的屏风阻隔，只是偶尔能听到大家喜悦地聊天声，而摆台上放置的柠檬水又极大程度地吸收了火锅浓烈的味道。

两人被服务员带着进了一间半开放式的包厢。沈清明隐晦地扫了两眼，发现这个包厢很是别致，温欣拉着他坐下，神秘兮兮地问："怎么样，这家店不错吧。"

沈清明"嗯"了一声，点点头。出乎他的意料，确实很不错。

温欣笑得很是自豪："我告诉你，这家店的设计，是我做的。是我大学毕业那一年的毕业设计！"

沈清明眸光中闪过一抹诧异，倒是没料到温欣的设计天赋这么高。

温欣又指了指两人在的包厢："你知道我们坐的这个位置有什么来历吗？"

沈清明干脆望着她，很认真地等着她解惑。

温欣也不卖关子："这个包厢，叫鸳鸯座，灵感来源于卓文君的某首情诗。而且啊，这个位置，因为从窗边往外望去，正好能看到一半海面一半星空，特别浪漫。当时为了能够随时拥有这个座位的使用权，我直接少收了百分之二十的设计费！"

沈清明的眸光往外望去，果然如温欣所说，一半江天一半星，很是唯美。心里对温欣仿佛又有了新的认识。

和温欣早就熟稔的经理亲自带着菜单进来，目光更多地投射到沈清明的身上，像是见到了什么了不得的大人物一样。

"头一回见你带男人来吃，你男朋友？"

温欣直接无视沈清明微蹙的眉心，点点头："对对对，男朋友！"

沈清明一脸木然。

经理好笑地看着两人，没有再说什么。

"你们选菜吧，我都交代了，绝对服务周到！"

温欣比了个OK的手势，等经理走后，直接站起来坐到了沈清明身边，指着菜单上的菜品，兴致勃勃地给沈清明推荐。

“沈清明，我跟你说，我一般比较喜欢菌类，肉类的话，比较喜欢脆牛肚，然后就是吃青菜。你要记得哦。”

“你都喜欢什么？也告诉我，以后我就知道你喜欢吃什么了。”

服务员端上来的锅底，朦胧的乳白色雾气在半空中萦萦绕绕。沈清明微眯着眼听着温欣的唠叨，感觉走失许久的灵魂被这股喋喋不休的声音强制性地拉了回来。有那么一瞬间，胸口像是感知到了人间烟火的味道，有点感动又有点陌生。

“鸭肠。”沈清明听到自己说了这两个字，脑海里浮现出的是小时候一家人吃火锅时候的情景。妈妈担心鸭肠太硬，怕自己嚼不烂，总是不准多吃。后来怎么了，他皱着眉，却怎么也想不起来了。

温欣听到，有点喜出望外，连着点了两份鸭肠。

等到菜品上来后，沈清明安静地看着温欣忙前忙后。她端着两个碗，自告奋勇地去配调料。“相信我，我不仅是设计天才，还是美食家！”

火锅果然能够拉近两个人的心。

沈清明不再沉默，在温欣问他各种奇奇怪怪的问题时，会认真地回答上几句。

“沈清明，你觉得我是可爱多一点还是性感多一点？”

“……可爱吧。”

“难道我就不能又可爱又性感吗？你这回答太差劲了。”

“……”

“沈清明，你以前都没有喜欢过女孩子吗？哪怕你不能靠近她们，但总也会有喜欢过的人吧？”

“没有。”

“沈清明，你和秦子萱，你们到底是什么关系？我怎么觉得他对你——”

“子萱只是长得比较精致。”

“精致这个词语，你用得真到位，哈哈哈。”

“沈清明，你是喜欢吃青菜多一点还是肉食多一点？”

“一样。”

“沈清明，你觉得是我美，还是最近很火的那个天后美？”

“不知道。”

“你怎么能不知道呢！不行，你必须回答！”

“……你？”

“咯咯，我就知道，我就知道，我比她美多了。沈清明，你很有眼光！”

“沈清明，你相信这个世界上有外星人吗？”

“……”

“说嘛！说嘛！”

“不相信。”

“啊？这样啊，我跟你讲哦，我就相信这个世界上有外星人，我觉得我小时候见到的那个小哥哥，就是外星人。”

沈清明目光复杂地瞥了温欣一眼。

温欣并没有语气里那么伤感，手上涮菜的动作迅速，并且忙着夹鸭肠给沈清明吃。沈清明在温欣的催促下，拿起筷子夹了一块蘸了点油料放进嘴里。入口的香辣，咀嚼时的香脆劲道，有一瞬间他觉得自己的味蕾和小时候有了完美的重叠。

“不错。”沈清明不吝啬地夸赞了一句。

“我超级喜欢吃这个的，大学的时候，我们宿舍的好姐妹每周都要出去吃火锅。后来毕业了，大家都越来越忙，很少有机会能聚在一起，好不容易聚在一起了，也不一定可以再去吃火锅……”温欣说着说着，莫名有些难过了起来。

隔着热腾腾的雾气，沈清明看到温欣的笑脸，明媚犹如窗外夜空里的星星，好像穿透了自己内心重重的迷雾，像一盏灯，指引着自己走进了一个崭新的世界。

他拿起筷子夹了两块牛肚涮完夹给温欣："现在不是正在吃吗。"

温欣笑眯眯地道谢，脸上多了几分娇羞的红晕。

"对了，对了！吃火锅配冰啤酒最爽了！"

温欣喊服务生拿冰啤酒过来，给沈清明倒了一杯，然后端着自己的杯子要和他干杯。

"沈清明，欢迎你回国！"

沈清明默默喝了一口，透心的冰凉让他有些不适应。

温欣又拽着他喝："你不知道，我现在真的觉得缘分很奇妙。我有一种，你回国就是为了让我遇见你，让我们两个半圆完美地相逢，让我们在一起。"

沈清明给她碗里夹了几颗清汤的青菜："吃吧。"

温欣乖乖地点点头,听话地夹起青菜一截一截地往嘴里送,像只小兔子。

等她吃完了青菜，又开始不安分起来："沈清明，其实你也有点喜欢我对不对？"

想到秦子萱说沈清明不近女色的那个病症，再想想自己成功近了沈清明的身，温欣完全不觉得是自己太豪迈，她觉得这说明自己正好就是他对的那个人 。

沈清明望着她，目光有些深邃，里面夹杂的情绪，温欣看得不是太懂，但被他过于专注的神情看得有点脸红。

看着沈清明，温欣突然想起来自己一直想要告诉他的那件事。她先塞了一大口青菜在口里咯吱咯吱地咽了下去，又喝了口啤酒，然后感慨地对沈清明说道。

"你知道吗，咱们小时候见过！"

沈清明目光一变，带着点探究，看着温欣。

"就在 B 市的观光海滩，我爸爸在那里有一间度假小屋，我还记得是我读初一暑假的时候，爸爸带我去那里玩，当时你就住在隔壁。每天不是一个人在院子里画画，就是坐在海边的礁石上发呆。后来我去找你玩，你超级高冷的，都不搭理我。幸亏我美丽无敌，最终征服了你！

“我还记得，有一天晚上我从窗边看到你一个人坐在海边，你的背影看起来好孤独。我忍不住偷偷跑出去找你，还特意带了爸爸新送我的望远镜想与你一起数星星，让你开心一下。结果你竟然跟我说星星数不过来，世界上也没有神仙。

“当时我可难过了，后来你见我快哭了，又改口了，乖乖地拿着望远镜帮我数星星，后来你告诉我天上一共有九百九十九颗星星，代表着天长地久。说实话，当时我是真的没想到，你平时一句话都不说的人，竟然也会说这种甜言蜜语，不过那时候我很开心就是了。

“后来因为开学，我要回去了，去和你告别，结果你竟然一句话都没跟我说，别说是挽留我，就连和我告别都没有。后来我气不过，走的那天早上偷偷去见你，结果你竟然生病了，在床上昏睡，我忍不住冲上去抱住你——然后、然后就偷吻了你了！那应该是你的初吻吧，是吧是吧？你的初吻都是我的，现在还不愿意让我追，哼，和小时候一样就会欺负我……”

温欣脸上浮现出些许醉意，她回忆着小时候的事，完全没有注意到沈清明的眸光在瞬息之间的明灭变换。

等她说完，沈清明倒了一杯温热给她。

“你喝醉了。”

温欣不承认。

沈清明抿着嘴，良久才道：“你认错人了，我小时候没有见过你。”

温欣连连摇头：“不会的，是你！就是你！”

结完账已经是半夜了，店里的人少了大半。喝醉的温欣趴在桌子上，意识早就混乱了。沈清明沉默地望着她，脸上平静，心中却早已一片汹涌。

近三十年的生活里，不是没有女人对自己示好，大胆热情的也见到过，但从没有一个如温欣这般，让自己猝不及防，总是有一种深深的无力感，明明想要拒绝，最后却还是被她牵着鼻子走。

看着已经没办法自己走出火锅店的温欣，沈清明想了无数的方案，喊人来接、把她留给熟悉的店长在这里休息一晚、叫杰来处理……但最终，这些方案都被他否定掉了。

沈清明站起来，朝着温欣走过去，明明三两步的距离，却耗费了不短的时间。这是他第一次主动去触碰一个女人，沈清明伸出手的瞬间，内心的迟疑和神经紧张，让他的动作被拉得很清楚。

最终，沈清明将温欣拦腰抱起。

出店的时候，店长热情地跟了过来，直说让两人以后经常来，这个位子会一直给温欣留着。沈清明点点头，加快了脚步。等到两人回到家的时候，外公已经休息了。

沈清明将人从车上抱下来，身体僵硬着，坚持把温欣送回了房间。等他关灯准备离开的时候，却被温欣拉住了手。

“沈清明，别走。”

“放开我。”

沈清明声音喑哑，听在温欣的耳中，魅惑感十足。就在沈清明试图挣脱开温欣的手时，唇角突然被偷袭。

带着淡淡的酒味，温欣温热的唇，吧嗒一声亲在他的唇角。

沈清明浑身紧绷，僵硬了一瞬。

下一秒，他不再犹豫，直接将人推倒在床上，头也不回地起身离开。

留下还在回味无穷的醉姑娘在床上开心地打滚。

第二天，温欣意料之中的起晚了。

沈清明坐在楼下陪外公吃早餐，简单解释了一下，称温欣昨晚加班来着，外公不疑有他，吃完饭背着手出门找老同事下棋去了。

临走前，神秘兮兮地拉着沈清明问了一句。

“有个小姑娘，挺不错的，改天爷爷请她来家里坐坐，你们见见？”

沈清明脸上一默，目光下意识若有所思地扫了一眼温欣：“蒋爷爷，我暂时还没有这个打算，以后再说吧。”

直到沈清明和外公的对话结束，温欣才后知后觉地从宿醉中反应过来，外公竟然要给沈清明介绍女朋友？这怎么可以！这不是挖自己亲外孙女的墙角吗？温欣警告地瞪了沈清明一眼，单手比画了一个隔空抓物的凶狠的手势，暗示他沈清明是自己的人！

外公见沈清明说得很是认真，倒是没有再说什么，撇了撇嘴，出门去了。

又剩两个人在家。沈清明咽下最后一口米粥，站起来准备出门，却被温欣眼疾手快地拉住了手：“沈清明——昨晚，我们是不是kiss了？”

沈清明：“……没有。”

说着挣脱温欣的手，温欣哼哼了两声：“难道是我在做梦？可是那触感那么真实……”

沈清明不再理会犯花痴的温欣，带着几分狼狈的意味，落荒而逃。

等温欣收拾完毕赶去公司的时候，已经临近中午了。小助理萌萌像是装了雷达一样，分毫不差地出现在她眼前：“姐！你总算来了。”

温欣见她脸上有急色，挑了挑眉：“怎么了？”

萌萌跟在温欣身后汇报：“是这样的，今天上午咱们公司接待了一个大客户，是个富商！超级帅！”

温欣转手拍了她一巴掌：“说重点。”

萌萌扶了扶镜框，连连点头：“对对对，是这样的，那个大老板点名要让你出马，据说是他们公司有一套新建成的别墅，就在滨海岸，想让你来设计。”

温欣神色不动，很是淡定。

“就这点事？你有什么着急的？”

萌萌瞪大了眼睛，觉得肯定是自己说得不清楚。

“姐！你没听清楚吧，不是一栋别墅，是一个别墅群！整整十八栋！你知道对方开出了多少设计费！”

温欣眼皮子都没抬一下，直接问：“多少？”

萌萌双眼都是钞票，语气夸张地道：“七个零啊姐！七个零啊！我得奋斗两辈子也不一定能挣到啊。”

温欣脸上总算有点表情了：“这是我们老大要的还是对方开的价？”

萌萌：“对方开的！而且支票直接就和合同一块儿撂下了。老大已经都给你放到办公室了。”

温欣：“……等等！我还没说要接这个案子呢。”

萌萌像是听到了什么笑话：“姐，你别开玩笑了，你要是不接，对得起我们吗？这么大的案子，人家点名要找你啊姐，隔壁的王姗姗当时气得眼睛都红了！”

再次朝着八卦的方向一去不复返。

温欣带着萌萌一块儿进了办公室，见到办公桌上放着的合同和支票，有些头大。

“对方有明确需求吗？有讲清楚别墅面向的群体吗？”

萌萌接连摇头：“都没说。那个大帅哥见你不在，只签了合同，然后说是约你晚上一块儿吃饭，他要亲自跟你说需求！”

温欣听完这话眉头一皱，脸色有点臭。

“我晚上有事！给他打电话，重新约时间。还有吃饭就不必了，让他直接来公司谈。”

萌萌眨着大眼睛拒绝温欣，温欣看着她，叹息一声：“算了，我去和老大说，你去工作吧。”

等温欣从老大办公室出来，感觉整个人都被榨干了。遇到一个熟悉自己又八卦天赋强大的老板，温欣感觉自己被锻炼的心理素质极其强大。

一番讨价还价，温欣被愉悦地接受了新案子，同时也提出等谈完需求后，要在家专心搞设计图，暂时不来公司了。老大很愉快地放人，临走前还暧昧地朝她挤眉弄眼，那副样子像是看透了她根本不是为了工作要留家里，而是为了谈恋爱。

温欣回到自己的办公室处理了几件着急的案子，索性打卡走人。

转道去菜市场买了两大袋东西，温欣哼着歌心情愉悦地回到家。对于她早早下班回来，还买了菜这种反常的行为，外公狐疑地打量了她半天，最后语重心长地问：“小欣，你是不是工作出问题了？”

温欣有些搞不懂外公的思维，连连摇头：“没有呀。就是今天没什么事，所以想亲自下厨，让沈……清明哥哥尝尝我的手艺！”

外公的眼神带着怀疑，看着温欣的表情，像是在说，你就编吧，早晚有兜不住的时候。

等沈清明晚上回来的时候，就看到外公坐在沙发上看新闻。温欣在厨房和客厅里跑来跑去，一桌子看起来色香味俱全的菜品，冒着热气，有几分温馨的感觉。

“蒋爷爷。”沈清明简单地向外公打招呼，外公点点头，站起身来往厨房走去，催促着沈清明，“快去换了衣服下来吃饭吧，小欣说是专门为你做的。”

沈清明听着外公的后半句话，总觉得有些不对劲。

然后他就看到温欣端着一碗汤从厨房里出来，她背对着外公，笑得灿烂，朝着沈清明抛了个媚眼：“清明哥哥，你回来啦，快去洗手吧，饭好啦。”

沈清明一脸严肃，像是没有看到温欣脸上的小表情，淡然的上楼换了一身休闲服下来。

饭桌上，外公一向是食不言寝不语的，除了沈清明回来那天拉着他说了一会儿话，后来就依旧保持着自己的好习惯。至于温欣这个有点活泼的外孙女，外公一向是睁一只眼闭一只眼，大原则上不能出错，其他的适当放宽标准。

所以，一顿饭下来，温欣不断地给两人夹菜。然后又追问好不好吃。沈清明僵着脸，连着说了三四回：“还不错”“好吃”“嗯，喜欢。”

温欣认真地剥虾，等到一只红润有弹性的虾子剥出来后，毫不犹豫地蘸了料送到了沈清明的嘴边：“吃虾！”

外公和沈清明的目光同时投过来。

温欣淡定地又补了一句：“清明哥哥，快吃呀。”

外公收回目光，默默地吃饭没说话。

沈清明脸上僵硬，耳根后却有些泛红，在温欣的催促下，不得不张开嘴，将温欣递过来的虾含进了嘴里。

等到温欣又夹了一块肥牛继续想要喂沈清明吃的时候，外公终于控制不住了，他将手上的碗重重地放在桌上，瞪了温欣一眼：“规矩呢！别胡闹了，让清明好好吃饭。”

温欣撇撇嘴，将肥牛放在了沈清明的盘子里。

她拿着筷子乖乖地给自己夹了一口青菜，脸上挂着点小委屈。

沈清明的额头抬了抬，当作没有看到。

现实生活中的感情不像艺术作品那样轰轰烈烈，离奇又心酸。往往是在平淡的日常生活中对彼此的感觉悄然发生了变化，这种日久生情式的感觉太过于润物细无声，所以很少有人能够马上明白过来，哦，这个人我绝对不能失去她。

温欣和沈清明之间的关系，也悄然发生着变化。

在同一个屋檐下相处得久了，哪怕沈清明一直在拒绝着温欣，还是知道了这个鬼马的小女人喜欢早上偷偷喝苦茶，上班的时候一本正经女王范，其实下班后很可爱很神经。

甚至，沈清明也说不清楚，自己是怎么记住了温欣的生理期，怎么记住了她不喜欢吃甜食尤其是奶油，但是又超级喜欢巧克力。

至于沈清明那些简单又近乎一成不变的生活习惯，温欣早就在开始追求他的时候，就从杰那里了解得一清二楚，甚至还专门做了笔记。

这样的两个人，渐渐习惯了外公早上去和老朋友喝早茶，剩下两个人一块儿做早餐。温欣煎的蛋形状一般都奇奇怪怪，但是味道却很不错。沈清明泡的咖啡很美味，让温欣也爱上了。两个人的生活在互相都没有认真注意的情况下，多了许多默契。

而温欣，在成功拉着沈清明去看过一次画展后，又秘密酝酿了好几天，再次成功将人骗到了电影院。

沈清明僵着脸被温欣催促着进了放映厅，放映厅里还没有熄灯，沈清明一进去，瞬间引起了许多坐在位置上的女生低呼。

“好帅啊！”

“快看那个男人，太帅了。”

“简直是现实版的霸道总裁啊。”

沈清明看场电影竟然会引起不小的轰动，温欣倒是没有想到，不免有些吃醋，又有些得意扬扬，她目露杀气的眼神横扫了坐在位置上的一众小女生，看什么看，他是我的！

沈清明的荷尔蒙应激症虽然对温欣特殊，但是像电影院这种女生很多的地方，他几乎是一走进来就浑身寒毛四起。

温欣在沈清明晕倒或情绪暴躁之前抓紧他的手，拉着沈清明坐到了最后面。

“放心吧，她们不会过来的。”

沈清明看了温欣一眼，脸上带着些许控诉和无奈。

他本来是接到温欣的求救电话，说是出门逛街钱包被偷了，让他赶来帮忙，电话里温欣一口的哭腔，让他心里有些不忍，所以才赶了过来。结果刚到，就被笑得一脸奸诈的温欣拉进了电影院。

温欣感觉到沈清明眼睛里的谴责，讨好地解释：“今天这场电影，是我最喜欢的一部老片子，人家从少女时代就梦想着有朝一日能够和心爱的男人一块儿来看。你不知道，这部电影，每年只在这家影院这一天公映一场，如果错过了这一场，就要等明年了，难道你忍心让我惨兮兮地等到明年吗？”

沈清明：“……”

温欣见沈清明身体慢慢放松了下来，得寸进尺地再次挽住他的胳膊，靠在沈清明的身上。

“你陪我看电影，我晚上陪你吃饭，当作赔罪了好不好。”

“沈清明，你还在生我的气吗？”

沈清明：“……”

温欣还要继续缠人，沈清明先一步打断她：“不是一年只有一次，还不好好看。”

见沈清明终于搭理自己了，温欣这才放心一笑，然后乖乖地看电影去了。

片子是原版，画质不是高清，但是演员的演技和故事都很棒，讲的是一个小女孩和一个小男孩少年时期朦胧的怦然心动。

看到中间小男孩爆发，大吼着说最讨厌这个缠人的小女孩的时候，温欣几乎是马上就哽咽了，拽着沈清明的袖子，毫不犹豫地擦拭着眼泪。

“这样的男生最讨厌了，一点都不懂女孩子的心。”

沈清明脸色僵硬地看着自己的衣袖成为温欣的“手帕”，一个字也说不出来。

很快，沈清明发现不仅是温欣，前面有好多女生都在小声地抽泣。沈清明的眉心开始突突地跳了起来。

等到电影演到尾声，小男孩终于明白自己的感情回去找小女孩的时候，却得知小女孩天生就患有严重的疾病，只能活到十六岁。而就在他爆发后离开的第二年，小女孩就因为病情发作而去世了。

原来那些美好的青涩的时光，如今除了幡然醒悟痛彻心扉的男孩，只剩下一棵当年两人一起种下的树，茁壮地生长着，像是不知忧愁，一如年少时的那段时光。

等到影片结束后，温欣直接扑到了沈清明怀里，呜呜地哭起来。

“太虐了，为什么小女孩不能战胜病魔活下去呢，明明是那么幸福的一对。”

“要是我的话，一定不舍得就这样离开，留下喜欢的人难过一辈子，那样的话，我应该会伤心死吧。”

听着温欣的话，沈清明原本抗拒不解的情绪渐渐消散，目光中多了一些晦暗的情愫，但那抹晦暗的情愫，在黑乎乎的放映厅里，没有人来得及看清楚。

回去的路上，温欣还沉浸在电影中不能自拔：“幸好我们又相遇了，不然的话，是不是也像她们那样，天各一方，一辈子都再也寻觅不到真爱，只能遗憾地过一辈子。”

听到温欣又提起小时候那个男孩，沈清明原本柔和的神情僵了僵。

“温欣。”他的目光看着前面的路况，“你记错了，我小时候没有见过你。”

“不可能！”温欣没办法向沈清明解释那种奇妙的感觉，当年她遇到小男孩时心头那种跳跃的感觉，和她如今遇到沈清明时的感觉，是一模一样的。她相信，沈清明就是那个小男孩。

沈清明不再搭话，沉默着坚持自己的话。

举国同庆的国庆节到来时，温欣原本计划着要拐沈清明出去玩，却不想沈清明国外的产业要开董事会，不等温欣拐人，沈清明就出国了。

温欣从杰口中得知沈清明的行程后，有些沮丧和气恼。对于沈清明要出国半个月这件事，他竟然不告诉自己而感到难过。难过的女人最需要人安慰，谢云显然就深谙此道。所以他软磨硬泡邀请了她去峡谷漂流。

温欣原本是拒绝的，可是架不住谢云的热情，稀里糊涂就答应了。不过她一下飞机就后悔了，结果还不等打电话回去，手机就在机场弄丢了。电话卡一时半会儿办不到，温欣只能硬着头皮跟着谢云玩了两天，之后迫不及待地返回。等她急匆匆回来办完手机卡买了手机开机后，却发现无论是未接电话还是微信，都没有任何未读消息！

这回，温欣有点受伤了。

她委屈地趴在床上干号了一会儿，决定要适当地晾一晾沈清明，不能让他太嚣张。

于是，一直到国庆收假后，温欣已经整整两周没有和沈清明联系过了。

国庆收假后，温欣在公司见到了萌萌口中的大老板商亦。商亦穿淡米色的西装，带金框眼镜，文质彬彬，颇有贵族风范。他看温欣的目光，像是早就认识温欣了一般。

“温小姐，一直想要见见你本人，不想最近一直忙，总算今天见到了。”

温欣正着脸，看着商亦握着自己的手，落下轻轻一吻。

她有点不适应这么有英伦范的男人。

“商总，咱们还是去会议室谈吧。”

商亦很配合地跟着温欣进了会议室，但是他很快打断了温欣试图就设计需求进行细谈的话题，朝秘书伸了伸手，跟在身边的秘书从公文包拿出一沓文件。商亦直接推给温欣：“温小姐的规矩我早就打听过了。对于这次的需求，也都详细地罗列了出来，希望能够为温小姐节省时间。”

温欣有些意外，还是头一回碰上这么配合的客户。

她接过文件粗略地看了看，果然每一条都详细地罗列了出来，很清晰。

合上文件，温欣感激地朝商亦笑了笑。

“商总，真是太感谢了，遇到您这样的客户，是我的荣幸。”

商亦笑着眯了眯眼，狭长的丹凤眼，闪烁着成熟男人的魅力。

“如果温小姐是诚心感谢我的话，那就请温小姐不要再拒绝我的邀约，一起用晚餐如何？”

能够如此体心地把她的要求都准备这么齐全，就算是作为欣赏，温欣也没有理由拒绝了。何况沈清明也不在，她有一堆时间需要打发。于是在商亦热切的目光下，她点了点头答应下来。

和商亦的晚餐，出乎意料地合拍。

商亦没有表现出对男女感情的兴趣，反而更像是一个相谈甚欢的朋友。

“欣欣，我可以这样叫你吧？”商亦期待地看着温欣。

他的目光清明而真诚，让温欣根本说不出拒绝的话来。

“当然。”

商亦笑了笑，好看的凤眼因为笑容微微眯着，却平添了更多的魅力。

“欣欣，实不相瞒，我看到你的第一眼，就觉得很熟悉，那种感觉，就像是我们已经认识了很久，对！就是久别重逢的那种感动。”

温欣有些受宠若惊：“商总——”

商亦摆摆手：“叫我商大哥，我们现在应该算是一见如故的朋友吧。”

温欣原本想要保持着专业设计师的想法最终在商亦熟稔的聊天中破功，她从善如流地改口道：“商大哥。”

商亦给她倒了一杯酒：“这瓶酒的来历你一定猜不到。”

温欣尝了一口，只觉得和以往喝过的名酒有些不同，但能在这样的场合出现的酒，来历应该都不简单吧。

商亦也没有卖关子，反而侃侃而谈。

“这瓶酒，是我出国前自己到青岛的酒庄亲手酿制的，后来就被空运回来藏在这家店的酒窖里。说起来，这次还是五年来我第一次回到海城。”

温欣惊讶不小：“你是说，这是你亲手酿的酒？”

商亦脸上带着回忆：“我从小就在国外，五年前回国也是为了父母的后事，那时候我第一次读国内的古典文化，上面提到了古代父亲会给出生的女儿亲手酿一坛酒，等到出嫁后再开坛，这种酒叫作女儿红。那时候年纪轻，还有几分多愁善感的意味，我就也想去酿一瓶酒，纪念从此以后天下之大，我却再没有父母亲人，永远都是一个人了。”

说到这儿，商亦的声音有些沙哑，温欣的心情也跟着他的话伤感了起来。

“现在想想，那个时候还是太年轻。”商亦拿起杯子干净利落地喝了一杯，又自己给自己倒上，“不说这些扫兴的事了。”

温欣附和：“人生还那么长，不能总回忆过去，所以还是展望未来吧！”见商亦对中国的古酒挺有兴趣，温欣想起之前听欧阳提起过的关于一个中日古酒艺术展览，据说集酿酒与艺术于一体，很具有时尚潮流，温欣忍不住再次开口道，“下个月有个中日酒文化的展览，我听朋友说很不错，据说风格前卫，是酿酒术和艺术的结合，商大哥有兴趣的话可以去看看。”

商亦听完很有兴趣：“不知道那天欣欣有没有空陪我这个孤家寡人一块儿去？”

温欣没有直接回答：“最近我男朋友出差了，那天有没有空，要等他回来了我才知道。”

听到温欣提自己的男朋友，商亦目光微闪，但他很快就笑了起来。

“果然优质的姑娘早就被抢走了。”商亦举杯和温欣碰了碰，像是想到了什么，“对了，忘了跟你讲一件事了。”

“当年处理完父母的事，我一个人坐游轮回国外，本来是想趁机散散心，没想到那一趟航程，我们遇到了大暴雨，当时游轮前半个身子直接被席卷而来的海浪掀了起来，整条游轮近两个小时是呈垂直状态的。当时的船长是退役的特种兵，曾经在非洲待过十年，多亏了这位船长，我们当时才能穿过海浪，最终在游轮肢解前赶到了一座荒岛上。”

“我们近一百人在荒岛上待了整整一周，搜寻的救援机才赶过去。”

温欣看着商亦，完全脑补不出他蓬头垢面流落到孤岛的样子。

“没想到商大哥你的经历这么丰富多彩。”

“以后有机会了带你去体验一次那位船长开的游轮。”

温欣笑着附和：“有机会了一定去。”

一顿饭下来，两个人迅速熟稔了起来。温欣已经把商亦归纳为可以发展的好朋友，好哥们的行列中。商亦也一直感慨，见到温欣，总觉得像是上辈子就认识了一般。有一种一见如故的感觉，让人很舒服。

对于商亦规规矩矩的示好，温欣很是受用。等到商亦提出送她回家后，温欣没有多想便答应了。

商亦的车也如他的人一般，是SUV车型的低调路特斯。这种豪车的牌子，如果不是温欣的好友恰好是其死忠粉，估计她一辈子都认不出来。所以等坐上车后，温欣下意识地感慨了一句车后，倒是引得商亦有些惊讶。

“真没想到你竟然还懂车。”

温欣很诚实地表示纯属巧合，全赖有个车迷好朋友。

两人一路说笑，到了外公住的马路旁边，温欣让商亦停车。

“就送到这儿就可以了，里面的家属院地方小，不方便倒车，我走几步就可以了。”

商亦没有坚持再进去，点点头同意了。然后先温欣一步下车，体贴地帮她开了车门。

“有时间一定记得叫我一起去看你说的那个前卫的展览。”

商亦提醒温欣，表示自己对她说的那个展览非常感兴趣。

温欣点点头，挥手告别。

等她站在路边目送商亦上车离开后，终于后知后觉地感觉到背后有一道若有似无的目光在注视着自己。

温欣猛地转身。

然后就看到出国近一个月的男人单手插兜，站在晦暗的巷口，目光明灭间，沉默地望着自己。就在温欣嘴角下意识地挂着笑，准备朝他走过去的时候，男人先一步低头，转身离开。

温欣的脚步停了下来，有些回不过神地看着走远的沈清明。

沈、沈清明？

他什么时候回国的？

还有他刚刚是在等我吗？那看见我了又冷着脸转身就走是怎么回事？害羞了？沈清明这种冷冰冰的男神应该不会害羞这种技能吧？那就是……难道是？！

沈清明他吃醋了？！

温欣越想越觉得是这样，原本因为沈清明偷偷出国不告诉自己的小委屈也跟着消散了大半，哼，看在你吃醋的份上，我就不跟你斤斤计较这种不报备就消失的事了，但也不能让你有下次！

你可是有家属的人啊！

等温欣脑补完，欢欣雀跃地回到房间的时候，不仅外公已经休息了，就连沈清明的房间也关了灯。

温欣站在沈清明房门外徘徊了一会儿，最后决定明天再好好调教习惯一声不吭就出差的沈清明。然而，意外往往来得猝不及防，第二天还不等温欣逮住沈清明好好看看他瘦了没有，就因为突然提前的工作任务，不得不陷入了昏天暗地的忙碌之中。

整整一周，温欣都处在设计灵感汹涌而至，设计稿一张接一张赶工的状态中。除了第一天温欣打电话让萌萌送来了文件资料外，接下来整整七天，她都把自己关在房间里，昼伏夜出。

一开始因为外公早晚的时间和温欣对不上，所以并没有发现温欣的不对劲。直到某天早上，外公和沈清明一块儿吃早餐，外公突然提起了温欣，沈清明沉默了一会儿，如实地跟外公说了一句，自己已经好几天没有碰到过她了。这才引起了外公的注意。

当天晚上外公等到十二点也不见温欣回家后，他直接打电话过去，准备问问自己这个外孙女最近在做什么。然后，就听到温欣的手机铃声从楼上传下来，紧接着是温欣有气无力的声音。

“外公，我忙着呢，有事过两天再说啊。”

打过电话，外公总算意识到，原来温欣是一直窝在房间里工作。鉴于以前也有过两三天的经验，外公没有太当回事。直到，这种神出鬼没的状态持续了整整一周后，外公有点坐不住了。

这天晚上沈清明回到家，外公二话不说就拉着他上了二楼。指着温欣的房门对沈清明说："小欣足足有七天没出来了，以前她也有把自己关起来闷头搞设计的时候，但最多没有超过四天啊。"

"傍晚的时候我叫她出来吃饭，里面也没动静。你说她不会出什么事吧。"

听了外公的话，沈清明皱紧了眉头，有些不可置信。他一直以为温欣是有了新欢，可能觉得不好面对自己，所以才错开了和自己每天上下班的时间。但……听蒋爷爷的意思，她一周没有出门，将自己关在房间里搞创作！

想到这儿，沈清明脸色有些黑，眼中染上了一抹担忧。

"蒋爷爷，你先到客厅休息，我进去看看。"

将外公安抚下楼后，沈清明转身回来敲温欣的房门。

"温欣？"

里面久久没有回应。

沈清明盯着门把手默默地看了好一会儿，转身取了温欣偷偷放置的备用钥匙，动作带着点急促，打开了她的房门。

这备用钥匙的所在还是温欣第一次莽撞地推开沈清明的门，看到他香艳出浴图以后对她脸不红耳不臊告诉她的。

沈清明至今仍记得当时温欣说的话。

"嘿嘿，不好意思啊，这完全是个意外哈。你要是觉得亏的话，我房间的备用钥匙就在旁边的花盆下，哪天你也可以趁我不注意偷袭我哈。那样我们就扯平了，随时欢迎哦。"

当时沈清明只想把她赶出去。

没想到备用钥匙还真的用上了。

房间里的光线有些暗，像是只开了夜灯。

里面弥漫着浓浓的檀香味，味道有些刺鼻。

沈清明进去后随手带上了门，双眼慢慢地适应了屋内的光线，往里面走了两步，听到阳台处传来清浅的水声。沈清明朝着声音走过去："温欣？"

“啊——沈清明！”

“你怎么进来了！”

没有比眼下更尴尬的情形了。

浑身沾满了泡泡，哼着不着调的曲子，抱着一只大黄鸭，在浴室里泡得通体舒畅的温欣，一睁开眼，看到的就是手上拿着自己的备用钥匙，犹如神祇般居高临下站在自己面前，目光带着几分严肃又很是专注地看着自己的沈清明。

沈清明的大脑有一瞬间的空白。

眼前更是不断倒带着温欣洁白的锁骨，还有水中纤细的身材，温欣的身形近乎完美，丰满的胸部线条完美，大小恰到好处，肌肤娇嫩白皙，在淡淡的阳光下，带着浅淡的粉红色，让人挪不开眼睛。沈清明感觉自己的胸腔中有一股热血在翻涌，控制着他的理智，操纵着他的身体，让他动不得，躲不得，甚至他的双手莫名有一种想要去触摸面前美丽胴体的冲动，全身奇怪的反应让沈清明定在原地，一脸诧异又目带炙热地望着眼前有些惊慌失措的小女人。

他们还真是扯平了……

温欣很快控制住了自己的情绪。她随手扯过旁边的浴袍。因为冷静了下来，所以不再过于在意沈清明的目光，反而因为对自己身材很是自信，大大方方地从浴缸里站了起来，不紧不慢地套上浴袍，系上衣带。又随手抓了条毛巾，一边搓着头发，一边越过沈清明坐到了梳妆台前。

沈清明胸腔的那股热血，燃烧着他的喉咙，他的大脑。身体克制地转过身，目光浅淡地看了温欣一眼，见她除了有些消瘦，并没有什么大事，没有再多问什么，抬脚就准备离开。

“你站住！”

等沈清明准备开门出去的时候。

身后的小女人突然一声大喊，手里的梳子也被她啪嗒一声拍在梳妆台上。

“沈清明！你给我回来！”

温欣的语气里带着点恼羞，带着点闷气，更多的是因为思念而选择了妥协的小委屈。她噌噌跑到沈清明的身后伸出手，双手从后面抱住了他的腰。

“沈清明，你一声不吭地出国，整整半个月，我不给你打电话，你就像是忘了我这个人一样！”

“好不容易回来了，没有礼物，没有道歉，还一进来就把我看光光了！”

“你、你、你太坏了！”

“你说，你是不是仗着我喜欢你，所以你特得意，特嚣张，特别不把我当回事！”

……

越说越没有逻辑，最后温欣干脆埋首在他的身上，呜呜地假哭起来。

沈清明握着门把的手，紧了又松，松了又紧，有些泛白。最后，从他的喉咙中发出一声几不可闻的叹息声。

他伸手覆上温欣搂着自己的手，合上了门，慢慢转过身来。

“别哭了。”

因为沈清明的妥协，越发助长了温欣的气焰，她不仅没有停下来，反而号得更卖力了几分。

“人家心里又委屈又难过，你还不让人家哭！”

沈清明：“……”

他身体僵硬地站在原地，两人就这样静静地相拥着。过了许久，沈清明感觉自己的身体奇迹般地松懈了下来，不复以往的不自在。他试着伸出手慢慢地揽住一直紧紧抱着自己的小女人，他轻轻地拍着她的背，以示安抚。

“温欣。”

沈清明的语气有些生硬，像是在组织着词语。

“嗯？”

“以后不会了。”

沈清明习惯了说话简练，明明心中有一堆的话想要说。明明出国的第一天就忍不住想到她，之后的两周，吃饭、办公、走在街头见到展览……他都会不由自主地想起她。

因为脑海里莫名多了她，让他再也没办法冷静、沉着、专注地去处理工作，总是盯着手机发呆，却又没有勇气主动打电话给她。等到马不停蹄地加班结束工作后，他几乎是催着杰买最近的航班往回赶。

可是当他回到家后，却发现她并不在。

等着她回来的那段时间，他第一次明白了什么叫作度日如年。

后来，他听到外面的车声，还有温欣笑嘻嘻地道别声，他出去的时候脚步急促而慌乱，可是当看到温欣朝着那个英挺的男人挥手告别的时候，他又心中深深一痛，忍不住转身离开。

沈清明说不出自己心里的这些奇怪的变化，只能试着将双手放在温欣的腰际，然后慢慢收紧，回应她的拥抱。

察觉到沈清明的动作，温欣只觉得自己好像收获了什么意外之喜，她越发搂紧了眼前的男人，狠狠地点头，然后又觉得不够，抬头半仰着，用一双红通通的大眼睛望着他“你说的哦，以后都会告诉我！不能忘记！”

沈清明见温欣总算不哭了，心里松了一口气。

他点点头，脸上的表情柔和了几分。

温欣依旧没有放开他，使劲吸取着他身上的味道，只觉得一直惴惴不安的心又安定了几分。

突然，她像是想到了什么，又抬起头望着沈清明问：“那你现在是不是默认了我们的关系了？”

温欣的问题，将沈清明问住了。

他静默地望着温欣，久久没有答案。直到最后温欣又要假哭，沈清明才声音沙哑地回道：“给我点时间，我会认真考虑的。”

温欣见沈清明脸色很是严肃，也明白自己不能对这个不近女色的男人逼得太紧，还是见好就收是最佳战略。她没有再继续逼迫沈清明回答这个问题，两个人静静地相拥了许久，久到最后温欣有些撑不下去笑场了。

“沈清明，我七天都没出去，你是不是特别担心我啊？”

“沈清明，我突然想到，那天晚上你是不是特意去街口等我的？后来你见我从别的男人的车上下来，是不是吃醋了？”

“沈清明，我跟你说哦，这回的案子数量实在是太多了，简直废掉了我半条老命，总算是大体都搞定了！”

“沈清明——”

沈清明被温欣拉着坐在阳台的吊床上，温欣半搂着他的胳膊，身子大半靠在他的身上。他甚至能够闻到温欣身上清浅的沐浴乳的香味。他的眸光穿过星空，像是飘去了回忆里。

那些黑压压在心底埋藏着的丑陋又肮脏的回忆突然变得很是遥远。那个趾高气扬地闯进自己家中宣誓主权想要上位的女人的面貌第一次模糊了起来。而自己许久许久不曾看清楚的母亲温和的笑脸终于重新回到了他的记忆里。

难道，这就是爱情的力量？

沈清明思绪万千。

如果半年前有人告诉自己，半年后你会和一个女人亲密无间。沈清明觉得，自己一定会把那人当成是疯子。

但这又好像便是命运的奇特之处。无论有多少规划和计划，都赶不上命运带来的惊喜。他浑身的气息都温润了下来，任由温欣抱着自己，一会儿讲这个，一会儿又说到了那个。

一直到外公在楼下坐不住了上来催人，温欣才依依不舍地放开了沈清明，让他先出去和外公汇报自己的情况。

“待会儿给你看我的设计稿好不好？”

温欣送沈清明出去的时候，拽着他的袖子，眼巴巴地望着他。

沈清明无法拒绝她无辜的大眼睛，最终“嗯”了一声答应了下来。

沈清明再上来的时候，端了一碗清粥，几个小菜。

温欣七天没闻到饭菜香，全靠囤积在房内的零食过活。现在闻到饭菜香，就像是见到了肉的恶狼，差点扑过去。

温欣吃饭的时候，沈清明就坐在书桌前翻看她的设计稿。

这次温欣选取的是星空与烟花的主题，偏梦幻风，又带着几分后现代的写实感，以一种强烈的反差来凸显时尚元素，因为巧妙的融合，让两种迥异的风格独到的交汇起来，让人赏心悦目。

翻着温欣的设计稿，沈清明的目光中闪过一抹赞许。

她的设计天赋无法让人忽视，别具一格的创意和独到的细节处理，都彰显着她以后的成就必然更加不凡。

等翻到其中一页关于书房的设计时，沈清明突然坐直了身子，目光也从之前的轻松变得有几分严肃，他仔细翻看着这几页书房系列的设计，渐渐的眉头聚拢到了一起。

温欣喝完粥悄悄过来的时候，正好撞见沈清明一脸严肃地盯着自己的设计稿发呆。她伸手在沈清明眼前晃了晃："清明……"

故意甜甜腻腻地喊了一声身边的男人，凑到沈清明身边刷存在感。

沈清明看了一眼温欣，伸手指着上面的图稿问："这个风格，你是从哪儿学来的？"

温欣瞥了一眼，见他指的竟然是自己最为满意的书房的设计稿，有些小骄傲地扬了扬下巴："我设计得很棒对吧？"

她拖了个圆滚滚的玩偶当坐垫，坐在沈清明身边："这几张书房的设计稿，是我最满意的部分了。因为书房的风格，我在这个很多年前就风靡的设计图上融入了一些现代元素，用细节来填充，既和整体的主题呼应，又不喧宾夺主。"

沈清明听温欣神采飞扬地谈着自己的设计理念。

之后，他又听到温欣说："当年我就是因为对这个风格一见钟情，所以才选择了做室内设计师。可以说，创作出这一系列风格的青梅大师是我的偶像。只可惜，这位前辈英才艳艳，却天妒英才，年纪轻轻就去世了，不然我一定得拜到她门下不可。”

对温欣的感慨，沈清明没有说什么。他将手上的设计稿合上，出乎意料地伸手揉了揉温欣的头，语气带着点宠溺：“你画得很不错。”

温欣顺势靠在他的腿边，卖萌撒娇：“既然你夸我画得好，难道都没有礼物奖励吗？”

沈清明被问住了，尤其是被温欣期待的大眼睛望着的时候，他的心底莫名升起了一股类似愧意无措的感觉。倒是温欣，本就是开个玩笑，所以她在沈清明晃神的工夫，在他下巴上轻啄了一下：“那，让我亲你一下，就当作是礼物了。”

温欣的吻落下的刹那，沈清明感觉心里多年的冰山，像是突然化开了一角。心底掠过陌生又诱人的感觉，为了掩饰自己内心的几丝无措，沈清明的脸板得更正了，对于温欣的吻，既没有拒绝，也没有迎合。

就在沈清明努力调整自己的情绪和身体的时候，温欣突然狡黠一笑，仰着头再次偷袭，这次目标直指沈清明好看的薄唇。

温热的触感，让沈清明有一瞬的窒息。

她的动作有些笨拙，清浅的带着点试探，舌尖又带着点调皮，悄悄地探出来，像是在临摹着他的唇线。

沈清明的身体像是被定住了，他的目光微闪，紧抿着唇，在温欣大胆的试图撬开他的唇的时候，沈清明终于支撑不住，猛地推开温欣，迅速转身拉开房门离开。

温欣呆愣地看着沈清明的背影：“沈清明！你这个笨蛋，竟然敢落荒而逃！”她哀号一声，将自己抛到床上，颇有几分恨铁不成钢的意味。

沈清明的变化，让这场单方面的追求宣告取得了质的飞跃。

温欣的攻城略地也越来越嚣张，带着十足的安全感和底气，在外公的眼皮子底下，偷偷玩起了半暧昧半明恋的感情大戏。

温欣的设计稿完成后，又恢复了正常的上下班生活。小矛盾之前的生活模式重新固定了下来，每天早上两人一块儿吃早餐，之后沈清明先送温欣去公司。

好几次都被公司的同事撞见，温欣一脸淡定，有时候还会缠着沈清明让他送自己上楼，妥妥地炫耀。等到大家连续撞见超过七次后，公司里的八卦开始热闹了起来。大多数都在议论这次温欣是不是玩真的，竟然超过七天都没有甩人！还有一些早就关注的，激动地给大家提供真相，称自己早在国庆前就见到过两人在一起。最厉害的就是不知道谁起哄竟然开了个秘密赌局，就赌温欣和新欢什么时候分手！

设计稿在几次不大的改动和调整后顺利通过。因为商亦的这个案子数量大，质量要求严苛，所以施工期间，温欣每隔一天都要亲自去现场看看，遇到一些突然情况，她要随时给出更改或替换方案。

和商亦好像很有默契似的，温欣去的大多数时间，都能碰上刚好陪大客户来参观的商亦。有时候商亦忙完了，温欣又刚好在，商亦就会在附近找个茶馆或是咖啡厅，两个人坐着聊一聊。

对于和商亦之间越来越熟稔的情谊，温欣带着几分对待惊喜的意味。

欧阳秋季展的时候，温欣约了商亦一起。

在会场百忙之中抽出时间临幸温欣的欧阳，看了商亦一眼，转身拉了温欣去私聊，直言这个优质男，一定对你有意思，而且蓄谋已久！

温欣假笑了两声，掏出手机给欧阳观摩沈清明的帅照，正经八百地强调自己是有真命天子的人。她和商亦就是一见如故的好朋友，就是因为商亦对自己没有别的想法，所以才带他来看你的展！

欧阳呵呵冷笑了两声，小声骂温欣是情感小白。

等到欧阳离开后，温欣又忍不住想，自己感知的应该是对的吧，商亦他确实没有什么进一步的想法，两人就是聊聊艺术，讲讲各自的生活经历而已。而且她对商亦，只有一种熟稔的感觉，没有那种面对沈清明时的怦然心动。

温欣忙着工作，沈清明则一连被秦子萱围追堵截了小半个月。

“沈清明！你不让我给你重新做评估，我是不会放过你的。”

秦子萱甚至放出了豪言壮语，每天赖在沈清明公司。让公司里的员工一度以为这是老板的同性追求者。

等到某天，沈清明去开董事会，见到了坐在秘书座位上的秦子萱时，终于忍无可忍，眉心直跳地答应了他。

秦子萱当时笑得可谓是千娇百媚，临走还抛了个媚眼过来。

“沈清明，你是没办法对我说不的！”

之后秦子萱接连消失了一个星期，据说是去鼓捣自己最先进的仪器，找人从剑桥的实验室打包飞过山川和海洋，万里迢迢弄了过来。

秦子萱的实验和评估还是很高端的。

他将两个和窃听器差不多的东西交给沈清明，让他一个自己戴着，一个想办法让温欣戴上。然后就每天守着自己的仪器，记录数据。

可惜，秦子萱不知道的是，沈清明虽然当着他的面答应了下来。但转身就把东西收进了抽屉，完全是一副一辈子不会让它重见天日的意味。

沈清明应付完秦子萱，再次投入高强度的工作中。

沈清明回国接收的公司是他的父亲沈徽之前全权打理的，公司是沈清明的外公一手创办的，后来交给了沈徽。但沈徽坐上董事长的位置后没几年就婚内出轨，不仅背叛了沈母，更是爱上了一个心机深沉又嚣张的女人。那个女人怀孕后为了上位拿到名分，接二连三上门骚扰沈母，直接导致了沈母的抑郁症。

沈清明和沈徽之间的关系，在沈母被迫离婚并被送进疗养院后，就比陌生人还要冷淡了。

如果不是沈徽半年前因为航班失事而意外去世，沈清明不愿意外公的心血被那个女人的亲戚、孩子据为己有，也不会回国来接管公司。

回国的这近半年时间，沈清明一直忙着整合公司的股权，重新进行资源配置，好几个一心拥护沈父和沈父后来的太太的党羽，都将会在即将召开的董事会上被一次性拔除。

正是为了这次董事会，沈清明已经连续在公司加班快一个月了，并且接连有两周都没有回家休息，都是直接在办公室的休息室闭目养神。

这天，沈清明刚做完公司的下季度规划，就接到了温欣的电话。电话里，温欣再三强调让他早点回家。放下电话后，沈清明盯着桌上的文件，有几分钟的走神。然后他拨通了杰的外线：“查一下温欣的生日。”

等杰汇报过来后，沈清明有些疑惑地蹙了蹙眉。

就在杰准备挂了电话，赶紧找人聊一聊这个大八卦的时候，又听到沈清明问：“今天是什么节日吗？”

杰有些迷惑，但还是尽职尽责地汇报了：“不是节日。今天就是很普通的一天。”

沈清明挂了电话，伸手揉了揉眉心，猜不到温欣今天到底想做什么。自从上次秦子萱追着要给沈清明重新做评估开始，他就一直在沈清明耳边给他普及各种恋爱常识。

比如你永远不能忘了你女朋友的生日！情人节！七夕节！圣诞节……比如你要时刻记得制造惊喜，例如小礼物啊，带她出去玩啊……

虽然当时沈清明很不耐烦，但在接到温欣电话后，他却下意识地想到了秦子萱的话，还鬼使神差地去查了。沈清明思绪回笼，脸上的表情有些不自然，带着几分僵硬和严肃，一直到他离开公司，都没有放松下来。

沈清明是抱着花回来的。

温欣出来迎他的时候，有些惊讶，随后是感动。她像只小黄雀一般，张开双臂，朝着沈清明飞扑了过去，埋首在他的怀里，蹭来蹭去。对于男人下意识的身体僵硬直接选择了忽视。

“沈清明，这花是送给我的吗？”

等她蹭够了，便微微抬起脑袋，仰着头，扑闪着大眼睛，望着沈清明。她的眼睛真的很亮，比星子更多了几分流光溢彩，当你被她的眼睛扑闪扑闪地望着的时候，哪怕是再冷硬的一颗心，也会不由自主地被她看得一下子柔软起来。

沈清明点点头，将花递给温欣。

他的声音有些暗哑，和温欣相望的目光暗沉了起来，带着一丝不容易察觉的火焰。

温欣兴高采烈地接过花，踮起脚尖在他下巴上轻啄了一下：“谢谢。”然后转身一手抱着花，一手拉着沈清明往里走。

“快来，我带你去个好地方。”

沈清明任由她拉着自己往前走，落在她身上的目光，增添了几分自己都不知道的宠溺。

温欣收到花会这么开心，是沈清明没有想到的。

因为这束花并不是他买的。

而是助理力十足的杰，根据沈清明的电话判断，积极主动订的，直到沈清明下班后，才在自己的车里发现了这束花，旁边还有杰的好心提醒。

“老板，不管今天是什么节日，给女朋友送花，总没错！”

沈清明将纸条随手丢进了垃圾桶。

但这束花，他也说不清自己是受什么驱使，鬼使神差地带了回来，并且在下车的时候，小心翼翼地将它抱了出来。

眼下，见到温欣的诧异和欢喜，沈清明心里默默地考虑着，要给杰涨工资了。

温欣拉着沈清明上了楼顶。

这栋两层的小楼外加一片绿意盎然的院子，是外公在职的时候分配下来的。温欣来这里住了之后，偶然发现，这栋小楼真的是处处是宝。尤其是深秋的时候，不仅可以在楼顶欣赏万家灯火，最主要的是，深秋的星空那种辽阔高远的既视感，在楼顶一览无遗，很是浪漫。

而如果再在楼顶，摆上一桌烛光晚餐，和心爱的男人喝点红酒，一起规划以后的幸福生活，然后一起坐在吊床上，相互依偎着，静静的地看夜空中的星辰，光是想想，就觉得浪漫到了极致。

温欣拉着沈清明入座，自己又蹬蹬跑下楼去拿了一个大花瓶，将花束放进去，就搁在两人身侧的小茶几上。

她开了一瓶红酒，给两人倒上后，端起酒杯含情脉脉地望着对面的沈清明：“沈清明，约会快乐！”

微风挑逗着烛火，火苗一如温欣一般娇俏，跳动着身姿。隔着火苗和烛台，沈清明望着面前的女人，感觉心头十几年来的空白像是一瞬间被填满。

酒杯清脆的交响，让沈清明的眉眼温润了起来。他的嘴角像是染上了几分笑意，目光染上了几分情愫，喑哑的声音越发增添了魅力：“约会快乐。”

温欣望着眉眼带笑的沈清明，感觉自己的心脏不受控制地跳个不停。她靠在沈清明身边，想要把心中藏着的所有秘密都说给他听，好像这样才能够证明她的爱一样。

“你知道吗？我小时候就喜欢外公的房子，可是我妈妈当年为了嫁给我老爸，和外公差不多吵翻了，一直到我小升初，才带我来见外公。那时候外公虽然不待见我爸，但一点都没有嫌弃我，反而还带我到阳台上看他养的乌龟。”

“咯咯咯……你一定不知道，后来我妈一言不合又和外公吵起来，还不等我假期结束就要带我回家，我当时难过得要死，走的时候，偷偷把外公的乌龟洗劫了。”

说着，温欣眯着眼看了看天上的星子。

“难过的是，那只龟到我们家没多久就走丢了，我爸说它是想要回来找外公，所以才离家出走的。”

沈清明是个很好的倾听者，因为不习惯说话，所以更适合聆听。唯一有些不足的就是温欣的酒品……当她抱着酒瓶蹭到沈清明的身边，然后又一屁股豪迈地坐在了地上，转手将酒瓶扔到一边，改为抱着沈清明的双腿时，沈清明感觉自己的额头又疼了起来。

“温欣——”

温欣突然咯地笑了起来，她仰着头，脑袋靠着沈清明：“沈清明，你答应做我男朋友好不好？”

沈清明刚要说话，温欣又突然抓着他的腿挣扎着站了起来。她伸手捧住沈清明的脸，狡黠地在他眉心轻啄了一下，低低地威胁：“你要是不答应，我就吻到你答应为止！”

说着，继续不给沈清明说话的机会，捧着他的脸，细细的吻顺着眉心到鼻尖再到他抿着的薄唇上。她像是又喝醉了，体力有些不支，嘟着嘴拽着沈清明往吊床边走。沈清明有些无奈地任由温欣将自己拉起来，短暂的犹豫后，选择了伸手半搂着温欣将她安置在吊床上。

温欣拽着他的手，不让沈清明离开。

“我找了你许多年，我一直以为我们就在同一座城市里，却没有想过你会藏在国外这么多年！”

“以前我一直不相信那个塔罗女巫对我说的话，可是不知道为什么，在遇到你以后，我觉得这一切都是真的。我和你，是命中注定。”

沈清明听着温欣的话，忽然想起了刚回国的时候，杰在汇报温欣这个设计师的时候提过她丰富的感情生活——七天一个男朋友，可谓是女人中的风流名媛。

可是他没有想到，和温欣相处以后，才发现她的单纯和浪漫。许是艺术家的细胞在作祟吧，温欣做的每件事，都带着浓墨重彩的浪漫，带着点独到的艺术感。

“温欣。”

沈清明见身边赖着的女人安静了下来，方才缓缓开口。

温欣半睁着眼，眸光中带着点雾气，迷离地看着自己。

“嗯？”

她的声音这会儿变得糯糯的，又多了几分小可爱。

沈清明莫名有一种冲动，想要伸手去摸一摸她的脸。

还不等他有所行动，就见温欣突然睁开了眼睛，双眸亮莹莹地望着自己：“沈清明，秦子萱说你只对我的身体才不会有所异常。其实我没有告诉你，我也是。不满你说，以前我交往过不少男朋友。不过那些老实说并不是真的交往，只是……怎么和你解释呢，只是尝试。因为我和那些男人交往时，特别是亲热时，也会像你一样身体发生异常反应。可是对你我从来没有。现在你对我也一样。我从来不迷信，可是如果让我解释这种现象的话，我只能说，也许我们是天生一对。你觉得呢？”

温欣问话的时候，目光轻盈，问完后，一动不动地望着他，甚至眼睛都没有眨一下，就怕错过了他的回答。

沈清明被温欣过于深情的目光看得有些招架不住。他想要将人拉起来送她回房休息，却发现自己的身体一动也不能动。

沈清明的荷尔蒙应激症虽然对温欣近乎免疫，但是多年来对异性的规避产生的神经反射式的紧张感还是让他在温欣搂住自己的脖子的时候，身体僵硬了一瞬。不过，很快他的身体就放松了下来，因为鼻息间是熟悉的，专属于温欣的气息。

“沈清明，做我男朋友，好不好？”

见沈清明不说话，温欣又着急了，她像是一个耍赖的树袋熊，赖在沈清明的怀里。

沈清明的目光从温欣的脸上错开，他望向前方的夜幕，努力回想着那些让自己下定决心不要触碰感情的黑色记忆，却发现此时此刻他的脑海中除了温欣灿烂的笑脸，再无其他。

温欣说得对，他的确只有在面对她的身体时才没有异常反应。

是因为爱，所以能够治愈吗？

沈清明心中低低地问着，没有人能够给他答案。

只是当温欣再一次嘟囔着问过后，沈清明低低地回道：“好。”

清浅简单的一个字，却让温欣险些怀疑自己在做梦，等到意识到这不是做梦后，她兴奋地在天台上转圈圈。

沈清明站在原地，看着开心得忘乎所以的温欣，只觉心头一直以来那个沉重的枷锁吧嗒一声被打开了，郁结的心，一瞬间轻松了起来。

温欣转圈转累了，又朝着沈清明跑过去，她拉着沈清明的手："沈清明，快！闭上眼睛。"

沈清明挑眉，看着温欣，想要猜测出她想要做什么。

下一秒，唇畔传来清浅的香气。

唇齿相依的那一刻，沈清明终于明白了自己从吃饭开始就在身体里燃起了那份陌生的渴望。

这份渴望，不是红酒和浅淡地浅啄能够填满的。

他的吻，和他的人完全不同。

他的吻，带着不容置疑的霸道，一路攻城略地。

周围的一切都朦胧了起来。

仿佛天地间只剩下相拥的两个人。身体中的火慢慢被点燃，燃烧着，火热的温度，像是要将夜空点燃。

桌上的火苗逐渐黯淡了下来，秋风吹着花香，萦绕在两人身边。

这是一顿完美的晚餐。

这是一次浪漫的约会。

后来是怎么下的楼，温欣有些记不清了。

第二天早上，温欣起来后嘿嘿地傻笑，记忆里自己好像做了一个梦，梦里沈清明终于答应要做自己的男朋友，她兴奋得要死，再次强吻了沈清明……然后发生了什么事？她到底有没有把人扑倒？

温欣躺在床上傻乐了许久，才猛地回过神来，这根本就不是梦！沈清明他真的答应了！他是自己的男朋友了！

兴奋又迅速地穿好衣服下楼，沈清明已经做好了早饭。见她下来，抬头望过来，眉眼间依旧是招牌式的浅淡，只有语气温和了许多，不复初见时的冷淡和漠然。

“吃饭吧。”

温欣快步走过去，从后面抱住沈清明，撒娇般地在他背后蹭了两下。

“男朋友，早上好。”

沈清明伸手握了握温欣抱着自己的手，笑了笑没有说话。但眼角的宠溺却泄露了他的好心情。

吃着沈清明亲手做的爱心早餐，温欣的思绪横冲直撞，然后，猛地撞到了石头！她突然尖叫一声，一脸紧张兮兮地望着沈清明：“怎么办！忘记了一件大事！”

沈清明抬眼看她。

温欣盯着沈清明，又花痴了一把，然后有点可怜兮兮又有点紧张地问：“怎么办，我们的事不能告诉外公！”

沈清明不太理解温欣的思路。

温欣跟他解释：“你不知道，当年我妈和我爸要在一起，我外公不同意。我二姨和我二姨夫要在一起，他不同意。我小姨和我小姨夫要在一起，他也不同意。而且都闹得不可开交。我后来听我外公的一位战友说过，我外公当年打仗时外婆就死在他面前，他心里受到过创伤，心理好像有点问题。就是觉得那些不是经过他认定的人是在抢他的女儿，抢他的亲人。他特别害怕失去。你不信是吧？其实我也不信……但是我多少能理解他，所以……”

“我信。”温欣的话还没说完，沈清明忽然温柔地打断了她。

秦子萱也说过，他的这个病也和当年他母亲离世有关。虽然是生理上的疾病，但根源其实是心理上的。母亲的离世对他刺激太大，导致他根本不相信爱情，慢慢严重到对女人持有莫名的畏惧。

所以他理解蒋爷爷的异常行为。

温欣没想到沈清明这么理解，紧紧地握了握他的手：“沈清明，你真是太好了。这样吧，等我先旁敲侧击一下，试探一下外公的口风，然后再找个合适的机会告诉他。”

沈清明没有说话，只是伸出手摸了摸她的头。

其实，对于两人的这份感情，他也需要一段时间好好整理一下。

回国后接管公司，原本他计划的是整合后聘请专业的管理人员，自己退居幕后做股东，之后回美国继续过自己的生活。遇到温欣，是个意外。一开始这个意外让自己很头疼，但现在，这个意外让他觉得很美好。

因为产生了羁绊，所以他的规划也要重新调整。原本计划好的一切要做新的评估。原本琐碎而又充满变数，一向被沈清明不喜的未来生活，因为想到会有温欣，而变得有了期待。

两个人的感情就在外公的眼皮底下，悄无声息地生根发芽，慢慢朝着繁盛的大树的势头长开了去。

距离两人确定关系的一周后，秦子萱闯进了沈清明的办公室。

他神采飞扬地将一份资料甩在沈清明的桌上：“谈恋爱的滋味是不是很爽？”

沈清明将资料挪开，眉眼不动的继续处理自己的事。

秦子萱锲而不舍地将资料打开，指着上面的两份数据给沈清明看。

“你知道为什么你不能让其他的女人靠近，却能够接受温欣吗？”

沈清明放下手上的笔，揉了揉眉心，无声地看着秦子萱，让他离开的意味分明。秦子萱却喋喋不休地咂舌感慨：“我早就跟你说过，你患的是荷尔蒙应激症中的锐减病。原本我一直想要通过研究能够自动生成荷尔蒙的药物来修复你的情感神经。直到你遇到温欣后的种种举动，让我灵机一动。而根据我对温欣的监测，我发现她刚好是荷尔蒙应激症中的锐增病。她的多情的荷尔蒙正好能够和你产生互补。这也是你不排斥她的原因！”

等秦子萱说完，沈清明神色不变，目光清明地看着他：“说完了？

说完了就走吧。”

秦子萱瞪大了眼睛，不能接受沈清明这样的态度。

“沈清明，你能不能给点反应！我可是帮你找到了解药啊！”

沈清明拿起秦子萱的资料看了两眼，沉默了一会儿，然后问他：“你说过像这样的症状，不是个例。也就是说也有其他人和温欣一样，有可能有同样的锐增症状。”

秦子萱点点头，对于沈清明愿意正视自己的研究成果很满意。

可惜，下一刻沈清明就将资料丢给了他，反问道。

“解药的意思应该是能够治愈我，从而像正常人一样面对每个女人吧？温欣她并没有治愈我，今早林秘书过来的时候，我还是浑身僵硬，情绪烦躁。”

“她只是命运赐给我的唯一欢愉。”

秦子萱原本是想反驳沈清明的话，等到沈清明的下一句话说出来，饶是他这个花花公子，都肉麻地感到浑身打战。

“你真的是沈清明吗？你是假的吧！”

沈清明临走前，讳莫如深地盯着秦子萱：“上次的花，是最后一次。如果再让我知道你为了研究而算计我们，你就滚回美国去。”

秦子萱被沈清明威胁得一愣一愣的。

想到上回借杰的手，将窃听器放到了花束里，全程监控到了两人的神经活跃数据，他就觉得自己是个天才。

沈清明没有再搭理他，转身抽了一份文件，推门出去，去了会议室。

秦子萱自我陶醉过后，蹲在沈清明的办公室，抓耳挠腮地翻着自己的研究资料，感觉沈清明的话将自己的研究打入了一个怪圈之中。

“难道真的是我研究错了？”

爱情就像是时间的助推器。

当生活有了爱情，就深切地感受到了光阴如白驹过隙是怎样的迅速。都说相爱的两个人最大的期盼就是时光停驻在最缠绵的日子里。

温欣数着自己一直计划的要和男朋友去做的那些事。趁着沈清明周末休息的时候，拉着他开了近三个小时的车，跑到了海城最北边未开发的海滩。

“我上大学的时候听一个学姐说过，在北海滩和心爱的人一起听海哭的声音，两个人就能一辈子在一起。”

“我以前自己偷偷来过一次，结果坐在沙滩上吹了一天的风，什么都没有听到。这一次，我们一起去，应该就能听到了吧。”

沈清明目不转睛地看着前面的路况，没有评判温欣的这点小愿望到底有几分的现实可能性。

等到了北海，沈清明意外地发现沙滩上竟然还有好几对情侣。

温欣看到沙滩上的情侣，有些激动：“原来不光我一个人想要听海哭的声音。”说着转身紧紧地握住沈清明的手，“你都不知道，我刚一路上还在想，如果我们到这里之后一个人都没有，你会不会嘲笑我。”

“不会。”沈清明声音很轻，但语气很坚定。

温欣开心地抱着沈清明的胳膊：“我就知道你不会！”

“快走，我有一个秘密基地，还是上次来的时候发现的，咱们去那里。”

温欣拉着沈清明穿过长长的海岸线，越过一大片礁石，就在礁石的背后，一棵横向发展的老树摇曳着树枝，像是在欢迎他们俩。

“沈清明，你快看那棵树，是不是有一股苍凉孤旷的美感？”

沈清明顺着温欣指的方向看过去，那棵蓬松的老树，背靠着茫茫大海，根系紧紧地扎在参差不齐的礁石上，只有这一棵，在风中缓缓地摇曳着，确实很有艺术美。

两个人就在这得天独厚的地方安静地坐着，温欣滔滔不绝地给沈清明讲自己小时候的事，一直到下午三点多，突然从海面上扑打着，一阵阵窸窸窣窣犹如哭泣般的嘤嘤的声音传来。

“真的有海哭的声音，真的有！”

温欣激动地抓着沈清明的胳膊，先是开心地笑，后来又忍不住感动地哭了起来。

“我们听到了海哭的声音，以后会永远幸福的。”

两个人自从确认了关系之后，温欣能够感受到沈清明感情的变化，就在她以为两个人会这样幸福的生活下去的时候，两个人在圣诞节这天，突然被外公投下了一记重弹！

这天早上，外公难得没有出去和老战友一块儿喝早茶。

他早早地起来做了小米粥，又出去买了包子油条，等温欣和沈清明一前一后下来后，外公一改平时严肃的表情，笑呵呵地叫沈清明坐下。

然后，就在温欣刚放进嘴里一个小笼包的时候，听到外公对沈清明说道。

“清明啊，今天是圣诞节，你们年轻人都喜欢过这个洋节日。今天你别去公司了。外公给你介绍了个姑娘，你等一会儿陪她出去逛逛街。”

温欣嘴巴里含着小笼包，瞪大了眼睛，望着沈清明。

不要答应！

你不能答应！

沈清明安抚地递给温欣一个温和的目光，开口拒绝。

“蒋爷爷，我——”

外公却一锤定音。

“就这么定了。我都跟人家说好了，一会儿她就过来。”

沈清明目光有些复杂，他没有点头也没有再说拒绝的话，而是看向温欣。温欣早就被外公的神来之笔震得魂飞天外了，好不容易回过神来，就发现这根本不是自己一人之力能够阻挡得了的。

她只能暗暗佯装咳嗽，迅速吃完饭，借口找清明哥哥有事，抓着沈清明上楼叮嘱。

“不准你陪她去逛街！”

“不准你多看她！”

“不准……”

沈清明有些好笑地看着眼前炸毛的小女人，很是配合地点头。

等到发现温欣大有小宇宙爆发的趋势，他才出声安抚道。

“温欣。”

将人拉到怀里，轻轻在她头顶落下一记浅吻。

“你忘了，我不近女色的。”

沈清明说得一本正经。

温欣却像是如梦初醒，一脸恍然大悟，然后有点懊恼自己怎么把这回事给忘记了。

她突然又开心了起来，笑眯眯地看着沈清明，伸手故意在他的胸膛上轻轻柔柔地画着圈圈。“沈清明！你说的哦，不近女色。”

说着又像是不放心一样，故意拧了他一把。

见沈清明眉角微蹙，温欣才算是满意了。

第五章

我只见过
一枝刁蛮的食人花

外公给沈清明介绍的是自己的护理医生，算是军医。家就是海城的，父母都是公立医院有名的主任医师，叫刘盼盼。

温欣在被外公拖着去上班的时候，打听到刘盼盼今年二十七岁，和沈清明相差两岁。

按照外公的想法，这是最佳年龄差。再大一点或者再小一点都不好。

温欣沉浸在自己的男人要被外公抢走的恶意中，看见外公兴高采烈，一个没忍住呛了外公一句。

“外公，你确定自己有做媒人的天赋吗？别最后又成怨偶！您忘了您的三朵金花的事了。”

果然，外公的脸黑了下来。

温欣趁他发火前，逃之夭夭。

虽然有些不敬老的意味，但从温欣的角度看。一个男人要被抢走的女人，是可以做出任何事的。

至于温欣说的三朵金花的事，就是温欣的两个姨妈和温欣的妈妈。当年外公因为外婆的离世，心里多少有点创伤。这个创伤在三个女儿都不声不响地找好了男朋友之后，彻底爆发了。他完全不同意女儿的婚事，硬是给三个女儿安排了自己亲近的手下。

结果大姨被强迫结婚后，那个男人没过两年就婚内出轨，后来离婚和现在的大姨夫在一起，两个人恩爱到现在。温欣的妈妈更反骨，直接包袱款款离家出走，找了温欣她爹，经年累月地秀恩爱给外公看。至于小姨，比两个姐姐都要乖巧几分，听外公的话乖乖结婚生了孩子。结果老公婚内第三年出去执行任务光荣牺牲了。年纪轻轻就成了寡妇。

为此，外公和三个女儿的关系都很僵。她们恨着外公干预自己的人生，导致自己的种种不幸。外公呢，倔脾气，不承认自己的错。要不是有温欣这个奇葩，对外公的严肃古板当成调味剂，死皮赖脸地住过来。可能老爷子现在还是一个人清清冷冷过着寡淡的日子。

这也是温欣不敢这么早让外公知道她和沈清明在一起的原因。

特别是他现在又给沈清明直接安排上了相亲。

要是知道他们在一起，估计不是觉得沈清明在抢他的外孙女，就是觉得他的外孙女要抢他的干孙子。真是哪一项结果都不乐观啊。

温欣去公司转了一圈，心里总是不踏实。早会还没开完就起身走人。等她打车回来的时候，正好看到一个白衣飘飘的女人敲门进去了。

女人手上拎着一袋水果，长发披肩，要比自己高上几公分。光是背影杀，就足够让温欣保持警惕了。

温欣偷偷地躲在门边上，看到沈清明出来开门，温和有礼地将人让了进去。

等到沈清明关上门，温欣才鬼鬼祟祟地从大门口进去，绕到了客厅的窗边，偷偷趴在窗外听墙角。

这回，温欣看到了刘盼盼的正脸。

出淤泥而不染，濯清涟而不妖。

这个世界上，总是有一些女人能够美出这两句话的境界。

这样美丽青春的女人，学生时代是妥妥的校花，步入社会绝对是让众多男人为之倾倒的女神。再想想自己从遇到沈清明后就豪放勇敢的举措，温欣深刻体会到了什么叫有对比就有伤害。

沈清明给她倒了水。刘盼盼坐在沙发上，沈清明单手抄兜站在旁边。温欣眯着眼评估了一下，嗯，是有一米以上的距离。

刘盼盼微仰着头，清美的脸蛋可谓是三百六十度无死角。她冲着沈清明笑，沈清明竟然在看她！温欣有些控制不住地伸手捏住了窗台上长势旺盛的吊兰。

紧接着，刘盼盼站了起来。朝沈清明走过去。

快躲开啊！

温欣跟着着急。

但沈清明站在那儿没有动，他还在看刘盼盼，眉头蹙了蹙，像是想到了什么。温欣随手扯断吊兰，低咒一声，该死的！男人的鬼话都不能相信。

下一秒，人已经冲进了客厅。

“亲爱的！”

温欣听到自己娇媚的声音，带着点急促，在客厅里响开来。

然后，在刘盼盼顿住脚步回身疑惑地看着她的时候，温欣冲到了沈清明怀里，双手紧紧地抱住了他的腰，不忘报复性地狠狠地掐了他一把。

“亲爱的，人家在外面等你半天了，你一直不出来。人家还以为你出什么事了呢，原来是有朋友来了啊。”

温欣一副宣告主权的模样，看着刘盼盼。

刘盼盼脸上闪过诧异，她看着两人，眼睛里有无辜和尴尬。

“沈先生，这位是——”

沈清明微垂了眼，看着赖在自己身上的温欣，目光柔和了下来，嘴角挂着浅淡的笑。

不等沈清明开口，温欣先声夺人。

“哎，我好像见过你！你是不是那个我外公的护理医生？”

温欣故作一脸的惊讶看向刘盼盼。刘盼盼听了温欣的话，目光越发复杂了起来。

“你是蒋爷爷的外孙女？”

还没等温欣回答，刘盼盼完美的女神脸僵硬了起来，她看看温欣，最后露出一股包容小孩子的神情，转而看向沈清明。

“沈先生，我听蒋伯伯说你算是他的干孙子，那你和温小姐——”

刘盼盼一说话，温欣就听出来了，这女人是看上沈清明了。也是，像沈清明这样的优质男，是个女人应该都想扑倒吧。

她哼哼了两声没说话，等着沈清明开口。但搂着沈清明的手却没有忘记作怪，若有似无地在他的腰间撩拨着。

沈清明的身体被温欣撩拨得热了起来，伴随着紧绷。

他轻咳了一声，看向刘盼盼。

“刘小姐，你不是我喜欢的类型。”

沈清明没有为刘盼盼解惑，而是直奔主题。

刘盼盼听到后却满脸备受打击。她太了解这样的男人，他们骄傲，所以对于看不上眼的女人，从来不会将自己的事当作答案给她们解惑。而现在，自己就成了那个没有被看上眼的女人。

刘盼盼的目光游移到温欣身上。

她是听老爷子提过自己有个外孙女的。并且在老爷子口中，自己的外孙女有些混世魔王的性子，又是天生的艺术家，自动将其归类为行为开放的那类女人之中。

但这会儿见面后，却发现温欣还带几分小女孩的娇俏，撒起娇来让人招架不住。刘盼盼有些不甘心，但二十多年过的都是被男人捧在手心里的日子，这样养成的自尊又让她没办法做出更过分的事来。

最后，刘盼盼朝两人笑了笑：“抱歉，耽误你们约会了。”

颇有几分潇洒的气势，转身离开。

温欣哼哼着，瞪大了眼睛目送刘盼盼离开。

她一直抱着沈清明，甚至没有让沈清明去送人。等到刘盼盼走了之后，温欣又瞬间放开了搂着沈清明的双手，改为双手叉腰，一副刁蛮的模样，质问沈清明：“如果我没有冲进来，是不是你就站着等她来投怀送抱！你是不是发现她比我更好看！是不是看上她了！是不是？”

沈清明像是在看一出免费的行为艺术闹剧。

他没有解释，静静地站在原地，等到温欣抱怨完，才上前一步，牵着她的手，将人带到沙发上坐下。

“你在外面躲着的时候，影子露出来了。”

温欣：“……”

原本的火气瞬间被浇灭。对于沈清明的话，温欣算得上是秒懂。合着这个男人早就知道自己不放心回来了，所以故意站在那儿不动就为了激自己出来宣告主权呢。

温欣虽然不生气了，但还是忍不住哼哼几声。

“你就这么笃定我一定会冲出来。万一我吃醋了、生气了、误会了、跑掉了呢？”

沈清明揉了揉她的发：“你不会。”

温欣嘟着嘴：“说得好像你有多了解我似的！”

沈清明将人揽在怀里，享受这一刻的静谧和温馨。

温欣撒气后，表现得很是大方懂事，玩着沈清明的袖子：“陪我去逛街好不好？”

虽然沈清明在国外待了十多年，但正经八百地过圣诞节这还是头一次，更不用说是和女朋友一起过了。幸好温欣不是那种既想要浪漫又缺少主见的女生，所以她毫无压力地拉着沈清明去了早就偷偷报名参加的百人火鸡盛宴。

这场豪华盛宴举办地在海城一家新开的五星级餐厅，不错，温欣是这家餐厅的装修设计师。

“好不好吃？”温欣夹了一块鸡肉给沈清明，兴致勃勃地等他提意见，“这家餐厅的厨师，以前是个浪子，后来突然迷上了做饭，是个有故事的大叔。”

“还不错。”沈清明在温欣的期待下给予评价。

“那再来一块。”温欣端着盘子，从不同的火鸡身上夹了不同的肉，和沈清明分着吃。等到人渐渐多了起来，温欣敏锐地感觉到沈清明因为身边来来往往的女人而再次身体紧绷起来。

“我吃完了，咱们去商场吧，去买圣诞礼物！”

温欣和沈清明互相牵着彼此的手，在别人争先恐后往里冲的时候，悄悄从侧门离开了。因为这场百人盛宴，导致对面商场里冷清了不少。

“上次给你买了袖扣，这次买领带好不好？”

沈清明低头看着温欣亮莹莹的眸光，摇摇头："不好。"

温欣像是没想到沈清明会这么说，正准备问那你喜欢什么的时候，人就被沈清明拉走了。沈清明带着温欣径直进了商场二楼的精品钻饰店。

温欣跟在沈清明身后，眨了眨眼睛，脸上扬起了灿烂地笑。

她的目光痴痴地看着沈清明，这个家伙，话也不说明白，想要送人家礼物都不明说，真是有够笨的！不过她好像更喜欢他了！

沈清明选了一条新款小巧的项链，因为一线的设计师加上珍藏具有收藏价值的蓝宝石，所以价值不菲。

沈清明看温欣试戴，之后掏卡付款，连眼睛都没眨一下，惹得柜台的工作人员又羡慕又嫉妒。

温欣感受着脖颈间项链细微的凉意，只感觉心里暖暖的，被沈清明从不说出口又暖心的举动感动得一塌糊涂。

等到两人从商场出来的时候，正赶上巨大的圣诞树在拆分礼物，温欣拉着沈清明安静地站在圣诞树的一边，双手交握在一起，虔诚地许下了希望两人长长久久在一起的愿望。

圣诞节过后，两个人都忐忑了好几天，揣测着外公什么时候找两人谈话。但一直到沈清明因为公司的事再次出国，也没有等到外公的召见。温欣只好旁敲侧击，这才知道原来那个刘盼盼只说了两个人不合适，并没有说自己和沈清明在一起的事。

这让温欣对刘盼盼有几分另眼相看了。

沈清明出差后，日子过得快了起来，等到温欣忙完商亦的别墅的设计后，沈清明之前的老宅，也已经过了拆装危险期，温欣整个星期都窝在那边，亲自监督施工队重新装修。

一眨眼就到了农历新年，新年倒计时的第四天。温欣在沈清明的老宅遇见了一个劲敌。

这天，是施工队留在这里施工的最后一天了，到晚上他们就要回家过年去了。温欣不准备再大拆，只让大家帮忙将房间暂时维护起来，盖上白布。等新年过后，回来了再继续。

中午，温欣在旁边定了一家小饭馆，招待师傅们一块儿吃了顿饭，算是践行。等下午，工人都陆陆续续离开了，温欣做了一遍最后的巡视，也准备锁门走人。

就在她出去的时候，在门口遇见了一个女人。

这个女人，穿香奈儿套装，戴墨镜，开奔驰跑车，踩着十厘米的细高跟鞋，烈焰红唇，看向温欣的时候，是用鼻孔在说话。

温欣一开始将她当成妥妥的情敌，但她言辞之间却又表现的像是沈清明的某个亲戚，是顺道帮沈清明送点东西过来的。温欣半信半疑，看着她将一个小箱子搬进了屋里。

“你——”

女人自顾自地将箱子里的一套咖啡杯拿出来，摆在了吧台最显眼的地方。

“你就是清明新找的小女朋友？”

温欣：“……”

她真的很想挺起自己的胸，让这个来势汹汹，打扮妖艳却一马平川的女人好好看看，她一点都不小！

温欣没搭理她，拎起自己的包准备离开。“看样子你对这里很熟，那你自便吧，我还有事先走了。”

“等一等。”

女人听温欣这么说，总算拿正眼看了过来。墨镜下的双眼，是犀利又细长的一双眼睛，如果单纯地从艺术的角度欣赏的话，有这样的一双眼睛，可以看得出来这个女人很有个性，一定一生都在追逐叛逆。

但这个女人却偏偏用精致的妆容将这双犀利的眼睛遮掩的略微温和了起来，显得有几分的违和。

“你叫温欣对吧？”

温欣看着女人朝自己伸过来的手，没有动作。

“我叫白清雅，是清明的——”白清雅话锋一顿，“算了，还是等清明回头自己跟你说吧，不然他又要怪我乱做主了。”

温欣脸上波澜不惊，心里却对这个女人产生了浓烈的不喜。不管她是不是沈清明的追求者，温欣都觉得这个女人没什么好心。

“沈清明平时不在这边住，如果你是想要给他送东西，还是打电话问问他的新地址比较好。”

温欣让自己心平气和，就事论事提醒她。

白清雅笑了笑，像是对温欣善意地提醒很是感谢。她微眯了眯眼，依旧略略仰着下巴，看着温欣的时候，做足了优越感。

“啊，你是说这东西啊。这不是我送给清明的，而是本来就是他的。他还要过几天才能回来，知道我这两天回国，跟着的助理多，就托我帮忙带过来了。他亲口交代的，直接放到他老宅里就行了。”

温欣默默地记了沈清明一笔，竟然敢在美国招惹这个女人，看他回来怎么收拾他！脸上却不动声色：“既然如此，那你自便吧，我有事先走了。”

温欣毫无留恋地转身就走。

这一回，白清雅没有喊住她，反而站在原地，目光透露着危险和侵略，一直盯着温欣消失在大街上，才猛地甩手，将吧台上的咖啡杯全都甩在了地上。

“温欣！”

沈清明是两天后回来的。

温欣亲自去机场接人，直接将人拐去了欧阳的新年宴会上。

每年除夕前，欧阳都会在自己的工作室搞个新年宴会，大家吃吃喝喝，还有各种娱乐节目。温欣带着沈清明到场的时候，惊呆了一票人。

其中便有虽然被拒绝了，却心里还暗暗思量着，计划再找机会再接再厉的谢云。欧阳盯着沈清明看了很久，之后偷偷拉着温欣跑到一边咬耳朵。

“这么极品，你从哪里捞来的？”

温欣很是得意。

应付欧阳的时候，大部分心思都挂在沈清明身上，时不时扭过头去，两个人含情脉脉。

“这是我男朋友，从天而降的！”

温欣开玩笑。

欧阳调侃了她几句，眼见谢云朝两人走过来，很够意思先一步朝着谢云走过去。

“唉，我当初就不该替你瞎操心。看来那个塔罗女巫说得对，你的感情呀，只能是命中注定的。”

温欣歉意地朝谢云笑了笑，转身走回沈清明身边，小鸟依人般地赖在沈清明的身上。缠着沈清明将手上的餐点分给自己吃，又踮起脚尖，时不时偷吻一下。她当然是故意做给谢云看的，意思很明显，让他死心。

谢云被欧阳带着往另一边走去，但转头看向温欣的目光，带着几分失落，最后化为有缘无分的无奈。

回去的路上，温欣收到商亦的电话。商亦准备到国外和家人过新年，想要临走前和温欣吃顿饭。温欣开玩笑式地坦言，要等自己征求一下男朋友的意见，但并不见她真的问沈清明，只是趁着这个机会，又偷香成功，惹得沈清明喉结耸动，一向温凉的大手，此时被她撩拨地犹如被炙烤过的一般。

温欣掏出自己的日程本翻了翻，答应和商亦后天晚上一块儿吃饭。

挂了电话，温欣拉着沈清明的手，声音带着点魅惑。

“沈清明，咱们不要回家了，今晚去酒店好不好。”

正巧赶上红绿灯，沈清明听过温欣的话，紧接着刺耳的刹车声响起。他反握住温欣，侧过头目光火热而深邃地看着她。

“温欣，不要玩火。”

温欣撇撇嘴，知道这是不同意的意思喽。

她突然拉起沈清明的手，悄悄转过身，将他的食指含在嘴里，若有似无地吮吸着，大眼睛水汪汪地看着他。

“沈清明，你真的不去吗？”

沈清明感觉指尖的酥麻感，像是充斥着强大的电流，瞬间传遍自己的全身。

“温欣。”

他的声音沙哑起来，目光依旧专注地看着前面的指示灯。

及时变换的绿灯解救了他。

沈清明抽回手，就好像刚刚什么都没有发生过，开车离开。温欣见他脸上一片平静，有些不能接受，虽然她是新手，但好歹她理论经验丰富啊，难道是刚刚的姿势不对？为什么没有说好的欲火焚身？

老古板。

温欣小声嘀咕，转而又眨着眼瞪着沈清明。

沈清明感觉自己本就被她撩拨得火热的身体，因为她的注视，越发叫嚣起来。他努力压下汹涌而至的欲望，对温欣佯装的小抱怨装作没有看到。

温欣见自己的小把戏不管用，最后只能愤愤放弃，转而打听沈清明在美国的情况。

“我知道了！一定是你在美国有穿香奈儿的美人，所以觉得我这种小白菜没有滋味了，是不是！”

沈清明不是很能理解温欣的这种想法是怎么蹦出来的。

温欣想到那天气势嚣张的白清雅，就像是被人强行在喉咙里塞了一根鱼刺，吞不下去又吐不出来，很是败兴。

车子缓缓驶进小院。

沈清明准备下车，却被温欣一把拉住。

“沈清明，你还没回答我呢，是不是野花更香了——”

沈清明伸手摸了摸温欣的小脸，低声道：“什么野花？我只见过一枝刁蛮的食人花。”

温欣一听，顿时又是呲鼻子又是瞪眼睛。

“好啊沈清明，你竟然说我是食人花！”

在温欣发飙之前，沈清明就已经下车走人了。

温欣从旁边推门下来，叫嚣着：“你等着，今晚本座就把你吃拆入腹！让你看看什么叫食人花。”

结果温欣的叫嚣刚说完，就听见屋子里传来外公的呵斥声。

“没大没小的，那是你哥哥，一口一个沈清明，规矩都学哪去了？”

温欣：“……”

沈清明也顿住了脚步，站在院子里朝外公问好。

温欣一步步蹭过来，借着外公没看到，伸手狠狠地在沈清明的翘臀上抓了一把，然后快步经过他身边，低声道：“你等着，看我怎么收拾你。”

沈清明被温欣突如其来的豪放举措震惊了一下。

再听到温欣的豪言壮语，沈清明莫名有一种自己成了被土匪抢走的小媳妇的错觉。脸上多了几分失笑，跟着温欣一前一后进了屋子。

等到吃晚饭的时候，外公终于想起了刘盼盼的事。

话里话外的意思无外乎是刘盼盼对沈清明的感觉不错，一直等着沈清明约她呢。外公给沈清明打气，让他主动点，并且一直强调刘盼盼是个好姑娘，值得沈清明好好珍惜。

温欣一听到刘盼盼这个名字，就想起伴随着自己整个学生时代的女神噩梦。

温欣先沈清明一步拒绝。

“外公，你就别瞎操心了。那个刘盼盼，我以前也见过，她跟清明哥哥不合适！”

外公有些不高兴。

“你知道什么。盼盼是医学世家，小姑娘工作好，性格好。”

温欣哼哼两声：“就算她是仙子，但她不适合清明哥哥，再好也没用。再说了，清明哥哥他已经有喜欢的人了！”

温欣这话一出口，外公倒是不再提刘盼盼了。

“清明，小欣她说的是真的？你有女朋友了？你说你有女朋友怎么也不说带回家让我瞧瞧呀。”

温欣的脚在桌子下面踢了沈清明一下，然后又一阵假咳。

沈清明配合地点点头。

“蒋爷爷，欣欣说得没错，我已经有喜欢的女孩了。”

外公虽然欢喜沈清明有女朋友了，但想到刘盼盼，又有点可惜。

“盼盼多好的女孩啊。”

温欣觉得外公这辈子什么都好，就是在做媒人这件事上没什么天分，不仅喜欢乱做媒，更重要的是喜欢让别人服从他。

翻了翻白眼，温欣再次大逆不道了一把。

“外公，您忘了大姨、小姨和我妈的事了，别人再好，也得清明哥哥喜欢才行。你不希望清明哥哥也步她们的后尘吧！”

外公一听自己几个女儿的事，就像是被强迫着面对自己生命中犯过的错误。一时间食欲全无，不再吱声。

饭后，沈清明被温欣拉着到楼顶上约会。

“温欣，你妈妈她们的事，以后别再提了，蒋爷爷他其实早就后悔了。”

沈清明多少知道一点蒋爷爷和他三个女儿的事。之前自己在国外，和蒋爷爷联系的时候，他曾经提起过几次。

温欣点点头：“我知道，平时我也不说的。但他要帮着别的女人抢我男人，我肯定得反击！”

“一想到你要被别人抢走，我才没时间再考虑其他乱七八糟的事情，只想着怎么捍卫我的男人了！”

听到温欣毫不扭捏地告白，沈清明将想说的、所有扫兴的话都压了下去。

下楼前，温欣还是没忍住，将人扑倒，来了个墙咚。虽然每次主动权最后都会易主，但目的达到了，就是一次成功的行动。

一夜好眠。

新的一天，温欣回公司去领年终红包，沈清明则还要去公司处理年底堆下的一堆事。本来温欣打算领了红包就去沈清明的公司打发时间，不料却在楼下遇到了秦子萱，被秦子萱拉着去吃火锅。

烟雾缭绕，温欣呆呆地看着对面吃得狼吞虎咽的男人，有些回不过神来。

“你找我到底有什么事啊？”

秦子萱又将一盘肉卷全都放了进去。听到温欣的话，妖孽的俊脸挂着浓浓的迷惑：“我找你没事啊！”

温欣感觉自己被耍了，拎包想要走人。

秦子萱立马将她拉住。

“等等！我找你有事！”

温欣坐回来，双手抱胸，等着他说。

秦子萱往嘴里又放了一块肉片：“好多年没吃过了，真爽！”

就在温欣的耐性要耗尽的时候，秦子萱才哼哼唧唧地说道：“其实也没什么大事，就是快过年了，我一个人在这边，孤家寡人的，沈清明到现在都没有邀请我和你们一块儿过年。我只能自力更生了。”

温欣听明白了。

这是求收留呢。

“新年，你不是应该回家和亲人在一块儿吗？”

秦子萱一听撇了撇嘴：“别说了。我告诉你，我十八岁的时候就凭借自己的天赋考上了剑桥医学专业。可惜我们家世代经商，我老子死活不愿意我步入‘歪道’，后来我就索性和家里断绝了往来。”

温欣：“……”

秦子萱一边吃一边讲述自己十八岁独闯剑桥，这十多年来一个人又是挣生活费又是搞科研的辛苦生活，总之重点就只有一个，就是别看他长得人见人爱花见花开，但是他真的不是有钱人，特别穷。不仅无家可归，而且还没钱过年。

温欣：“我要先问问沈清明。”

听了温欣这话，秦子萱干脆直接干号了起来。

“你问沈清明不就是变相拒绝吗？他现在和你如胶似漆的，肯定不乐意我这个电灯泡打扰你们！可是你们也不想想，你外公还在家呢，收留我，我帮你们缠住你外公，多么一举两得的事啊！”

最后，温欣是被秦子萱的干号折磨得妥协的。

“好了，好了，那你来吧。”

结果温欣一时心软，换来的就是秦子萱直接拎着自己的行李，一下午像是一个移动的人形尾巴一般跟在温欣身后。最后，温欣不得不放弃给沈清明买新年礼物的打算，转而带着秦子萱回家。

一整个下午，她都在帮秦子萱打扫客房。

等到晚上外公和沈清明回来的时候，就看到一个妖孽男陪着温欣在厨房有说有笑地在做饭。

“小欣，这不会是你男朋友吧？”

外公盯着秦子萱过分妖娆的脸，神情有些不好。

温欣连忙摇头，拉了沈清明过来。

“他是清明哥哥的好朋友。”温欣求助地看向沈清明。沈清明只需一个眼神就明白秦子萱在搞什么鬼，却只能配合地“嗯”了一声。

“蒋爷爷，这是秦子萱。家人都在国外，所以我请他过来和我们一块儿过年。”

听到沈清明的解释，外公了然地点点头，对秦子萱的接受度又高了几分。

温欣则佯装帮沈清明拿东西，两个人一块儿上楼。

一上楼，温欣就把秦子萱的行迹一字不漏地向沈清明汇报了一遍，最后总结说：“沈清明，我怎么还是觉得秦子萱有点娘呢……”

沈清明：“……”

第二天，沈清明准备去老宅取点东西。温欣自告奋勇，准备亲自给沈清明讲讲自己亲自监督施工队取得的重大成果。

两个人吃过早饭就出门了。秦子萱倒是一大早就跟着外公去蹭早茶吃去了。

沈清明的老宅，坐落在市中心的文化街。因为新年将近，整条街道上都挂满了大红灯笼。两个人将车停在路边，在温欣的强烈要求下，手牵手慢悠悠地走在巷子里。

“沈清明，这是你小时候住的地方吗？”

“嗯。”

“那你是什么时候出国的？”

“十二岁。”

“沈清明，之前那些旧家具，你为什么那么反感啊？”

“……”沈清明有些沉默，就在温欣以为他不会回答这个问题的时候，沈清明却突然开口了，“那是他买的。”

温欣没有听明白沈清明口中的他是谁。但很明显，这是一个禁忌。温欣没有太多的好奇心，并不想在这么大好的时间里因为一些可有可无的小好奇而破坏两人的气氛。所以她很顺溜地转移了话题：“沈清明，你喜欢男孩还是女孩啊？”

沈清明脑海中下意识地浮现出和温欣有几分相似的小女孩：“喜欢女孩吧。”

温欣眯着眼，噘了噘嘴："啊，怎么办，我想要个男孩。"

沈清明没有说话，等着她的下文。

果然，温欣继续说道："你不知道，我小时候特别气自己是个女孩，所以没办法和那些男孩一样出去疯玩，他们去爬墙，爬树，都不带我！所以我就暗暗发誓，以后一定要个男子，这样就不会被大伙儿歧视了。"

温欣的话，让沈清明脸上因为接近老宅而紧绷的脸放松了下来。

"会有的。"

进老宅之前，沈清明认真地看着温欣，像是在回答，又更像是一句承诺。

沈清明要去取一串钥匙。他不是特别确定那串钥匙是否还在，但既然在之前的装修过程中，温欣这边没有反馈到，应该是那串钥匙还在原来的地方。

那串钥匙能够打开自己随身携带多年的一个小密码箱。里面是母亲所有的照片，因为小密码箱有自毁的设置，只能用钥匙来打开。这些年，他不是没有找过高超的开锁匠人，但都在最后关头放弃了。

他不能冒风险。

那些照片，是母亲留给自己的最后的东西了。

等两人一前一后进了屋子后，走在前面的沈清明却顿住了脚步。目光死死地瞪着挂在客厅里的一幅油画，周身的气息瞬间变得冰冷起来。

走在后面的温欣还没有察觉到沈清明的不对劲。

"怎么不走啦？"

沈清明慢慢转过身，目光带着质问和指责："那幅画——"

温欣后知后觉地发现了沈清明的不对劲。她按照沈清明的话，往前面看过去，然后就看到一幅不该出现在客厅的油画，油画画的是一个穿着西服的男人，脸色温和，和沈清明有几分相似。男人身边是一个穿着白色礼服的女人，年龄要比男人小上很多，脸上挂着大大的笑容。

"这幅画——"温欣一时也想不通到底是怎么回事，明明自己最后一次走的时候，没有这幅画的啊。

沈清明突然大步上前，伸手将画从茶几上拿了下来。

然后在温欣目瞪口呆地注视下，他将画摔在旁边的墙上。镶嵌的玻璃碎了一地，但他好像觉得还不够。又将油画捡了起来，伸手撕扯了起来。

他的额头冒出了冷汗。

整个人，像是一只孤绝勇猛的兽。

因为被触动了内心隐秘的某根神经，而变得歇斯底里，却又终究无法将心头的痛用这种方式发泄出去。

温欣回过神来，一步步朝他走过去，伸手想要将人抱住。

“沈清明！你冷静点。”

“这只是一幅画而已，不管它让你想起了什么不好的记忆，一切都过去了。”

“你现在过得很幸福，你有我，我们以后还会有——”

“放开我！”

沈清明的声音带着冰凉地疏离。

他一把将温欣推开。

脸上的表情带着几分厌恶和憎恨。

了解他的人都知道，他最忌讳的就是那个男人和那个女人的任何东西出现在这座老宅里。而现在，他们的相片就摆在他面前，如挑衅一般地看着他。

沈清明忽然抬头看了看温欣：“是不是他们让你把这幅画放在这儿的？他们给了你多少好处？”

“沈清明，你在说什么？我听不懂！”

温欣小心翼翼，想要安抚情绪失控的沈清明。但沈清明肢体上的拒绝，让她的内心有些受伤。

突然间，她脑海中想起了一个人。

“是她！”

“一定是她！”

温欣突然想起了那天莫名其妙找到这里来的白清雅。

“沈清明，你听我说。就在前几天，有个女的，穿一身香奈儿，突然跑到这里，说是帮你带了一套咖啡杯回来。虽然我不知道这幅画为什么对你影响这么大，一定是她后来放在这儿的。早知道我那天就不应该留她一个人在这里，我并不知道她这么不安好心！”

可是她的话刚说完，就发现沈清明闭上了眼睛，痛苦地揉了揉自己的太阳穴。

“对，她好像叫什么白清雅。”温欣对沈清明说，“她……”

“温欣，你走吧。”

温欣伸手去拉他的胳膊：“沈清明，你就不能——”

沈清明甩开她的手，声音冰冷，带着压抑的怒气：“对不起，我需要冷静一下！”

说完，不等温欣反应，他已经转身离开了。

“沈清明，你去哪儿？”

可惜沈清明留给他的，只是一道背影。

温欣的泪，唰的一下就落了下来。她也不知道沈清明怎么会对这幅画反应这么大，她只是想给他一点点安慰。

这是温欣第一次发现，原来她是那么不了解沈清明。

第六章

有我没她，有她没我，你会选谁

温欣漫无目的地沿着街边的小路晃悠。

一直到夜幕低垂，包里的手机铃声一遍又一遍地响起来，温欣有些晃神，全凭身体的本能掏出手机。

那边传来的是商亦关心地问候。

“温欣，你没出什么事吧？我在这边一直没等到你。”

听到商亦有些急促地关怀，温欣就好像是漂浮在大海中看到了浮木的人。她突然蹲在了原地，哇的一声哭了出来。

“商亦，我好难过。”

商亦给她的感觉太熟稔，让她完全没有设防的念头。

此时的温欣，就像是一个受了委屈的孩子，急需一个完完全全站在自己这边的人来获取安慰。

“温欣，你待在原地别动啊。我现在就去接你。”

温欣哭得有些哽咽，除了“嗯”一声外，什么话都说不出来。

商亦一直没有挂断电话，不断地在另一边跟她说着话，温欣在商亦的话语中，渐渐冷静了下来。等她平复了心情，站起来之后，才发现自己刚刚的举措，引来了很多围观的人。

温欣有些尴尬，往前走了几步，越开了人群。

商亦的车很快出现在她的面前。

穿着香槟色西装的男人，戴着金框眼镜，从低调的豪车中迈步下来，脚步急促地朝着哭得肿了眼睛的女人走过去。

很多人都像是觉得自己秒懂了什么。

肯定又是豪门那些戏码。

“温欣。”

这一刻的商亦，就像是一个救世主。他站在温欣面前，脸上挂着关心和担忧，温欣抬头望着他，静默了一会儿，然后又像是突然清醒了过来，又开始无声地掉眼泪。

商亦走到她身边，伸手将她拉过来，半搂着很绅士地哄劝着。

“我带你去个安静的地方，到时候你再安心哭一场好不好？”

温欣点点头，这会儿的她，只觉得自己大脑乱成了糨糊，根本没法回家去面对沈清明。

商亦扶着温欣，小心呵护着将人送上车，体贴地关上车门。

车子缓缓掉头离开。

温欣坐在后座，埋首在双膝间，任由难过的情绪将自己淹没。

商亦的目光若有似无地看向旁边的后视镜，他看到人群中一个格格不入的男人，站在那里，紧抿着唇。周身冰冷的气息，像是超脱于这个世界之外。

他的目光，追随着车子，紧紧地盯着。

最后，像是感觉到了商亦回视过去的目光，他的身体动了动，转身离开了人群，很快消失在街角。

商亦带温欣一路驱车到了明珠大厦。

明珠大厦是海城最高的建筑，里面坐落着的全是全球知名集团办事处。商亦带着温欣，一路畅通无阻地上了顶层。

这是温欣第一次上明珠大厦。

原本悲伤的情绪，在踏入明珠大厦的顶层，望见繁华的灯火城市，又仿若伸手便能触摸星空的一幕幕后，温欣的心，获得了奇迹般的安抚。

商亦没有问她到底出了什么事，而是指着近海边的小山上接二连三的别墅道：“你看那些别墅群，像什么？”

温欣顺着他指的方向看过去，发现那些别墅群，错落有致，竟然刚刚好是一个繁华的星子。

“我看你这次的设计理念是烟花和星空，所以我私自揣测了一下，你应该是喜欢星辰的吧？这一系列的别墅群，是我为我的妈妈所建的，她也很喜欢星空。我妈妈平时喜欢来这里用餐，就在下面的空中餐厅。我想着，她每次用餐的时候，偏过头望一望她儿子在做的事，是在为她造一颗星，她一定会很幸福吧。”

温欣听着商亦娓娓道来这一星主题的别墅由来，不禁有些咂舌。果然是有钱人才有的手笔啊。竟然用别墅造星，真奢侈。

但是这会儿，别墅里灯光闪闪，恰好是沿着星的五条边蔓延开来，就好像是一颗误入人间的星，依旧散发着自己的光芒，映衬在整座山上，极致浪漫又极致奢华。

“商亦，谢谢你。”

温欣的话很真诚。

原本今晚应该是她给商亦践行的，结果自己出了状况，还连累他大晚上陪着自己来散心。

商亦笑了笑：“我们不是朋友吗？朋友之间这么客气就见外了。”

温欣笑了笑，之前糟糕的心情，翻了过去。

“我还没在空中餐厅吃过饭，你不介意的话，我请你，算是给你践行？”

商亦没有反对：“践行可以，你请就算了。难道你没听过这样一句话吗？和土豪做朋友，土豪带你飞。”

温欣扑哧一声笑了出来。

“真没想到，你竟然还会说这种话！”

商亦挑眉：“怎么，你看着我像是老古板吗？”

温欣故作认真地看了他一会儿：“还真有点！”

商亦失笑。

一顿饭下来，温欣已经调整好了心态。等商亦把她送到家门口时，温欣这才想起来自己给商亦准备的新年礼物。

“等一下。”

温欣拦住准备开车离开的商亦，从包里掏出来一个细长的盒子。

“新年礼物！”

温欣笑眯眯地递给商亦。

商亦有点吃惊，像是没有想到温欣还会送自己礼物。

“这是我的习惯，新年的时候都会给好朋友准备一份礼物，不是太值钱的东西，主要是蹭蹭新年的喜气。”

商亦浅笑，脸上带着点惊喜。

“那我就不客气了。”

温欣点点头，挥手和商亦告别。

转身走进巷子里，院子里还亮着灯。按照平时的时间看，外公这会儿应该已经休息了。温欣到底有些近乡情怯的意味，她害怕碰上沈清明。

接连深呼吸了好几次，温欣才慢慢磨蹭着推开门准备进去。结果她的手还没碰到门，门就被人从里面打开了。

秦子萱顶着有些乱糟糟的头发，瞪着眼睛指着温欣。

“你和沈清明是不是吵架了？”

温欣点点头。

秦子萱了然地哼了一声：“我就知道。沈清明八百年不进一次酒吧，上一回知道他去买醉，还是七八年前的事。”

“你说什么？沈清明去酒吧喝酒了？”

温欣有些吃惊。她以为像沈清明那样自律的仿若神祇的男人，是不会做这种事的。

秦子萱拉着温欣：“唉，快走吧，我叫了车，有什么事路上说。”

温欣被秦子萱拉着走了几步，等她冷静下来，又有些犹豫。

“秦子萱，还是你去吧，我们——”

秦子萱却不管她这些。

“都什么时候了，是亲自去接你男人重要，还是纠结那些矛盾重要。”

“我就说你们这些凡人的感情观不靠谱吧，一有点小矛盾就退缩，还谈什么恋爱，都做单身狗才是为社会做贡献！”

温欣被秦子萱塞进了车里，木然地听着秦子萱唠叨。等到他发泄完了，才总算是想起来问重点了。

“你们俩早上出门的时候不还好好的，怎么就吵架了？”

温欣简单地把在老宅发生的事说了一遍。

秦子萱听完，呸呸了两声。

“我就说那个白清雅不是什么好鸟！果然！也就沈清明这个不近女色的新手会被她骗了！”

温欣挑眉：“你也认识白清雅？”

秦子萱看着温欣，有一瞬间，温欣觉得自己好像从他脸上看到了一丝愧疚。

“别说了，白清雅是我师妹。都是我不好，将这么一头披着羊皮的恶狼带到了沈清明身边！”

秦子萱大概讲了几件白清雅孤身跑去美国追随沈清明的事。

因为白清雅也是学医的，所以有好几次碰上沈清明因为女人靠近情绪失控的时候，都是白清雅用药物安抚了沈清明的情绪。也因为沈清明将白清雅当作是医生，所以他不让女人近身一米的规矩，对于白清雅来说，要松上几分。

不过，白清雅除了给沈清明注射药物的时候能够近身外，最多也就是能够和沈清明并排一起走路而已。

白清雅最高明的地方就是从来没有说过自己喜欢沈清明。因为比沈清明大了半岁，所以一直以关心沈清明的好朋友加大姐姐的角色在沈清明心里挣得了一席之地。

但是——秦子萱欲言又止。

温欣倒是听得有几分明白。

大概秦子萱见识过白清雅阴暗的一面吧，所以两个人道不同不相为谋。虽然她一开始是秦子萱介绍的，但两人如今的状态是互相看不上眼的。

“那幅画到底是怎么回事？为什么沈清明会有那么大的反应？”

“还有他们是谁？”

秦子萱深深地叹了一口气。

“如果我没猜错的话，那幅画应该是沈清明他爸和后来的夫人的结婚照。他爸爸当年为了后来的夫人，婚内出轨，做了很多丧尽天良的事，将沈清明的母亲逼疯后，又睁一只眼闭一只眼任由他后来的夫人对其下了杀手。”

“沈清明对他爸爸的态度，是有深仇大恨的仇人。”

温欣倒吸了一口凉气，没料到沈清明会有这么痛苦的身世。

这下子，她有些理解沈清明一看到那幅画就情绪失控的原因了。

秦子萱给司机指了指路，又道：“至于他们是谁，我也不清楚，你还是等沈清明冷静下来后亲自告诉你吧。”

说完，一直到车子开到酒吧前，秦子萱都在鼓捣着自己的手机。等到温欣下车后，秦子萱却没有动。

“你去吧，我就不去了。”

温欣看着他：“可是——”

秦子萱：“放心吧，我刚刚已经把白清雅飞海城的航班信息，还有她去老宅时在外面被监控拍到的视频都发给沈清明了。”

温欣瞠目结舌。

“你——”

秦子萱哼哼两声：“没错，我是很穷，但沈清明有钱啊，我以他的名义让他的万能助理火速查了一下，这不，效率不错吧。”

温欣一时之间不知道该说什么。

旁观者一看就明白的事，用不到二十分钟就找出了真相。

但是她和沈清明却看不透想不到。

酒吧里的光线有些暗。

沈清明已经不记得自己到底喝了多少，太阳穴越来越频繁的跳动在发出警告。他端着手中的酒，没有再往嘴里咽。居高临下地看着舞池里醉生梦死的男女，沈清明再次感受到了那种孤单冰冷的感觉。一如之前的每一年每一天那样，虽然上班下班，却体会不到半分生活的快乐。

“一个人喝酒多寂寞，我来陪你好不好？”

氤氲的酒气之间，扑面而来浓郁的劣质香水的味道。沈清明的身体剧烈地往旁边挪动了几分：“滚。”

性感的薄唇吝啬地吐露出唯一的字眼，带着彻骨的凉意。

但在酒吧见惯了形形色色的男人的女人，是不会因为这样不痛不痒地拒绝而放弃眼看着唾手可及的利益的。

女人娇媚地看着沈清明，目光流转，就像是看到了一块巨大的肥肉。

她朝着旁边招了招手，一会儿的工夫，又有三四个女人摇曳着身子妖娆地走了过去。

一双柔媚无骨的手，突然攀附到他的胳膊上。醉意之中的沈清明下意识地想到了温欣，但很快，他的身体比思绪先一步识别出了对方。

身体的僵硬，突然涌动起来的狂躁情绪，让沈清明本就在醉意下所剩无几的耐性消失殆尽。

他伸手甩开攀着自己的女人，原本微醉的目光一瞬间清明开来。他冷漠地将外套脱下来丢在旁边，目光所及，带着浓浓的厌恶和排斥：“滚开！”

几个女人都被吓了一跳。

有胆小的小声嘀咕了两句，还是选择了离开。

唯有最初的那个女人，还有一个穿黑色性感礼物的短发女人，像是遇到了什么有趣的挑战一般，不仅没有走，反而将自己胸口的衣襟敞得更开，跃跃欲试，想要更进一步。

这一回，黑衣女人的手直接探向沈清明的胸前。还不等她得逞，沈清明的最后一根神经已经断裂。他直接一脚将女人踢到了台下，而手边碍事的吧台，也直接被推倒在地上。

“啊——”

最初那个女人总算意识到这个男人不是能够随便接近的，她尖叫着跑了下去，也不管那个躺在地上呻吟的女人，直接冲到了后台，很快数十个穿黑色制服的保安冲了过来。

温欣进来的时候，沈清明所在的雅座上一阵混乱，数十个人纠缠在一起。温欣的目光穿过红红绿绿的灯光，透过浓烈呛鼻的酒气，一眼就看到了人群中的沈清明。他的衬衫有些凌乱，头发也因为汗水和大幅度的动作而散落在额头。他的拳头敏捷而又有力地将一个朝他冲过去的男人打飞。

温欣觉得自己好像又见识了沈清明的又一面。

原来神仙也会打群架啊。

眼看着有人抄了酒瓶子准备从他身后偷袭沈清明，温欣一声尖叫，动作敏捷如风，拨开层层人群，冲了过去。

“沈清明！”

“小心身后！”

温欣不知道自己是从哪张桌子上顺手拿过来的酒瓶，眼看着那个男人手上的酒瓶就要落在沈清明的头上，她的理智全无，直接对着男人砸了过去。

全场因为温欣的“乱入”有一瞬间的安静。所有人的目光顺着那只飞出去的酒瓶看向温欣。而温欣却早就已经跳了上去，冲到了沈清明身边。

“沈清明！冷静点，是我啊！”

温欣紧紧地抱住沈清明，一边安抚身边这尊失控的神，一边伸手喊停。

“都别打了！”

“你们再敢上前，我就让欧阳芳芳把你们都开了！”

温欣嘴里的欧阳芳芳就是欧阳。这间酒吧，是爱欧阳爱得死去活来的土豪跪在欧阳屁股后面强迫她收下的。

欧阳对这间半强迫归于自己的酒吧好感不强，一般不来这里。

但这里的人，就没有一个不知道欧阳芳芳的。

果然，温欣的话一出口，所有人再看向她们两人的眼神有了翻天覆地的变化。

“你、你认识老板？”

温欣瞪了说话的人一眼，她没有忘记，刚刚就是他抄着酒瓶子要砸沈清明。沈清明的一只手被温欣紧紧地攥住。温欣腾出另一只手打给欧阳。

等那些人在电话里听到了欧阳的声音后，都带着点惶恐，悻悻地离开了。

这回，经理很快就出现了。一脸歉意地要带两人到楼上的包间休息。温欣点点头同意了。

温欣没有转身去看沈清明。她依旧抓着他的手，头也不回，拽着人就上了楼。等经理开了包间，温欣将沈清明推了进去，然后自己也跟着进去了。

包厢里很暗，灯都没来得及开。

温欣伸手摸索着想要开灯，心里有一堆话，却又赌气似的不愿意说。她的手刚刚伸过去，就感觉腰上多了一双火热的手，温欣惊呼一声，整个人被拦腰抱起，紧接着是沈清明带着几分酒气和血腥味的唇。

温欣被沈清明紧紧地禁锢在身体和墙壁之间。身后是冰凉的墙壁，身前是火热的身躯。吻越来越急切，到最后变成了犹如猛兽般的撕咬，偏偏这种不带技巧的吻，却更加激起了温欣体内的情感，唤醒了她灵魂中的野蛮因子。

两个人的吻又缠绵又有几分争斗的意味。

等到因为彼此胸腔中的空气锐减到无法呼吸后，才终于气喘吁吁地放开了彼此。

“对不起。”

沈清明的道歉声，喑哑，带着一股小心。

温欣听到这三个字，眼泪又不争气地落了下来。

黑暗中，她伸手胡乱地拍打着沈清明的胸膛：“我不原谅你！不原谅你！你走开！”

沈清明没有走，而是再次噙住了她的唇。

这一次，温柔如水。

带着怜惜和温存的爱意，轻柔地用舌尖临摹着她的唇形，一直到感觉温欣的呼吸再次乱了起来，才进一步攻城略地。两个人从墙边一路跌跌撞撞，最后双双跌到了沙发上，沈清明炙热的手，从温欣的头顶缓缓挪动着，最后覆在她的胸上。他没有再往下挪，他的手像是在探险，带着几分生硬，力道掌控得不是太好。

“放手！”

这一回是恼羞成怒地轻斥。

温欣感觉自己的脸红到了耳朵根上了。

沈清明用了很久才平复了自己失控的情绪，他从温欣的身上起来，坐到了旁边。温欣的衣服被他刚刚的情不自禁弄得有些凌乱，温欣跟着坐了起来，有些恼怒地拉了拉衣服。

沈清明站起来去开了灯，回来的时候端了两杯水过来。

“温欣，白天的事，是我失控了。”

温欣接过他递过来的水，低着头沉默了许久，就在沈清明准备再说一遍的时候，温欣突然抬头朝他伸过手来。

“把你的手机拿出来。”

沈清明依言将手机递给她。

温欣翻了两下，又将手机转交给了他。

“你自己看看，是秦子萱发给你的，资料也是他让你的助理杰找到的。”

温欣说完这两句话，就不再吱声，端着水杯，微微低着头发呆。

等沈清明疑惑地拿着手机，依言看完上面的资料和视频后，脸色变得难看了起来。等视频播放完，沈清明拿着手机，第一次体会到了不知所措是什么样的感觉。

“温欣。”

良久的沉默之后，沈清明沙哑着嗓子，打破了沉默。

温欣没好气地哼了一声，算是答应。

沈清明将手机扔到一边，坐到了温欣身边，伸手想要将人抱在身边，却被温欣躲了过去。他的目光有些黯淡，心中因刚刚得知的真相而满是愧疚，同时又控制不住自己去想下午见到的那一幕。

当他恢复了理智，追出去之后，看到的是温欣被一个各方面都和自己不相上下的男人温柔呵护着接走。他不知道温欣和那个男人是什么关系，但他能从那个男人的目光中看出他对温欣的势在必得。

因为那样隐晦却又具有侵略性的目光，他实在是太熟悉了。

“对不起。清雅她在美国的时候……”

温欣打断他的话：“你住嘴，我不想听那个女人的任何事！连秦子萱都能看出来她不是什么好人，我不信你看不出来。你根本就是对她不一样，所以你选择对她做过的事包容，是不是？”

温欣的话，戳中了沈清明内心深处不为人知的秘密。

他的脑海中浮现出白清雅那张脸。

那张和母亲有六分神似的脸，每当他看着这张脸的时候，心中总会升起一点点对未来的期待。所以他不管白清雅是谁，不管她做过什么，对自己有什么想法，他只想在灵魂空虚几尽干枯的时候，将她那张脸当作一味药。

面对温欣的质疑和控诉，沈清明不知道该怎么将自己如此可笑的理由说给她听。沈清明的沉默，却让温欣越发难过。她一把推开沈清明，质问道：“如果我让你在白清雅和我之前选一个，有我没她，有她没我，你会选谁？”

“你。”

温欣没有想到沈清明会回答得这么快。甚至她设想的是沈清明会选择沉默或者逃避这个话题。沈清明的选择，却越发让她不能理解白清雅在他心中到底是什么样的存在。

温欣一向自诩有几分自知之明，从来不问别人不想回答的问题第二遍。而沈清明几乎没有考虑就回答，这让她之前所有的质问变得没有太多意义。只是心里依旧不上不下憋着一口气，所以温欣的态度带着点惩罚的意味。

她终于正眼看向沈清明。

不看还没什么，等到在灯光下看到沈清明伤痕累累的脸和身体，温欣一股脑儿地从沙发上弹起来：“你怎么搞成这个样子，流了这么多血你怎么不说啊！快走，去医院！”

温欣拉着沈清明二话不说急匆匆地下楼。

她心里有些气自己不分轻重缓急，又气沈清明，最后将所有的怨念都转移到了罪魁祸首身上，她心里那个已经暴怒狰狞到了极致的温欣，正摩拳擦掌，磨刀霍霍，恶狠狠地念叨着：“白清雅，你就别让我再看见你，不然我一定让你好看！”

两人打车去了最近的私立医院。

下车后，温欣拉着沈清明，急匆匆地进了急诊室。两人和一辆正好驶到医院门口的救护车擦肩而过。救护车上下来的一个年轻女医生余光扫过两人，脸上闪过一抹疑惑。

等温欣陪着沈清明在急诊室清洗完身上的伤口出来拿药的时候，就看到楼道的另一边，一个熟人穿着白大褂，脸上挂着笑朝两人走过来。

“清明，真的是你啊，我刚才还以为是自己看错了。”

温欣看着来人那张带笑的脸，心中的火气再也控制不住。她伸手扯了一下沈清明的衣袖，沈清明不疑有他，侧过身以为温欣有什么事。但温欣却借着沈清明侧身的工夫，上前一步，挥手朝着白清雅扇了过去。

白清雅没有料到温欣会这么直接。

所以她根本没有反应过来，硬生生地挨了一巴掌。

完美的脸上很快红肿了起来，五个清晰的指印在上面很明显。

“温欣。”

沈清明的声音从身后传来，带着点无奈，没有怒气。

白清雅一手护着自己的脸，目光像是沁了毒一样瞪着温欣，却又碍于沈清明就在面前，不能也直接甩手过去反击回来。

最后，她努力压下心中的火气，换上一脸的委屈看向沈清明。

“清明，你看这位小姐是不是疯了，她怎么能无缘无故打人呢。”

温欣冷笑两声，分毫不让地挡在沈清明前面。

“白清雅，你不用装可怜！”

“一周前你就到了海城，拿了一套咖啡杯去老宅，后来你在老宅留下了什么，不会这么快就忘记了吧！”

“说实话，我是真没想到，你这种从小在国外长大的女人，应该没有看过什么宫斗大戏吧，怎么就能玩这么一手漂亮的宫心计呢。啧啧，我估摸着应该是你祖上就流着那种只会算计别人，只会耍阴谋诡计的肮脏血液吧。你说是不是啊，白清雅！”

温欣给人的印象从来是浪漫富有情怀的。虽然形式开放却又张弛有度，是个有内涵的女人。很少有人知道，温欣上大学的时候曾经被同届的校花栽赃陷害过，温欣一开始没有和她们计较，却助长了那些疯子一般的女人的气焰。到后来忍无可忍的时候，温欣曾经亲自拎了一桶新开封的油漆，照着校花当面泼了过去。

当时全校人都跑去围观，然后听着温欣细数校花的种种污点，整整半个小时不带有重复的词。

事后，温欣虽然被院长狠狠地骂了一顿，但院长又被温欣的才华和天赋所折服，后来真正倒霉的还是那个校花。

自从出社会以来，上司的小刁难，同事之间的小算计，温欣都不曾看在眼里。对于她来说，这些不过是生活必然经历的，如果什么都没有，那才是寡淡无味呢。

但她也有自己的底线。

那就是爱情。

温欣或许谈过很多七天的恋爱，但她对爱情有着近乎苛刻的要求。那就是誓死捍卫，极致相爱。

白清雅不仅整个人就是温欣不喜的类型，最重要的是，她的阴谋诡计伤害了温欣誓死捍卫的爱情，所以温欣的小宇宙再也无法冷却，在她又一次挑衅中，雄壮威武地爆发了。

周围经过的小护士两三个一群，对三个人指指点点，议论纷纷。

白清雅很擅长借刀杀人，喜欢玩阴谋诡计。但她的那些自作聪明，遇到温欣这种阳谋和赤裸裸的暴力，完全无法抗衡。尤其是在沈清明根本没有要制止的意思的情况下，白清雅只能咽下这口气。

“温小姐对我的误会不浅，今天太晚了，你们好像又都受了伤，不如改天我请大家出来吃饭，到时候把误会说开就好了。”

温欣见白清雅还一副死要面子的模样，越发觉得这个女人脸皮忒厚。

“不必了，到底是我误会了，还是你做了阴损的事，我们心知肚明。”温欣看了一眼沈清明，强调道，“最重要的是，沈清明他也心知肚明。航班信息和监控录像是从来不会骗人的！”

最后一句话，终于还是让白清雅变了脸色。

温欣见她大有一副要朝着沈清明扑过去，眼泪攻势来挽回形象的套路，干脆拽着沈清明往后退了几步。

“你别过来！不知道我男朋友见到除我以外的女人就会吐吗！”

温欣的话毫不留情，有几分泼妇的意味。

但看着沈清明的眼里，却觉得很是真实。

突然间，白清雅那张神似母亲的脸，如今再看去，发现原来也并没有多么相似。

温欣伸手将沈清明的手放在自己的腰上，赤裸裸地宣告着主权。

“白清雅，我温欣不是那种弱兮兮的小白女主角，你也没有恶毒女配的功力和能耐。今天我就清清楚楚明明白白地告诉你，只要我还是沈清明的女朋友，他就再也不会见你！”

这一次，白清雅再也装不下去了。

她目光犀利地瞪向温欣：“温小姐，我和清明是多年的好朋友，我们之间见不见面，你好像没资格干涉。”

温欣不屑和她斗嘴，直接将问题抛给当事人。

“沈清明，你和她说。”

沈清明低头看了温欣一眼，他见到一向活力十足的小女人，今天一双大眼睛不仅红肿而且带着一股还未真正痊愈的伤痛，这会又扑闪着，带着点怒火和赌气。

他安抚地对温欣笑了笑，转而看向白清雅。

截然不同的神色，疏离而冰冷。

“清雅，你做过的事我不会再计较，但以后请你不要再打扰我的生活。”

温欣对于沈清明的话还算满意，她听着点点头，拽着沈清明直接从另一边离开。

白清雅站在那儿，脸上满是着不可置信的表情。

她没有想到，自己才刚刚出手，还什么都没有做，还没来得及披甲上阵，只是去试探了一下，竟然就赔了夫人又折兵。她一向知道沈清明对女人无感，但她不一样啊，她是特殊的。她不用遵守沈清明那个不许女人近身的规矩，甚至有时候她还能和他有肢体上地接触。

她一直认为，沈清明早晚有一天会是自己的。

但就在刚刚，沈清明竟然说让自己以后都不要再打扰他的生活。

这不是她想要的啊！

她不要！

“沈清明，你是我的，是我的！”

白清雅突然双手抓着自己的头，像是失控了一般，尖叫出声。

回去的路上，温欣很沉默。

虽然两个人双手紧紧相扣，但夜间的凉风吹过来，温欣再回想刚刚自己的泼妇行径，原来的闷气变成了懊恼，她有些不敢面对沈清明。

根据温欣的理论经验来看，男人一般都不喜欢女人干涉自己的朋友圈，而自己刚刚那么嚣张地为沈清明做了主，并且压迫他以后都不准再见白清雅……温欣越想越觉得自己今天出门一定是忘了带脑子，智商堪忧。竟然做出如此简单粗暴不过脑子的事来。

沈清明慢步跟在她身后，目光是温欣从未看过的温柔，充斥着越发浓烈的感情。他看到温欣的头垂得越来越低，加快了脚步，一把将温欣拉进了自己的怀里。

“冷不冷？”

邻近除夕，饶是这座海滨城市，也被裹挟着重重的寒气。

温欣原本没有觉得，听沈清明这么一问，不由自主地打了个冷战。两个人就这样相拥着，沿着没有人的马路，经过一个又一个路灯，留下一串长长的脚印。

大脚踩着小脚。

在夜色下，显得浪漫又绵长。

这晚，两人没有回家。

沈清明带着温欣去了他以前出差一直住的酒店。温欣躲在洗手间冲澡，热水冲去一身的风霜和疲惫，当心情放松下来后，瞌睡不期而至。最后，她是被沈清明抱回房间的。

两个人躺在大床上，第一次同床共枕。

睡意蒙胧间，温欣下意识地缩进了沈清明的怀中。

两个人隔着一层被子，抵足而眠。

窗外，夜空渐渐静谧深沉了起来。

有雪花纷纷扬扬地飘落开来，像是在为即将到来的除夕举行着欢迎仪式。

半空有飞机从郊外起飞，驶向大洋的彼岸。整座城市的灯火，在凌晨时分，稀稀拉拉全都熄灭了。

第七章

嗨，这是我男朋友，沈清明

因为沈清明嘴角有伤，没办法瞒过去，两人只能商量好，告诉外公的时候，统一说是在路上遇到小偷了。

外公不疑有他，叮嘱两人下回小心点。等两人刚刚松了一口气后，他竟然转身给老部下打了个电话，大过年的要求那边派人多在大街上执勤，维护治安。

今年春节温欣没有回家，因为母亲大人早早就通知过了，说要和老爸去二度蜜月。温欣乐得可以留下来和沈清明一起过除夕。这一年，外公家的除夕夜格外热闹，再加上一个插科打诨的秦子萱，屋子里全是欢笑声。

从中午丰盛的八热八凉的十六道菜品开始，秦子萱的惊叹声就没有停止过。

“原来这才是过年啊！”他眼巴巴地跟在外公屁股后面转悠：“感觉自己这么多年白过了，每年都是一样的酒会，一样的自助餐，这么美好的除夕，全都被那些商人灌满了铜臭味，我不管，以后我都要在蒋爷爷家过年！”

秦子萱和沈清明一样，喊外公蒋爷爷。

外公从一开始看不惯妖孽的秦子萱到后来和秦子萱斗嘴斗出了乐趣，现在一天看不到秦子萱，反而心里不自在。

等到了晚上包饺子的时候，秦子萱先是要尝试擀饺子皮，结果被软绵黏腻的面团十个手指头都裹在了一起，后来还是沈清明默默地解救了秦子萱。等到秦子萱见识了沈清明擀饺子皮的技术后，直嚷嚷着不公平。

“明明你在国外的时间比我多，为什么你饺子皮会擀得这么好？”

“我不服！”

温欣拉着秦子萱要教他包饺子，结果四五种饺子的花式捏法，秦子萱一种也没学会，一直到最后一个饺子皮被用完，他依旧只会把饺子皮对着按在一起，被外公嫌弃到底。

“待会儿饺子出锅了，都吃自己包的。”

秦子萱一听，又喊又叫：“啊！爷爷，你怎么不早说啊，你早说的话，我就不放菜了，全放肉！”

温欣指着秦子萱笑：“你就这点出息啊！”

吃完年夜饭，秦子萱不知道什么时候囤了一大堆烟花，非要拉着沈清明去放烟花。

温欣跟着两人看了一会儿，发现和小时候那种幸福感比起来，差得太远了，所以躲到了楼顶上，欣赏整座城市的烟花。

秦子萱拉着沈清明在门口嘀嘀咕咕说了一会儿。很快，沈清明端着一杯热牛奶上来了。

温欣没有回头，任由身后的男人将自己拥在怀里。

“是不是很漂亮？”

温欣目不转睛地看着接踵而至的烟花，感觉心头被烟花夺目的光芒点燃了新的斗志，尤其是站在楼顶，看着整座城市，心中那种豪情壮志夹杂着一点小女人的浪漫，让她一个人感动得一塌糊涂。

“不及你漂亮。”

沈清明的下巴抵着温欣的头顶，目光随着温欣的视线看过去。对于温欣的感慨不做评价。只在这最浪漫的一刻，讲出自己心中想要讲得最浪漫地告白。

温欣扭头，在他唇畔轻啄了一下。

“沈清明，新年快乐。”

沈清明低头，轻啄着她的耳唇。

“新年快乐。”

很快，两人之间浪漫的气氛就被打断了。

秦子萱端着一盘水果，蹑手蹑脚地上了楼顶，等发现两人早就在这儿后，叹息一声。

“你们就不能给单身狗留点私人空间！”

温欣：“……”

沈清明直接无视他的抱怨。

最后，三个人坐在一块儿，喝着热牛奶，吃瓜子，看烟花，一直守岁到十二点。下楼后，秦子萱是哈欠连连，直接挥挥手说了晚安一头扎进了自己的房间。温欣站在楼梯边等沈清明去熄灭客厅的灯，等他再上来后，扯着他的袖子。

“今晚我和你一起睡好不好？”

沈清明深深地看了她一眼，回应她的是直接将人拦腰抱起。温欣轻呼一声，旋即嘻嘻地笑了起来，双手自然而然地揽住沈清明的脖颈，趁着沈清明开门的时候，若有似无地撩拨着，轻啄着他的下巴。

大年初一早上，外公蒸好了饺子等着大家出来吃饭。结果等起晚了的秦子萱都出来了，两个人还没有下楼。外公想要上楼喊人，被秦子萱拦住了。

“蒋爷爷，您不知道，昨晚我们在楼顶上喝了点酒，他们俩肯定是有些喝醉了，睡得沉了。咱们不等他们了，先吃吧。让他们睡到自然醒再起。”

而房间里。

温欣早就醒来了，她的生物钟一向很准时。

身边的位置已经空了，浴室里传来淅淅沥沥的水声。

温欣瞪大了眼睛，望着天花板发呆。

沈清明，真是个不食人间五谷的男人，太君子了。

昨晚明明被自己撩拨得血脉偾张，竟然愣是咬牙忍住了。不管自己之后怎么挑逗，都不配合。

想想沈清明的君子风度，温欣就觉得头大。

照这样下去，什么时候才能吃到肉啊。

陆续有人上门来给外公拜年。等温欣和沈清明一前一后磨蹭着下楼时，已经临近中午。温欣看了看时间，干脆和外公打了声招呼，拉着沈清明出门了。

“年初一去买新衣服，是我们家的传统。”

“原本昨晚我是想把自己当作新年礼物送给你的，可是被你拒绝了。”温欣说这话的时候有点小哀怨：“我绞尽脑汁想了一早上，只能带你去买新衣服了。”

沈清明纵容地跟着温欣去了商场。

全球大牌的店铺并没有因为新年而关门，反而生意更加火爆。温欣拉着沈清明转了几家，“我看你一直穿西装，很少穿休闲的服装。你这样不行的，以后在家里还是穿休闲的衣服舒服。”

说着将一套米白色的亚麻料衣服拿过来在沈清明身前比画了一会儿。

“我就知道，这个颜色你穿一定很搭。”

温欣像是很满意这套衣服，交给了跟在一旁的服务员。

“走，再去给你看看鞋子。”

沈清明却拉住了温欣，从旁边的女柜上拎出来一条俏皮橘的裙子：“去试试。”

温欣有些回不过神来：“啊？我今天不买衣服啊。”

沈清明依旧拎着那条裙子：“去试试看，我想看你穿上它的样子。”

温欣被沈清明的情话哄得神魂颠倒，乖乖地跑去试了衣服。橘色的明亮越发映衬出温欣活力十足。而紧致的剪裁，则将她凹凸有致的身材全都展现了出来。

“好看吗？”

温欣站在沈清明面前，朝他笑得明媚而灿烂。

沈清明点点头：“很美。”

两人出去的时候，是分开刷的卡。这是温欣坚持的，虽然沈清明不是很理解，但他愿意尊重温欣的这些小要求。

两人在商场的西餐厅吃了简单的午餐，温欣拿出手机，想要规划下午的行程。结果沈清明先她一步提出要带她去看一场展览。

温欣有些诧异："你是不是早就安排好了？故意瞒着我？"

沈清明摇头："这个展览你应该听过，是专门展出经过时间考验的设计、绘画的。每隔一年举办一次。"

温欣恍然大悟："你说的是明威展！"

明威展是丹麦有名的艺术委员会组织的全球性的展览，其中的展品都是收藏自世界各地有名的艺术家的成名作品。有些故去创作者的作品，会被长久买下来，而有一部分则是以租赁的形式，和艺术家签订合约，长期参加会展。

明威展上的作品，有一个统一的要求，就是必须是成名的，具有巨大的价值的作品。

对于一切美的设计，温欣都不能抵挡。欣赏美，设计美，早就成了温欣生活中的重要部分。而能和沈清明一块儿去看展，就更没有什么不满意的了。

两人到展览馆的时候，还没有多少人。

买票的时候碰上了好几个相熟的朋友，温欣靠在沈清明身边，一脸甜蜜地和他们打招呼。

"嗨，这是我男朋友，沈清明。"

沈清明脸上没有太多表情，疏离却不失礼节，一一和每个过来打招呼的人客套地说上两句。

进场后，温欣充当了解说员的角色。

"你想看哪个国家的什么特色的展品？我跟你说哦，前几届的明威展我都去看过，就连国外的也去看过几次，后来发现这几年的展品没有什么增新，所以这回的我就没有打算再来。”说着大眼睛来回扫视了几眼，“我看这回的东西也和之前没有太大差别，你想看那哪些我带你去！”

沈清明垂眸想了想：“你知道SE吗？”

温欣脚步一顿，以为自己听错了：“你说谁？”

沈清明又重复了一遍：“SE。”

温欣像是在思考，过了一会才又问道：“这是不是前些年的那个室内设计师？我有些印象，你找他做什么？”

沈清明沉默了一瞬：“我回国除了接管公司，还有一件事，就是想找SE帮忙设计一处休养院。”

“休养院？是你公司的产业吗？”

沈清明含糊地“嗯”了一声，不欲在这个话题上多做牵扯。温欣没有再问，皱着眉头想了想：“我记得SE的作品不多，只有一件全额卖给了明威展，好像是在中国馆的特色艺术展区了，走吧，我带你过去找找看。”

温欣拉着沈清明往中国馆走去，心里面却有些七上八下，总觉得自己好像错过了什么。

SE卖给明威展的是一幅名叫《老房子》的设计图稿，这幅设计图除了设计风格新颖独到外，最重要的是其绘制的方式一改平面和三维立体的主视角模式，而是选择了以镜面式的反射视角，采用了多种颜料和绘图笔，物理化模拟了当年刚刚兴起的电子虚拟立体技术，从而打造了一幅设计风格独特，绘制方式虚拟立体的设计图稿。

这幅图稿，当年拿去参加了巴黎的麦金思设计大赛，一举夺得了桂冠，也打破了华人在外国人眼里没有设计天赋的说法。

唯一可惜的是，SE作为创作者，却从头到尾都没有露面，就连上台领奖的也是其雇用的专业艺术经纪人。之后，SE又推出了几款设计后，就彻底在圈子里销声匿迹了。

沈清明的目光静静地凝视着那幅被搁置在玻璃柜里的设计稿。上面的颜色已经有些黯淡，但用色彩渲染出的分明的棱角，还有老房子后面那株活灵活现，仿佛真的有风在吹动着它的杏树苗，越发勾起了他内心深处的记忆。

温欣也跟着盯着这幅图稿一看再看。只是她时不时地皱皱眉头，像是在挑剔着什么，嘴里面小声嘀咕着，最后干脆挪开了目光，去看旁边的其他展品。

“温欣！”

一道惊喜的声音从身后传来。

温欣身体一僵，等她转过身去就看到谢云满脸惊喜，已经走到了她面前。

“真的是你！”

谢云见到温欣，显得很是激动。

他伸手指了指不远处的波兰展：“原本以为今年的展览也没什么意思，但是没想到他们竟然签到了波兰有名的行为艺术大师。”

温欣听了也有点惊讶。“你是说那个创下连续一个月不吃不喝在玻璃柜里的那个行为艺术的大师？”她倒是不太能理解这样的行为艺术有什么目的，但对于这样的话题人物，亲眼看一看还是可以考虑的。

谢云点点头，好像很是崇拜这个人。

“要不要一块儿过去看看？”

温欣看了一眼身边还沉浸在设计稿中的男人：“不了，我等一会儿再过去。我男朋友还没看完呢。”

谢云脸上的笑意淡了几分，扫了一眼沈清明在看的设计稿。

“是 SE 的《老房子》吧。”

温欣点点头。

谢云没有离开，反而站到了一边道：“我研究 SE 了好几年，对于他的这幅设计图稿，真是集艺术界所有设计技巧于一身。除了这栋房子本身的基身不是太完美，其他的真是无可挑剔了。”

温欣不置可否地“嗯”了一声。反倒是沈清明像是听了谢云的话：“不对。”

沈清明的话让温欣和谢云都有些迷惑。

“那幢房子，是整幅图中最完美不过的了。”

从沈清明的口中听到这么感性的话，温欣有点吃惊。而谢云，脸上闪过一抹古怪的神色，欲言又止，最后尚存的理智和修养让他选择了沉默不语。

三个人之间弥漫出尴尬的沉默。

谢云最终还是被沈清明周身散发出的生人勿进的疏离感击退，他朝温欣笑了笑，目光带着点不舍，还是转身离开了。

温欣朝他挥挥手，注意力更多还是在沈清明刚刚说过的话上。

“沈清明，你好像对 SE 很了解？”

沈清明摇头：“不了解。”

温欣更疑惑了：“如果你不了解，那你怎么会知道那栋房子其实才是他想要表达的重点？”

沈清明的目光变得深邃起来。

“因为，这幢房子的原型，我很熟悉。”

温欣先是吃了一惊，旋即又像是想到了什么，看着沈清明的目光多了几分新的打量，最后一个人傻乎乎地乐了起来。

沈清明伸手揽着温欣：“走吧，不是要看行为艺术？”温欣连连点头，还沉浸在刚刚的小心思里，根本没听清楚沈清明到底说了什么。

波兰展里挤满了人，很多慕名而来的观众目光都认真地看着玻璃柜中那个红头发的女人身上。她的脸颊消瘦得厉害，但目光炯炯有神，仿佛有无穷的精神力量。温欣曾经在杂志微博上看过关于这个女人的介绍，这会儿便将自己看过的资料小声地说给沈清明听。

“这个女人，据说来自乡村，从小就声称自己有魔法。后来被小镇的教父当作妖怪，联合众人将她驱逐了。后来她跑去了美国有名的艺术小镇一边打工一边学艺术。”

“当时行为艺术并不吃香，甚至被主流艺术所排斥。偏偏她有勇气，后来又和当时有名的艺术经纪人谈恋爱，然后就火得一塌糊涂了。”

温欣说完还是忍不住咋舌，对于这个女人传奇的生活经历，她很是钦佩。

沈清明安静地站在她身边，对玻璃柜里的女人没有什么置评。在他眼里，那只不过是温欣想要看的一场艺术展而已。

因为展馆里面的人实在是太多了，温欣没有再往前挤，看了一会儿就拽着沈清明离开了。

之后，两人慢慢悠悠地在展馆里逛了一圈。

温欣倒是被日本的一个以前没有听说过的艺术家的作品所征服，趴在展台上，啧啧称奇，最后所有的感慨都归咎于日本人得天独厚的天赋和强大的工匠技艺。

沈清明将男朋友的角色发挥得淋漓尽致。到后来，温欣故意把自己的女款包交给他拿着，沈清明也只是皱了皱眉，但什么都没说，接了过来，一直拎到离开。

两个人，基本上是温欣在叽叽喳喳地说，而沈清明间或“嗯”上一声，或者简要地回答一两句温欣突如其来的疑惑。

对于展馆里的很多展品，温欣都能说出它的来历，甚至还知道很多创作者的八卦。沈清明心中渐渐积聚了一个念头，温欣既然对这些作品和创作者都很了解，那她知不知道 SE 呢？

等到两人逛完一圈准备原路返回，经过 SE 的作品时，沈清明突然顿了顿脚步，喊了温欣一声。

“你知道 SE 的下落吗？”

走在前面的温欣险些脚下打滑，她努力稳住自己的心神。

“SE 的下落？”温欣脸上有点不自然，好像还有点紧张。沈清明看着她的表情，心中的念头更深，如果之前他只是想要问一问，那么现在温欣的反应，却让他觉得 SE 对于温欣来说，应该很熟悉或者是有什么不欲言说的东西，所以她才会在看 SE 的作品时最为沉默。

“温欣，我找 SE 已经找了近一年了，如果你知道的话联系他——”

“不不不！我不知道！”温欣迅速拒绝，然后又觉得自己的反应有些问题，脸上闪过一抹懊恼，低着头闷闷地道：“我是真的不知道。当年我也追捧过 SE 的作品，但还不等我搜集他的资料，SE 就完全消失了。”温欣说着像是慢慢恢复了理智，“你看整个展馆，很少有我不知道来历和创作者的作品。而这幅《老房子》和它的作者 SE，就恰好是我不知道的那一个。”

沈清明脸上没有什么表情。只不过他的目光，有些深邃，让温欣有一种自己全部被他看穿了的感觉。

“对不起啊。”温欣下意识地道歉，心里有一股自己不知道 SE 的下落，十分对不起沈清明的感觉。

沈清明搂着她的手紧了紧：“没关系。”

他竟然也一本正经地回了这么一句。

温欣知道他只不过是想让自己宽心，但温欣却自己有一股做贼心虚的感觉，越发觉得自己愧对沈清明了。

因为这份心虚，导致吃晚饭的时候温欣都一直心不在焉。就连沈清明亲手给她剥的虾子，温欣也没有反应过来，完全是沈清明给她夹什么，她就吃什么。

回到家里，温欣也一改平日缠着沈清明求睡的作风，踮起脚尖，草草地在沈清明的唇上轻啄了一口就冲进了自己的房间。沈清明看着温欣消失在房间里的背影，眉心蹙了蹙，没有说什么，也推门进了自己的房间。

温欣一进房间就打开了自己的电脑。

她抱着电脑坐到了阳台的吊床上，目光像是在看窗外的星空，又像是在放空自己。一直到电脑的开机声提示她，温欣才回过神来。点进了邮箱的网页，温欣选择了一个不常登录的网址，光标在登录的按键上停留了很久。

温欣有些犹豫，甚至中途又将电脑合了起来。

她又掏出手机，凭着记忆拨通了一串数字。那边很快传来了一阵冰冷地回复声："您好，您拨打的电话——"

温欣挂断电话，又重新拿回了电脑。这一回，她深吸了一口气，选择了登录。

一连串未读邮件的提示音，敲击着温欣的大脑。

她的手有些抖，缓缓地点击进入。

熟悉的邮箱号，彻底落实了心中的揣测。

温欣先是笑了起来，但很快又戛然而止，脸上挂着几分伤心。她按照时间顺序，点开了其中一封邮件。里面是简短的短讯。

"您好，我是海城沈氏集团的沈清明，有件案子想聘请您做首席设计师。欢迎您随时联系我。"

接连十多封邮件，都是从一年前开始陆陆续续发过来的。

一开始都是差不多的内容。

直到半年前，内容有了变化。

"SE 先生 / 女士，我不知道您是因为什么选择退出设计圈。但您的设计对我一个很重要的亲人至关重要。希望您能给我一个会面的机会。"

盯着这封邮件，温欣陷入了疑惑。

沈清明他找 SE 难道不是为了公事？他说的那个最重要的亲人会是谁呢？

发送邮件的时间还在往后推移。

一直到两个月前，是最后一封邮件。

这封邮件里，温欣看到了一个故事，依旧发自沈清明。

故事中讲的是一个年轻的女人遇到了心爱的男人，不惜放弃了工作和家人选择嫁给他，等这个男人大富大贵之后，却在婚内出轨，不仅逼疯了女人，还任由出轨对象找人迫害女人，对其下了毒手。

女人在休养院最后度过的那段时间，一直念叨着想要回父母的老房子里去。女人的母亲曾是新中国成立后第一批出国学习设计的人员之一，她们的老房子风格独特，不仅结合了中西的设计风格，而且还大胆地沿用了鲜明的色调。

老家的房子早就在父母相继去世后被拆迁了。女人到死也没有再看过一眼那栋老房子，就连骨灰也葬在了休养院后面的公墓里。

温欣感觉视线有些模糊，伸手去擦屏幕，却发现原来是自己的金豆子掉下来了。温欣不记得自己在吊床上坐了多久，只知道清醒过来后，外面海天一线的地方，已经泛起了鱼肚白，清晨的第一缕光芒俏皮地挣扎着没一会儿就出来了。

温欣重新拿起手机，再次拨通了那串数字。

这一回，不再是冰冷的提示音。

“Hello！”

带有磁性的声音从电话那边传过来。

温欣再次有些忍不住的红了眼眶。

“Seven，是我。”

那边像是听到了什么不可置信的声音，连连尖叫了起来。

“你、你、你——”

“野丫头！你竟然没骨气先给我打电话了！哈哈哈，我赢了，是我赢了！”

那边高兴得像是疯了一样。

温欣被激动的情绪带动地憋回了感伤的眼泪。等到那边平静下来，温欣才开口道：“三年了，你准备什么时候回来啊？”

这一回，那边却有些沉默了。

“我找不到他。”带着一股莫名的哀伤，但这种哀伤，并不似那种让人寻死觅活的哀伤，而是带着点释然，“野丫头，你为什么不早点给我打电话呢，这样我也不用一个人在这里死熬过年了。你都不知道我一个人在全都是黄毛的地方是怎么过年的，我嘴里都要淡出鸟儿来了！”

听着 Seven 苦兮兮地哀号，温欣再也忍不住扑哧一声笑了起来。

“既然不愿意在那儿为什么不回来？万一我一辈子不准备再搭理你了呢！”

那边咯咯地笑个不停：“那哪能，我知道你的德行，我估摸着你也憋不过五年去，你瞅瞅，这不刚过了一半你就主动向我认输了！”

温欣听着这话，却有些难过。原来他也一直等着自己喊他回来啊，如果不是因为认识了沈清明，如果昨天没有去看那场展览，她不知道沈清明找 SE 的事，那是不是她和 Seven 会不会因为彼此的臭脾气，真的要一辈子都不见面了。

“浑蛋，快点滚回来吧。”

“哎，你等着，我这就开始滚！”

两个人互怼了一会儿，情绪都真正平复了下来。短暂的沉默后，温欣还是没有忍住问出声来：“他……一点消息都没有吗？”

那边先是狠狠地咒骂了一声，然后鬼哭狼号起来。

“什么都没有。除了一开始知道他在英国住过一段时间外，就完全失去了消息。我像个傻子一样在调查他住过的地方蹲点蹲了半年，连根毛都没看到。”

温欣不知道该说什么好。

Seven 一家没搬来海城之前，在老家隔壁曾经有个小女孩，Seven 第一眼见到那个小女孩的时候，就深深地沦陷了。但是那个小女孩就像是昙花一现，只出现过一次，后来 Seven 每次去问，邻居都说她出国上学了。等到 Seven 再见到那个小女孩已经是三年后的事了，那时候 Seven 一家已经准备搬到海城来，Seven 不愿意心中留下遗憾，偷偷爬进了邻居家的后院，闯进了小女孩的卧室。

可惜老天爷有时候就喜欢和你开玩笑。

Seven 在床上找到了自己魂牵梦绕的小女孩，但很快，他就发现，小女孩并非是女孩，而是货真价实的男生。

被吵醒的男生看着 Seven，就像是在看一个恶魔。他的身板虽然瘦弱不比 Seven，但却如最凶猛的小兽一般，将 Seven 恶狠狠地赶走了。Seven 也被这个真相打击到，一直到搬到海城后才慢慢恢复过来。

后来 Seven 又有好几年的时间没有这个男生的消息。

直到毕业后，谈过几场寡淡的恋爱，最终都无疾而终的 Seven 还是想再见到那个邻家少年。

为了寻找邻家少年，Seven 放弃了国内大好的事业和前途。当时正是 SE 声名鹊起的时候，温欣甚至做了厚厚的一本创业企划书，紧要关头 Seven 却抱着温欣号啕大哭起来。当时温欣气 Seven 没斗志，为了 Seven 出国的事，两人狠狠地大吵了一架，最后 Seven 离开的时候，温欣赌气没有去送他。因为互相堵着一口气，他们已经整整三年没有联系过了。

“Seven，我找到我的 Mr. Right 了。”

没有正常情况下的尖叫和惊喜，那边沉默了一会儿，才骂道：“你是不是肚子大了要结婚了才想起给我打电话。”

温欣：“……”

温欣将沈清明找 SE 的事跟 Seven 讲了一遍，说到最后，又忍不住心酸起来。

“我大概能猜到，他讲的故事里的那个女人应该就是他妈妈。外公说小时候曾经将他接过来住过一段时间，应该就是他妈妈出事后。再后来他就出国了，一直到半年前他的生父航班出事后，才不得不回来接管公司。”

Seven 阴阳怪气地哼哼了两声：“不用给我打感情牌，说到底也是你爱惨了人家，所以才愿意为了他向我妥协，对不对。”

温欣点点头，又摇头。

“不是的。”

“最近这几年的工作平平无奇，没有什么挑战了。Seven，你回来吧，回来咱们俩再联手，我们一块儿开个工作室，我相信我们当年的梦想一定能够实现！”

这回换 Seven 沉默了。

“欣欣，我已经三年没有画过东西了。”

温欣扯了扯嘴角，努力让自己的声音没有任何变化。

“你的才华会因为你没有画过东西而消失吗？”

“我永远相信你出走的这三年，只是去体验生活，去积累更多的经验，然后创造出更好的作品。”

Seven 久久没有说话。

外面传来敲门声，温欣看了看外面，才发现原来天已经大亮了。温欣试探着喊了一句，终于听到了 Seven 带着点哭腔的声音。

“你给我等着，我一会儿就打包回去！”

温欣听了这话，心中一直积聚着的各种复杂的情绪消散开来。如同天边费尽力气战胜黑暗的朝阳般，再次充满了新的期待。

温欣出来的时候，沈清明就站在她的门口等着。温欣又重新恢复了活力，探过头看了看楼下，没有外公和秦子萱的身影，知道两人应该是又出去喝早茶了。温欣回过神来，一脸娇俏地又偷香成功。

之后，任由沈清明牵着手下楼，脸上带着大大地笑。

温欣被打发坐在饭桌前，沈清明去厨房盛了粥回来。温欣接过粥，笑眯眯地问："今天我们去做什么？"

沈清明端着粥的手一顿，抬眼看了看温欣。

"这几天我要回老家一趟。"

温欣心里咯噔一声："我们一起？"

沈清明看着她摇摇头："下次再带你去。"

温欣嘟了嘟嘴，如果是换作昨天，她还不知道沈清明的那些事，她也许会要求自己也跟着去。但她知道了沈清明的事，反而更没有勇气这个时候追着他再去验证一次。

温欣突然放下了手里的筷子，站起来绕到沈清明身边，从他背后来了个熊抱。她的双手抱着沈清明的脖子，下巴放在沈清明的头顶，她能够闻到沈清明身上淡淡的迷迭香的味道。

"沈清明，以后我们会很幸福很幸福的。"

温欣莫名其妙地表白，惹得沈清明眸光暗了下来。他反手将人拉到身前，直接将人禁锢在自己的怀里。沈清明深邃的眼盯着温欣，紧抿着嘴唇，微蹙着眉头，显得有些严肃。

温欣下意识地伸手，想要抚平他的眉头。却被沈清明抬手捉住了她的手。

"怎、怎么了？"温欣有点羞赧，尤其是被沈清明这样深深地看着，只觉得自己的灵魂都被他看得有些酥软了起来。

沈清明低头含住她的唇瓣。

这是一个不带情欲地吻，带着缱绻的温柔，有些陌生，却意外地撩人。沈清明浅尝辄止，很快就放过了她，但温欣却陷在这个温柔中不能自拔，久久回不过神来。

两人吃完饭，温欣追问沈清明回去几天，什么时候回来。然后算了算，情人节的时候，他是在自己身边的，舒了一口气。接着，温欣又担心沈清明带的衣物不够，在那边行动不便，重新帮着打包了一次行李。

温欣还想送沈清明去机场，被沈清明拒绝了。

“你一个人回来我不放心。”

最后温欣只能妥协，将沈清明送上了车，一直望着他的车消失得无影无踪才缓缓转身往回走。不知为何，温欣总觉得沈清明短暂地离开，好像是把自己的心都带走了一般。

接下来一连几天都提不起劲来。而秦子萱和外公回来后，得知沈清明竟然没带自己就回了老家，很是哀怨。年假还没有过完，温欣在没有沈清明的家里，突然有点一刻都待不下去的感觉。

直到 Seven 传回来确切地回国日期，温欣才总算精神了几分。她找了欧阳几次，帮 Seven 租了一间大房子，又来来回回帮他置办东西，最后一个温馨的小窝，让温欣忍不住想要自己霸占了，把 Seven 踢回自己的家里住去。

第八章

再不回来
媳妇就要跑了

沈清明原本预计的返程的日子延后了，据说是老家那边出了点事，他不得不留下来解决。温欣自从知道了沈清明的那件事后，开始对沈清明以前的生活产生了好奇，为了打探消息，她被秦子萱以此宰了好几顿，不过总算得到了点有用的东西。

虽然被坑了不少人民币，但两个人一块儿吃吃喝喝的革命友谊却牢固了不少。温欣感激之前自己和沈清明闹矛盾的时候，秦子萱仗义帮忙。

后来，温欣满怀感恩的心，热情地想要给秦子萱介绍个女朋友，解决他的终身大事。结果秦子萱不仅没去温欣给安排的相亲约会，还跟外公告温欣的黑状，自然两个人又是一场大战，之后温欣发誓这辈子绝对不会再好心给秦子萱找女朋友了！

不过秦子萱的拒绝，越发让温欣觉得，他不会不喜欢女人吧。

秦子萱最近脸上的笑容越来越多，不仅是因为和温欣一块儿吃吃喝喝，混迹全市。最主要的是，他偷偷进行的数据研究又取得了新的进展。当然，鉴于以往太过诚实的经验教训，这一回，秦子萱的数据分析都是亲自出马，隐蔽行事的。

就在沈清明延后归期的这段日子，有一个人却在时隔三年后，重新回到了海城。

Seven 回来这天，温欣起了个大早，不仅穿了一身超可爱年轻的粉色运动装，而且还梳了丸子头，这还不够，就连做饭的时候，都能听到温欣在哼歌，心情非常愉悦，温欣过分兴奋，让秦子萱忍不住一直瞅着她研究。

“秦子萱！你看够了没有啊。”

温欣喝着豆浆，不满地翻了翻白眼。

“你今天不对劲！”

“大大的不对劲！”

秦子萱双手托腮，就坐在温欣对面，观察了许久，终于连着下了两个结论。而他也正是因为发现自己监测温欣的神经活跃数据今天变得异常的诡异，所以才会挣扎着爬起来出来了解状况。

温欣不疑有他，看了秦子萱一眼，大有一副今天我高兴不搭理你的意思。秦子萱却越来越好奇，他看着温欣，怪叫一声："说，是不是你和沈清明说好了故意谎报军情，好让你们有时间独处？"

"一定是这样的！"

秦子萱按照之前的荷尔蒙活跃数据做出了科学的猜测。

温欣翻了翻白眼："你想象力真丰富，当医生屈才了。"

秦子萱仔细地看着温欣，发现她满脸笑容，但是眼中的光芒，又不是太像平时看沈清明时的那种小鹿乱撞的感觉。这种突如其来的情况让秦子萱有些抓狂，他害怕自己辛辛苦苦、偷偷摸摸重新开始的研究又因为什么奇奇怪怪的情况而夭折。

"你到底去干什么？"秦子萱眼疾手快地拦住了准备离开的温欣。"哦，我知道了，你是不是出轨了！你是不是背着沈清明——"

温欣一把将人推开："秦子萱你够了啦！都是什么乱七八糟的。"

秦子萱却不愿意就此放弃，他再次拦住了温欣："我是沈清明的好哥们，我不能明知道你要去出轨还不拦着你，总之你今天哪儿都别想去！"

温欣扶额，想不通秦子萱一大早发什么疯。"你走开啦！你才出轨呢！你全家都出轨！"

秦子萱好看的丹凤眼眨巴着看着温欣。温欣被他看得没了脾气，只能无奈地妥协道："我有个好哥们出国三年了，今天回来。我要去机场接他！你能让开了吗？"

秦子萱恍然大悟，心里松了一口气，但是想到那异常活跃的数据，又有些担心："你那个好哥们是男的还是女的？"

温欣一脸看白痴的模样看着他："好哥们，好哥们，当然是男的咯！"

秦子萱顿时又警铃大作："那你不能去！"

"……"温欣木着脸，"为什么？"

秦子萱哼了一声，一脸这还用我说的表情，你根本就是去会情人，只不过是前任罢了。

温欣既为沈清明能有这么一个对他忠心耿耿的死党感到欣慰，又十分头大，她呻吟了两声："你放心吧，我和我好哥们的关系比咱俩的关系还要纯洁！"

秦子萱："不会是同性恋吧？Oh my god!"

温欣懒得理他，推开秦子萱，也不管是不是去得早了，她只想现在就出发摆脱这个大麻烦。秦子萱却唯恐天下不乱地追了出去："喂，你等等，我跟你一起去，我要亲自去检验！"

"不行！"

秦子萱根本不把温欣的话当回事，乐呵呵地上了副驾驶座，顶着一张妖孽的脸望着温欣："你不让我去不会是心虚吧，你刚说的是骗我的吧？"

温欣："……"

一路上，秦子萱时不时地偷瞄温欣一眼，手里拿着手机不断地编辑消息发出去。温欣被他看得不耐烦了，抢过手机看了一眼，每一条的收件人都是沈清明。

"秦子萱，我以为我们也是好朋友。"

"你现在这种行为，往重里说就是背叛你知道不！"

秦子萱神神在在地收回手机，哼了一声："你要是不做亏心事，我怎么背叛得了你！"

温欣："……"

最后，两个人整整提前了半个小时到机场。温欣把秦子萱丢在一边，兴冲冲地跑去看航班信息。随着时间一点点逼近，温欣脸上的激动越来越不能控制。秦子萱下车前接到了沈清明的电话，沈清明难得地在电话那边欲言又止，秦子萱笑得很是奸诈，很够义气地拍着胸脯保证："放心吧，我会帮你看好女朋友的！"

等到秦子萱挂了电话跟上来的时候，正好听到大厅里广播航班信息。

"从彼得堡飞往……的航班已准时到达……"

广播刚响第一遍，温欣就已经撒腿冲了过去。在警戒线的最边上，翘首以盼。秦子萱默默地骂了自己一句，不情不愿地跟上了温欣的脚步。

“你朋友叫什么啊？”秦子萱百无聊赖地问道。

“Seven啊！”温欣回忆了一下，自己应该一直都有说他的名字吧？

秦子萱翻了翻白眼：“我问的是中文名！”

温欣愣了一下，然后想了想：“不记得了耶，好像我们从认识开始，我就喊他Seven，有时候也叫他小七……说起来他的中文名到底是什么来着？你提醒我了，一会儿等他出来了，我得问问。”

秦子萱：“……”

他看着温欣，感觉自己被雷得不轻。你确定你们真的是好朋友吗？现在的好朋友难道好到连对方的名字都不知道？其实你是偷偷跑来见网友了吧！

Seven推着两个大箱子出来，温欣在人群中一眼就认出了他。虽然蓄了大胡子，但他一身猛男款的肌肉却非常扎眼。

“Seven！”

温欣在人群中尖叫，恨不得冲进去抱住来人。

Seven闻声望过来，也看到了温欣。他露出了大大的微笑，洁白的牙齿很是醒目。秦子萱被旁边的一家人挤得有些靠后了，等他终于找到了好位置准备好好欣赏一下温欣的好哥们的时候，看到的就是一个犹如熊一般壮硕的大胡子男人像拎小鸡一样拎着两个硕大的行李箱跑了出来，然后将温欣抱在了怀里，在人群中转了好几圈才依依不舍地放开彼此。

“小七，你终于回来了！”

“野丫头，你还是这样，没变！”

秦子萱就那样傻傻地看着，这个像熊一样的男人，伸出大大的熊掌，在温欣脑袋上拍了两下。秦子萱感觉自己的心肝都要跳起来了。那么大的手，真的不会把温欣拍飞吗？

温欣则伸手毫不客气地揪着他的大胡子，啧啧称奇。

“你不是最受不了留胡子吗？怎么现在搞得跟野人似的？”

Seven 哈哈大笑，很是豪爽。

“受不住国外那些热情的女人，没办法只能留了胡子，将我英俊的容貌遮挡住！”

温欣猛翻白眼：“你就吹吧，就你那暴脾气，会有人敢追你？！”

Seven 瞪大了眼睛，大有一副要和温欣理论的意味。

秦子萱再也看不下去了，挤过人群走到两人身边。

“温欣，咳咳！你好哥们既然到了，咱们就赶紧回去吧，你不是还定了酒楼给你好哥们接风吗？”

秦子萱的话唤回了温欣的理智，她连连点头，拍着自己的脑袋：“对对对，我激动得都差点忘了。走走走，你最喜欢吃的那家鱼火锅，还是黄师傅亲自下厨，我都预订好了！”

说着温欣伸手揪着 Seven 的大衣袖子：“你都三年没回来了，还知道怎么出去吗？跟在我后面别丢了，不然我没钱赎你。”

后面的人没有动，温欣感觉到手上的阻力，她狐疑地撇过头：“Seven，你怎么了？”话没说完就看到 Seven 反常地呆立在原地，一双漆黑的大眼睛，死死地盯着秦子萱，脸上有一股疑惑，像是有什么事情没有想明白。

“小欣，他是？”Seven 盯着秦子萱，目光直白得有些过分。

眼前的男人实在是太美了。

他也在国外见到过碧绿眼眸，脸部轮廓深邃的男同，但无论那些人的取向多明显，骨子里的男性气息以及身体轮廓的男性的帅气都掩藏不住。而眼前这个男人，皮肤白皙，东方人特有的轮廓，既不过分扁平，也不过分立体，恰到好处的一张脸，再加上大凤眼，浓眉，娇嫩鲜红的薄唇，如果不是他脖颈间的喉结和一米八以上的身高，Seven 绝对会将他认作女人。

“我是——”

秦子萱的话没说完就被温欣打断，她指着秦子萱：“秦子萱，是我男朋友的好朋友！”后面一句话说得怪怪的，明显是控诉秦子萱根本就没把自己当朋友的背叛行为。不仅如此，温欣还故意意味深长地看了秦子萱一眼，“听说我要来接好哥们，特意跟来看看！”

其中的以为不言而喻。

Seven 的目光若有所思，并没有如温欣期待的那般帮好哥们伸张正义，反而朝着秦子萱上前两步，目光更加赤裸地打量着他。

看着这个妖孽的男人，Seven 的心底莫名升起的一股子熟悉又陌生的感觉。最后他在秦子萱气急败坏的神色下收回目光，心中苦笑一声，也许是因为他们都一样能够轻松地混淆别人对其性别的判断吧。

这样看来，这个秦子萱和他倒是一类人。

秦子萱被温欣将了一军，苦哈哈地笑了笑。不知道为什么，自从他走近后，总觉得这个熊一样的男人，给自己一股莫名的危险感。

“秦子萱，你看好了，这个猛男小七就是我的好朋友！”

温欣又将 Seven 介绍给秦子萱。

秦子萱秉承着完美的礼节伸手过去：“你好。”

Seven 目光深沉地盯着秦子萱，就在险些要把秦子萱盯到发脾气前终于伸手握住了他的手：“你好。”

Seven 的声音爽朗有力。

温欣笑眯眯地等着两人，等 Seven 放开秦子萱后，温欣再次抱着 Seven 的胳膊，毫无陌生感，就好像两个人根本没有分开过一样。

“你都不知道，黄师傅去年就退休了。要不是因为知道你最喜欢他的手艺，就是我再拿钱收买他，他都不乐意出马呢！”

三个人有说有笑地离开了机场。温欣直接报了一家酒楼的地点，秦子萱完全是被顺带捎上的。原本温欣是想让秦子萱自己回去的，但因为秦子萱一大早就表现得像是要代表沈清明监督自己，所以温欣压下了心中的想法，上车的时候也没有问秦子萱。

等秦子萱反应过来，自己也被捎带着去和这个像熊一样的男人吃饭后，有些坐立不安。

他真的感觉这个男人有点危险啊！

他可以下车吗？

下车后，温欣和 Seven 都有点小激动，几乎是你追我赶地冲进了这家看起来一点都不起眼的小店。秦子萱在外面瞪着这个破旧的小店半天，实在想不明白为什么要来这家店。

默默地跟在两人身后入座。秦子萱选择了安全的靠窗位置。Seven 一个人坐一边，温欣坐在他对面。热腾腾的鱼片锅底上来后，两个人几乎是撸了袖子就开始吃。

秦子萱目瞪口呆地看着对面的男人。他脸上的胡子很浓密，如果他不说话，甚至很难找到他的嘴，秦子萱感觉自己像是在看一个怪物，将食物不断地塞进自己的胡子里。

从两个人的聊天中，秦子萱总算知道了为什么要来这家店。原来这家店不远处就是他们的大学校园。而这家店，是两人上学的时候经常来光顾的小店。因为Seven爱吃鱼，而温欣喜欢吃涮菜，所以两人不谋而合。

而小店里的黄师傅，原来是大饭店的厨师，据说是为了爱情心甘情愿选择了在这家小店工作，能够有更多的时间陪自己的老婆。两个人当年和黄师傅混得很熟，还曾经绞尽脑汁想要学会做鱼片火锅的锅底。可惜最后都宣告失败，无论怎么尝试，总感觉少了点什么味道。

温欣见秦子萱只是坐在这里不动筷，频频瞥了他几眼，像是懂了什么一样："你是不是怕这里的食物不干净？"

秦子萱刚想点头，就感觉到对面那头大熊看过来的眼神。到了嗓子眼儿里的话又咽了回去，他摇摇头："不是，只是看你们吃得太香了，有些惊讶。"

温欣哼哼两声，不是太相信秦子萱的说辞。

Seven黑漆漆的眼睛看着秦子萱，只见他放下了手中的筷子：“你想吃什么菜，我去取。”

秦子萱有些反应不过来。

温欣倒是不觉得奇怪，两人每次来这里吃饭，都是小七负责去取菜的。见秦子萱久久没有开口说话，温欣直接道：“还是老样子，我喜欢什么你应该都没忘记吧！”

Seven点点头，秦子萱跟着附和：“我都行，都可以，谢谢！”

等Seven取完菜回来，温欣眼尖地发现他竟然单独端了一盘紫甘蓝过来：“你怎么拿这个啊，我又不喜欢。”

Seven笑了笑，看向秦子萱：“他喜欢。”

秦子萱盯着那盘紫甘蓝，只觉得之前的危险感又出现了。他还真的喜欢吃紫甘蓝，但这只熊是怎么知道的？

一顿饭在秦子萱的忐忑中终于结束了。温欣要送Seven去公寓，帮他整理行李。秦子萱这回不等上车就先逃之夭夭。

“我想起来我还有点事，就不跟着你们凑热闹了。你们好好叙叙旧。”

温欣看着秦子萱落荒而逃的背影，有些不明所以。

回头看了一眼Seven，咧开了大大的笑脸：“小七，咱们走吧，我跟你说，我帮你找的公寓是你以前一直想要的，还有里面的布置……”

Seven拎着箱子跟在温欣身后，时不时地和她互怼两句。一双有神的黑眼睛，上车前若有似无地看了一眼秦子萱离开的方向。

秦子萱给沈清明连着发了好几条消息汇报温欣和Seven的事，然后自己找了个地方躲起来继续分析自己的数据去了。

对于那个像熊一样让自己感觉到危险的男人，秦子萱试图努力让自己忘了他！

太可怕了！

沈清明在老家的休养院待了两天，每天早上抱着一束百合花，安静地坐在母亲的墓前，半天可能只说上几句话，但那种静谧的时光，尤其是墓碑上母亲依旧年轻灿烂的笑脸，会让他有一种错觉，觉得母亲并没有离开自己，她就在身边。

临走前，沈清明半跪在墓前，脑袋里想起的是温欣灿烂的笑脸。

“……她是个浑身充满了阳光的女孩。有她在身边，好像心底那深渊被照亮了，周身所有的坚冰都能够被融化……您一定会喜欢她的。”

之后，沈清明下山回到了城里，准备休息一晚去机场赶飞机。也就是这天晚上，一群人来敲他的房门。沈清明木着脸打开房门，看到的是一群他一辈子都不想再见到的面孔。

沈清明没有让他们进来，站在门口，目光中染上了冰霜，声音冰冷带着阵阵寒意。

“滚。”

这是沈清明唯一愿意主动说的话。

但对方却显然还将他当成当年那个孩子，没有分毫惧意。

“沈清明，你凭什么收回我们的干股！你以为你是谁啊！”

“就是，你爸还活着的时候都好吃好喝地供着我们，你毛都没长齐呢，就想欺负到我们头上，你也得问问我们愿不愿意！”

“警告你，要是三天内不把我们应得的那份拿出来，当年你们沈家做的那些事，别怪我们给你昭告天下。”

……

一个挨一个，每个都嚣张至极。看着沈清明的眼神，像是看一个能够任由他们拿捏的软蛋。他们信誓旦旦，嚣张地威胁着，要将当年的事说出来。

但是，当年有什么事能威胁沈清明呢。那些事，没有人比沈清明更想将其昭告天下，更想让沈家身败名裂。他隐去目光中深深的厌恶，像是在看一群可笑的可怜虫。这些人，当年都曾在母亲走投无路的时候补上过一刀。这些人，就像是依附着沈家的走狗，吸血虫。

只要他想，可以像捏死蚂蚁一样让他们全都悄无声息地消失。

沈清明眸光中闪过嗜血的仇恨和算计。他不能让这些人就这么痛快地死了。他要看着他们互相撕咬，要让这些曾经忠心于沈徽的人，亲口去说出沈徽当年做过的龌龊的事。

他要沈家自取灭亡。

思绪只在转念间。

沈清明收回了跑得有点远的回忆，冷冷地看着眼前这些还没有咒骂够的人，他的声音没有什么起伏："你们的干股是怎么没的，你们心知肚明。今天我不和你们计较，如果下次你们再胡乱攀咬，我不介意提前收点利息。"

没有人听不懂沈清明的话。但想到驱使他们过来的人许下的承诺，没人愿意就这样离开。

沈清明看着他们，很快发现了这一点："是肖泽让你们来的？"

其中还有几个人听到这句话，脸上变了变。但还有几个，一脸的问心无愧，像是对肖泽这个名字，没有任何感觉。

"回去告诉肖泽，只要我在一天，肖家就休想好过一天。"

沈清明的警告终于将沉浸在自己嚣张气焰中的人唤回了现实世界。每个人都感觉一阵冷气扑面而来。而面前除了沈清明，没有别人。

许是残存的几分良知让他们还没有忘记当年做过的事。

这会儿，晦暗的灯光下。看着面前没有表情，目光阴沉的沈清明，终于有人支撑不住，转身逃走了。

"太可怕！明明没大多年纪，却从骨子里透着寒气，被他的眼睛盯上，浑身就像是被冻住了一样。"

"真是邪门了！"

他们离开的时候骂骂咧咧，嘴上依旧强硬，但是脚步却越来越快。

沈清明挥手关上门，拿起手机打了一通电话。"我让你查的事，查得怎么样了？”那边一接通电话，沈清明就直奔主题。

对方反应了两秒钟：“肖家的事已经查清楚了，肖泽在公司的时候，依靠他姐姐贪污了近两个亿，所有的往来清单我都找齐了。还有肖家其他几个年轻的，在肖女士的资助下，在国外注册了好几个资产在五千万以上的公司，他们的经营状况等详细资料我也都整理好了。”

沈清明“嗯”了一声，对杰的效率很满意。正准备挂了电话，就听到杰在那边有些犹豫的声音：“老板，我在调查的时候发现一件奇怪的事。”

沈清明等着他继续。

“我发现，除了咱们再对付肖泽外，还有一股奇怪的势力，将沈氏，肖家和您都追查了一遍，并且从三个月前，陆陆续续有一些五花八门的公司将矛头都齐齐指向了沈氏在各地的公司，势头很猛不说，而且大多数都像是秉承着同归于尽的打算。您看，会不会还有别人也要对付沈氏？”

沈清明眉角跳了跳，像是有些意外，旋即想到沈徽的品行，难保他当年没有对不起过别人。冷哼一声，嘴角挂了一丝嗜血地冷笑：“继续查，看看幕后之人是谁。”

杰应了一声，这回率先挂了电话。

沈清明站在阳台上，盯着外面的夜色看了一会儿，脸上的表情有些冷凝，不知道在想些什么。直到秦子萱的消息传过来，一条条都是在跟他汇报温欣在家里做了什么，见了什么人。而最后一条，是秦子萱加了很多表情的消息，上面是说温欣有个三年没见的好朋友突然回国了，并且温欣亲自去机场接的人，竟然还早就给这个好朋友租好了豪华公寓，里面的布置更是一绝。

最后，秦子萱像是一个为他操心的老头子似的唠叨着。你可长点心吧，早点回来吧，老家能有什么大事啊，再不回来媳妇就要跑了！

沈清明脸上多了几分暖意，将最后一条消息看完后。拨通了温欣的电话，那边很快就接了起来：“沈清明！”

从温欣的声音就能够听得出来她的心情很好。

沈清明“嗯”了一声，像是突然发现自己不知道说什么，只能静静地等着温欣说话。温欣和他早有默契，也不故意要等着他说话，自己先一步把他心里说不出的话都问了出来。

“是不是想我啦？”

“嗯。”

“什么时候回来呀？”

“后天。”

“沈清明，你说，是不是秦子萱给你汇报我的行踪来着！我跟你讲哦，秦子萱这个养不熟的白眼狼，他眼里就只有你，根本就还是把我当成你的家属，亏我请他吃喝玩乐了好几天！”

“沈清明，等你回来我介绍好哥们给你认识。”

“Seven？”

温欣连着嗯嗯两声：“我们是大学同学，同桌了四年，一起做的毕业设计，后来他去了国外，一走就是三年，要不是我骗他说我要结婚了让他回来参加婚礼，他还不定要什么时候才舍得回来呢。”

温欣当着正主的面，说谎麻溜得厉害。

Seven 懒洋洋地躺在沙发上，连一个眼神都不愿意赏给她。

两个人又甜蜜了一会儿，才依依不舍地挂断了电话。基本上是温欣负责甜蜜和依依不舍，沈清明负责听和挂电话。

温欣挂了电话，随手拿了一个抱枕朝对面躺在沙发上的男人丢过去。

“小七！你能不能活泼点，你都睡了几天了，你说说！”

沙发上的男人迷迷糊糊地转过头来。

脸上的大胡子已经不见了。露出一张刚硬帅气的脸，线条很是冷硬，十足的硬汉气息。这样的人，很难想象他竟然有一颗细腻的心，并且是搞艺术创作的。当年温欣去上学的时候，第一天在教室里看到小七，还以为是自己走错了教室呢。

Seven 慢慢地坐起来，一脸我还没有睡醒的起床气。

“小欣，你知道你这是什么行为吗？你这是典型的只许自己秀恩爱，不许我睡觉。”

温欣哼哼两声：“知道就好。我浪费大好时光在这里陪着你，难道你不应该把你这三年的经历好好地给我讲一讲吗？”

Seven 看向她，没有向温欣期待的那样讲自己这三年是怎么过的，反而问起了秦子萱。

“那个秦子萱，你了解他吗？”

“秦子萱？他家里好像是经商的，应该很有钱，但他早早就出国学医了，性格有点疯疯癫癫的。”温欣言简意赅地介绍，“你打听他干吗？我跟你说，你可别乱来，他可不是个好惹的，招惹他没好果子吃。”

Seven 没吭声。

温欣又陪着他坐了一会儿，把自己的打算讲给他听。Seven 对于温欣想要自己开工作室的事有些迟疑，让温欣给自己时间考虑考虑。

新年假期眨眼间就过去了。沈清明那边临时出了状况，比预计的归期再次延迟了。温欣原本计划修年假和沈清明出去玩的打算泡汤，干脆回公司上班。

平时跟在温欣身边的小助理回老家休年假去了，要一周后才回来，看着公司零零散散的几个人，温欣想了想，给大家布置了几个自由完成的任务，让大家找找状态。自己则拿出之前专门为沈清明办公室设计的图稿，准备再精修一下。

两人结缘的沈家老房子早已经完工，只是之前白清雅在里面做手脚，沈清明控制不住情绪，在客厅破坏了一些东西，温欣后来也悄悄带人过去重新修缮了回来。

上班后温欣又带着几个装修工人，到老房子去了一次，增强了内部的采光，同时又联系了不错的园艺公司，准备将老房子院子里已经枯萎的花花草草清除掉，再让 Seven 重新帮忙设计。

等到大家将温欣布置的任务完成得差不多的时候，公司的其他人马也陆陆续续回公司报到了。小助理萌萌给大家带了一麻袋的山核桃，整个公司连续三四天都传出阵阵嘎嘣嘎嘣的怪响。

而轻松的工作状态也随着大家到齐重新步入了紧张有序的节奏之中。

“欣姐，你还记得上次那个男明星吗？就邀请你帮忙设计别墅，想要请你约会的那个。”萌萌抱着一堆的案子跟在温欣身后报备。

“那个不是推了吗？”温欣手里拿着大老板刚下发的一年计划，时不时地拿笔划上几下。

“是这样的，他最近又来找你，说是他入股了几个酒庄，想要请你去帮忙设计酒庄的宴客大厅。”

“价位呢？”

“他给了三张空支票，说是让欣姐你随便填。”

“把支票拿给大老板，这个案子安排到下个月吧，这个月商亦那边还有点小细节需要忙一下。”

“好嘞。”

沈清明回来前没有告诉温欣，下了飞机后，直接吩咐司机将车开到了温欣公司楼下。就在沈清明准备上楼去找人的时候，接到了杰的电话。

“老板，上次说的事有点眉目了。”

“是谁？”

“现在的线索都显示是商家，而且我还查到一件事。”

打完电话后，沈清明坐在车里，神情晦暗不明。

“沈徽出事的那趟航班，很可能被动过手脚。”

沈清明伸手揉了揉眉头，心情复杂无比。他一心希望沈徽不得好死，甚至当得知他出事的时候，自己难得开了一瓶好酒，拉着秦子萱庆祝了一番。

但，什么样的人，又是为了什么样的仇恨，能够不顾其他无辜人的生命，用这么惨重的代价来杀一个人？

沈清明抿着嘴，脸上的表情有些复杂。他让杰继续去查那个人，但当杰问道如果找到证据是不是要将证据交给警方的时候，他却沉默了。

沈清明怔怔地看着自己的双手，透过车窗进来的阳光，将自己的手照得有些泛白。

他忽然又想起了陪着母亲在疗养院的那段日子。

那时候，他每次去洗两个人的饭盒时，冰冷的水流冲洗着自己的双手，也是这般模样。

沈清明陷入自己的心魔之中。

眼前闪过一幕幕和母亲在疗养院相依为命的画面。

“清明，等妈妈走了，你就去找蒋爷爷好不好，他和你外公是老战友，出生入死的交情，蒋爷爷会照顾好你的。”

“不，我会回沈家，夺回属于外公的东西，让他们所有人都后悔曾经这样对你。”彼时年幼的自己第一次在母亲面前透露出对沈徽以及那个肖丽的恨意。但是他的恨却吓坏了母亲，后来的日子里，母亲总是用一种无限悲伤难过的表情望着自己，她的目光里带着愧疚和担忧。

再后来沈清明没有在母亲面前提过要报复的事。

当母亲再次试探着问自己要不要出国的时候，沈清明很顺从地答应了。

母亲去世后，沈徽曾经找过自己。

当时他坐在咖啡厅，面无表情地听着坐在自己对面的男人说着对自己的规划，直到再也克制不住想要立刻马上就杀死他的恨意后，沈清明打断沈徽的话。

“五十万，这是当年外公资助你出国的钱。给我五十万，我会出国，除非你死，否则我绝对不会出现在你们面前。”

沈清明的话冰冷而决绝，沈徽愣在了那里，最后是重重地叹息。

可能他以为自己什么都不知道，所以没有提过公司的事。但事实上，自己什么都知道，只是那个时候的自己已经懂得了审时度势，他还没有成年，没有足够强大的实力和沈徽、肖丽对抗。其实还有一句话压在他的心底没有说出来——至于公司，我会亲手帮外公拿回来，你和肖丽最好祈祷我比你们死得早，否则余生我必定让你们生不如死。

过往的回忆犹如暴风雨席卷起来的惊涛骇浪，沈清明只感觉自己的心脏被一只肮脏的手用力攥着，他渐渐无法呼吸，双眸涨满了血色。

等到整个人慢慢回过神冷静下来的时候，一身的冷汗将浑身都浸染透了。

温欣下班后，见到停在楼下的熟悉的车，眼前一亮。但等她走过去敲车窗的时候，却发现有点不对劲。

沈清明坐在里面，像是老僧入定了一般，竟听不到自己的声音。温欣掏出手机给他打电话，电话铃响了很久，车内坐着的沈清明才像是如梦初醒般拿过手机，与此同时，也看到了车外的温欣。

他打开了车门，脸上有些惶惶然：“下班了。”

喑哑的声音，温欣一定就知道有事！她点点头，没有计较之前的事，目不转睛地盯着沈清明，一直到坐进了车里，还在打量着他。

“发生什么事了？”

沈清明握着方向盘的手一紧，但他很快就收敛了自己的情绪，一脸诧然地看着温欣：“什么事？”

温欣却没有被他骗过去：“沈清明，可能你自己都不知道，你撒谎的时候，眉角会动。”

沈清明：“……”

最后沈清明并没有把公司的事说给温欣听，只是简单地提了几句自己遇到了一些棘手的事，所以情绪有些失控。温欣见他不欲和自己多说，没有死缠烂打地再追问下去。

男人嘛，都这样。喜欢维持自己神祇般的形象，宁愿打掉牙往肚子里咽也不愿意告诉女人。

温欣虽然不理解这套理论，但也没有想要在自己和沈清明的感情世界里大搞革命，打破这些。只要不影响两人之间的感情，只要沈清明无论遇到什么事，都不会忘了还有自己就行。

“你不愿意说就算了。但是沈清明——”温欣突然正色起来，伸手握着沈清明的手，深情又严肃地看着他：“我希望你知道，无论发生了什么事，你都还有我，只要我们的感情不变，就没有过不去的坎。”

温欣说的话，多少有几分受之前沈清明的那些邮件的影响。

沈清明并不知道这些，他感觉心底刚刚浮起的寒冰，再一次被温欣炙热的灵魂融化得一塌糊涂。

他反手紧紧握住温欣的手，嘴角泛起了一抹淡淡的笑意。

“我知道。”

沈清明回来的第三天，温欣拉着他去见了 Seven。

这一天，是情人节。

对于温欣在情人节没有搞浪漫的约会，反而带着自己去见他的好朋友，沈清明有些皱眉。

直到三个人见面后，温欣拉着 Seven 齐齐站到了沈清明对面。

“沈清明，今天是情人节。所以我要给你一个特殊的惊喜。”

沈清明目光深沉地打量着温欣身边那个熊一般壮硕的男人，尤其是他饱满的肌肉和身材，都让沈清明心里不舒服起来。

醋意在脑海中浮现出来就没有办法再压下去。饶是听到温欣说要给自己不一样的惊喜，沈清明心头的醋意依旧盘桓着，他看向 Seven 的眼神，也带着冷意和警惕。

Seven 对于沈清明的目光，毫不畏惧地瞪过去。

温欣直接忽视了两个大男人之间幼稚的眼神杀。她清了清嗓子，正经八百地拉着 Seven 对沈清明介绍。

“沈清明，接下来我正式给你介绍一下。他，Seven，是我多年的好朋友。同时也是 SE 中的 E。”

最后一句话，传进沈清明的耳中，他像是听到了什么不可置信的事，猛地抬头，目光看向温欣。接着，他又听到温欣指了指自己：“而我，你的女朋友，则是 SE 中的 S。”

温欣说完后，有点心虚，大眼睛眨巴眨巴地看着沈清明。在他说话之前，先声夺人地冲过来抱住他：“怎么样，是不是很惊讶。我送给你的这个情人节礼物，喜不喜欢？”

沈清明在温欣热情的拥抱中慢慢回过神来。

他的目光在 Seven 和温欣身上转了一圈，让自己尽快消化这个事实。

“SE 不是一个人？”

“嗯嗯。”

“既然你是 SE 之一，那之前我问你——”

“那个……沈清明，对不起啦。因为之前我和 Seven 因为一些事大吵了一架，然后他就出国了，所以 SE 早在三年前就被我们放弃了。后来你问的时候，我以为你只是想要找 SE 接商业案，所以才没有马上告诉你。”

沈清明深邃的目光盯着温欣的脸，没有说话。

他的沉默，让温欣心里越来越没底。她只能不断地用说话来缓解气氛：“沈清明，你不知道，当时我听你说在找 SE 后，大吃一惊。后来我又觉得这应该就是我们之间冥冥之中的缘分吧。你看，假如你没有被外公叫回家里来，不是我的大客户……依旧会有其他的缘分将我们牵扯到一起。”

沈清明听着温欣的话，有几分动容。然而，他很快又想到自己之前发给 SE 的那些邮件，脸上的表情变换了好几下：“那些邮件，你都看到了？”

温欣听到沈清明提起那些邮件，心里咯噔一下。完了，自己怎么就没有想到这点呢，沈清明他这种闷葫芦的性子，知道自己从邮件里看到了他的往事，会不会想不开生气啊？

温欣支支吾吾，有些欲言又止。

沈清明眸光暗了暗，已经从她的反应猜到了答案。

抬眼看了看还坐在对面，像是看好戏一样盯着两人看的 Seven，沈清明更加头疼了。他觉得光是从 Seven 的表情就能够明白几分，为啥这两人能凑到一起搞了这么一个组合。

“Seven 先生，请您回避一下可以吗？”

沈清明客气地开口赶人。

温欣也啊的一声，像是这才想起来还有一个像熊一样的好朋友站在对面，将自己刚刚撒娇卖萌的模样全都看了个遍。

Seven 见没有好戏看了，有些失望，随手从桌上拿了块蛋糕，朝两人摆摆手，潇洒地离开了。

温欣紧张兮兮地盯着沈清明，观察着他的每个表情。

沈清明将温欣的紧张尽收眼底，原本心头复杂的情绪，在温欣忐忑不安的目光中消失殆尽。他伸手将人扶了起来：“走吧，换个地方。”

温欣有些摸不清沈清明要做什么：“沈清明，对不起，我——”

沈清明转身将人抱进了怀里：“嘘——”

温欣被他的举动搞得越发满头雾水。

沈清明却将人揽在怀里，声音低低地道：“情人节没有礼物，只有一个老故事，你会不会觉得我这个男朋友很差劲？”

温欣听到这话，眼前一亮，使劲摇头，随后还是有些担心。

第九章

别怕，一切有我

温欣和沈清明过了一个奇妙的情人节。

没有玫瑰花和红酒，也没有礼物和浪漫的缠绵夜。两个人去了市内有名的天文馆，两个人躺在空旷的天文馆展览厅里，看着天幕上放映的宇宙纪录片。沈清明给温欣讲了自己小时候的事。

沈清明七岁之前的生活很幸福，事业有成的父母，优渥的家境，疼爱自己的外公。然而一切都在外公去世那一年发生了翻天覆地的变化。

肖丽挺着大肚子冲进沈家老宅的时候，外公的追悼会刚过去一周。沈清明的妈妈因为伤心过度，推掉了手头的很多案子，在家里休养。

那天天气很好，沈清明好不容易说服妈妈陪自己外出散步。结果，母子俩就这样第一次和肖丽见面了。

肖丽不是什么大家闺秀，背景普通还有些寒酸。出身农村，来大城市上了大专，阴差阳错在某个会馆实习的时候遇见了沈徽，两人一见钟情，后来她辞去了工作，近三年的时间都在沈徽买的公寓里过贵妇般的生活。

因为知道沈徽岳父的身份，所以肖丽一直很老实。

直到半年前肖丽意外怀孕，当时沈徽毫不犹豫地让肖丽去打掉孩子，但肖丽去医院的时候却意外撞见住院的外公。从医生口中打探到沈徽的岳父命不久后，肖丽原本老实本分的心开始骚动了起来。

她偷偷地将孩子留了下来，甚至还跑去青梅大师工作的地见过青梅大师。当她看到优雅高贵的青梅大师身边围绕着的尽是各国名流，谈吐举止无不将自己比进尘埃里后，肖丽开始恐慌和嫉妒。

沈徽发现肖丽的孩子没有打掉的时候，已经是四个月后了，那时候的胎儿有了胎动，肖丽拿着B超照片给沈徽看，沈徽最终妥协了。

“你好，我是来找我男朋友沈徽的。”肖丽的脸皮极厚，气焰非常嚣张。她甚至不曾自我介绍，反而昂着脖子，双手捧着大肚子，挑衅地看着对面的母子。

沈清明依旧记得母亲震惊过后的颓丧。她甚至没有质问女人的来历，只是吩咐保姆将自己带出去玩，自己转身打了电话给沈徽，让他回家来。

沈徽也没有料到肖丽会做出这样的事，一开始他带走了肖丽，回来和母亲商量，试图让肖丽把孩子生下来后抱回来，并保证以后和肖丽断绝关系。那时，是沈清明唯一一次见到母亲的歇斯底里。

“你从来都没有爱过我是吧？”

“肖丽和薛蓝有八分神似，你到底是喜欢她，还是忘不了薛蓝？”

“你到现在都在恨我和爸爸吧，你依旧觉得是我们父女俩害了她，逼迫她嫁去了老家难产而死？”

“你娶我就是为了这样折磨我吗？”

原本理亏愧疚的沈徽，在母亲提到另一个女人后，神色大变，态度也大变。

“不错，我后悔了！我后悔听信你们父女俩的话出国深造，以为会给她最好的生活，却没想到等我回来，得到的竟然是她被逼迫嫁、回老家难产而死的消息。”

“要不是我没有实力对抗你父亲，我确实不会娶你。”

“既然你不愿意养那个孩子，那我们离婚好了，你有钱有工作，没有我，你和清明一样会过得很好，但是肖丽她，就像她一样，什么都没有，只有我。”

沈清明躲在门外，听着沈徽对自己的母亲说着犹如刀子般锋利的话，然后眼睁睁地看着沈徽毫不犹豫地离开家连续一个多月不曾回来，看着母亲发了疯一样地将房间里所有的合照摔得粉碎。

再之后，母亲被肖丽带来的人强迫着签下了离婚书，他们母子竟然落到被一群肮脏又恶心的流浪汉赶出家门。

时隔半年，沈徽再次出现后，竟然还能一脸无辜地质问自己：“你们母子俩是怎么搞的，好好的怎么会抑郁？之前说好的帮国外普森家族做设计的，你母亲怎么能说不做就不做了，难道离婚了就非要鱼死网破吗？难道她不知道普森家族的投资对现在的公司有多重要吗？”

沈清明只感觉心中像是有无数的利箭，活活地想要射死眼前这个恶心的男人，他厌恶自己身上竟然会留着这个男人的血液，他用尽了浑身的力气，狠狠地咬住沈徽的胳膊，最后还是疗养院的工作人员将两人拉开。

沈徽狼狈地离开，却给他们母子留下了巨大的隐患。他出于“好心”留下的二十万元第二天就被问询赶来的肖丽收走，并且肖丽再次勾结院长，将她们母子赶出了疗养院，之后整整半个月的时间里，肖丽像是着魔了一般，放出消息不准海城任何一家疗养院收留他们母子。

最后是蒋爷爷和外公的故交得到消息出面，送他们回了外公的老家，让母亲在那里休养。

沈清明原本以为母亲的病会在离开海城后慢慢变好，可是他万万没想到，这个女人的贪婪心可以恶到这个地步。肖丽竟然买通了人每隔几天就偷偷跟母亲讲她被沈徽抛弃的事，原本的轻度抑郁最终恶化，母亲最终不堪受辱，不仅精神失常忘记了一切，更很快地就离开了这个世界。

而关于母亲和她异父姐姐薛蓝的事，沈清明是在母亲精神失常后，断断续续从母亲的自言自语中拼凑而出的。外公当年在外面参军，因此认识了已经是军人遗孀的外婆。外公在那里驻扎了近十年，慢慢地和外婆有了感情，那时候外婆已经有一个女儿了。外公回海城后，外婆带着大女儿一起跟外公到了海城生活，也是到海城后，外婆怀孕并有了沈清明的妈妈。

沈清明的母亲和自己的姐姐关系很好，因为年纪相差十多岁，沈清明的母亲经常是被照顾的那一个。而沈徽，和沈清明的母亲是大学同学。沈徽是在沈清明母亲的生日会上认识薛蓝的，沈徽对薛蓝一见钟情，可惜薛蓝喜欢的是老家一个小时候的玩伴，甚至在海城读完研究生后，就毅然选择了回老家去当老师，并如愿嫁给了那个男人。

当年沈徽的家境不好，因为沈清明的母亲对沈徽有好感，所以沈清明的外公出资帮助沈徽继续到国外深造。沈徽临走前，沈清明的母亲去告白的时候才知道沈徽一直喜欢的都是自己的姐姐薛蓝。沈清明的母亲伤心了许久，但薛蓝实在是对自己太好了。沈徽离开没多久，沈清明的外婆就去世了，之后薛蓝又决定去老家教书嫁给一个农民，当时和沈清明的外公大吵了一架。再之后薛蓝难产，等到沈清明的外公和母亲知道的时候，人已经没了。

沈徽回国后得知薛蓝去世的事，伤心了很长一段时间。沈清明的母亲一直以为他愿意接受自己是因为放下了以前的事，却从来没有想过沈徽会派人再去打探薛蓝的事，并且得到了和事实不同的真相。

沈清明外公老家的房子，曾经是姐妹俩童年最美好的回忆。原本如果不是沈清明的外公过世，当年的青梅大师是计划亲自设计修缮小屋，作为纪念薛蓝过世十周年的礼物的。

不料，世事骤变，谁都没有想过，青梅大师会遭受婚姻骤变，最终抑郁精神分裂，最终殒命。

温欣伸手紧紧握着沈清明的手，她能够感受到回忆起这些的沈清明浑身在轻微地颤抖。此时此刻，任何安慰劝解的话都显得苍白而无力。温欣选择了紧紧地抱住他，一遍又一遍地低声呢喃着："都过去了，恶人终有恶报，你看老天爷都不愿意脏了你的手，亲自帮你收拾了他们。"

"以后我会永远陪在你身边的，我会永远爱你，我们一辈子不分开，狠狠地幸福，把青梅大师的那一份也要幸福出来！"

沈清明的眼角第一次有些湿润，他深吸了一口气，积压在心底多年的晦涩回忆，在说出来的这一刻，突然消失了所有的重量，变成了再没有任何感情色彩的普通画面。他回握着温欣的手，久久才轻轻回了一个"好"字。

第一个情人节以特殊的方式度过后，温欣和沈清明的感情越发亲密起来。而处于热恋中的两人一时放松，就这样忘记了警惕被外公发现。

这天，秦子萱临时有事早早就出门了。外公在楼下等两人下楼吃饭一直等不到人，老人家上楼后发现温欣的房门半开着，沈清明的房门也半开着，他狐疑地来回看了两眼，最后选择了去敲沈清明的房门。

“清明啊，下来吃早饭了。”

外公敲了两下随手推开房门，想看看沈清明为何迟迟未下楼，是不是生病了。

彼时，房间里刚刚欲火焚身缠绵深吻的两个人，同时慢半拍地静止在当场，被外公抓了个现行。

“你们在干什么！”

暴跳如雷地怒斥声，一下子惊醒了两个沉浸在缠绵中的人。温欣的一张脸因为怒瞪着自己的外公而皱成了包子。沈清明将人揽在怀里，保护意味分明。

“外公。”温欣弱弱地开口。

“蒋爷爷。”沈清明神色不变，看向外公的目光很是坦荡。

外公脸上的怒火几乎可以燎原，他瞪着两人，最后狠狠地冷哼一声。

“你们俩都给我下楼来。”

温欣和沈清明默默对视了一眼，温欣有些发怵，对于外公的古板，她一向招架不住。沈清明安抚地拍了拍她的后背：“别怕，一切有我。”

温欣只能死死地抱着沈清明的胳膊，磨磨蹭蹭地走下楼。

她现在的模样，和当初大胆追求沈清明的时候，简直是天差地别。沈清明默默地看了一眼乖巧地站在外公面前的温欣，眉心跳了跳，总觉得自己跳进了一个小狐狸挖的陷阱里，而且这个陷阱该死的温柔，让他沉溺其中无法自拔。

外公坐在沙发上，严厉地瞪着两个人。

“你们俩是怎么回事！”

沈清明刚要开口说话，就听到刚刚还一脸柔弱的小狐狸突然大义凛然，不畏生死地道：“外公，我和沈清明是真心相爱的。我们刚刚也是情之所至，情不自禁！”

“你闭嘴！”

外公随手抄了桌上的一本书朝着温欣丢过去。

“他是你哥哥，谁准你沈清明、沈清明地叫的，规矩都到哪去了？”

温欣撇了撇嘴，还要再说什么。

沈清明拦住了她：“温欣。”

温欣有些不情愿，却也没有再吱声。沈清明安抚了温欣，转而看向外公：“蒋爷爷，我很感激您这么多年对我的照顾。但——我和温欣互相爱慕，我喜欢她。”

“简直是满口胡言！”外公满脸怒火，“你知不知道你们这是什么，孙子和外孙女谈恋爱！这是乱伦！乱伦你们懂不懂！”

“沈清明跟您没有血缘关系，也没有法律上的认养关系，哪里来的乱伦。外公，我知道您是害怕我也像我妈和我姨那样不听您的话离开您，可是您也说了，沈清明他不是外人，是您看着长大的，我们在一起，您应该高兴才对嘛。”看到沈清明这么坚定的态度，温欣也大胆地站了出来。

外公指着温欣，有些语无伦次：“你跟你妈一个德行，就知道谈情说爱，根本不管对方是谁，只要自己开心了就行。”

温欣还没来得及说话，沈清明已走上了前：“蒋爷爷，我感激您的帮助，但我和谁谈恋爱，喜欢谁，您无权干涉。”

外公被两人气得差点要将茶几上的一套茶具全都掀翻在地上。

“你们一个两个的都觉得自己翅膀硬了是不是！”

温欣实在是不能理解为什么外公这么反对自己和沈清明在一起。她弱弱地探过头不怕死地问：“外公，按理说我是您亲外孙女，沈清明只是因为他外公的情谊才喊你一声爷爷的，现在我们俩在一起，沈清明依旧是您孙子啊，只不过是喊您外公而已，你为什么不同意啊？”

外公板着脸瞪了温欣一眼，压下心中不可说的小别扭：“你懂什么，我说不行就不行！”

温欣见和外公讲理不清，忍不住小声嘟囔："外公，您忘了，我的终身大事就算是我爸妈也管不了，还是我自己说了算的。"

外公啪的一声拍在桌子上："你再说一句我听听！"

温欣："……"

沈清明："蒋爷爷，我和欣欣先去上班了，我打电话叫您的老同事过来陪您吧。"

外公重重地哼了一声，不再搭理两人。

温欣无奈地耸耸肩，认命地给几个爷爷打电话，拜托他们过来家里陪外公，随后两人一块儿离开了家。等到了公司，温欣冷静下来后，都感觉有些不好意思。

"我刚刚是不是太泼妇了？"

"不会。"

有沈清明在身边，温欣突然发现也没有以前设想的那样，被外公知道后会天塌下来，发生什么火星撞地球的宇宙级灾难。

两个人暂时都没有提回外公家的事，下班后直接去了沈清明回国后长住的酒店。等到秦子萱听说两人的事后，不仅没有关心，还非常欠揍地嘲笑了两人一顿。温欣瞪着他，暗暗告诫自己，要留着他住在家里照顾外公，因为他还有点价值，所以暂时就不取他的小命了。

正是有了秦子萱留在家里，所以温欣和沈清明都一致选择了继续住在外面。而且温欣发现，住在外面比住在家里自由多了。尤其是在调戏沈清明这件事上，实在是便捷得让她睡着都可以笑醒。

到了三月份，温欣接下了一直没有放弃追求自己的李明星的委托。

百忙之中，温欣更重视沈清明回国之前就一直想要委托自己和Seven装修老房子的事。那是青梅大师未完成的遗愿。

无论是青梅大师本身的设计理念对自己的帮助，还是她是沈清明的母亲、自己未来婆婆的身份，都让温欣十分重视这件事。在她和Seven正是答应了沈清明的委托后，温欣和Seven迅速分工，由Seven去沈清明的老家实地考察休养院的整体布局，而她则负责构思设计主题和方案。

时间在忙碌中不知不觉地过去了半个多月。

年前到国外过年的商亦，在一个平淡无奇的日子，回国了。商亦回来的第一件事，就是驱车到公司来找温欣。年后的商亦，像是换了个新风格，发型变得短了些，脸上挂着大大的笑容。

“欣欣！”

温欣到会议室见指名要见自己的客户时，看到的就是商亦。他朝自己笑，手边还放着一个包着红绸带的礼盒。

“商亦？你回国啦。”

商亦站起来伸开双臂，想要一个拥抱。

温欣没有过去，而是握住他的手表达自己的欢迎。

商亦脸上浮现出一抹伤心的表情，但很快又笑了起来。“之前查了些小时候的事，所以耽误了些时间，不过我一回国就来找你了。”

温欣对商亦说的往事没有什么兴趣，倒是想到自己今天和沈清明有约，可能晚上没办法招待他，正想要表达歉意，却听到商亦问道：“欣欣，难道你不想知道我说的是什么往事吗？”

温欣刚要拒绝，商亦却自顾自地说了起来。

“我实在是太兴奋了，迫不及待想要和你分享。”商亦拉着温欣坐下，“我要给你讲个浪漫的故事，带着青涩的气息，但却唯美又让人向往。”

温欣：“……”

然后，她就听到商亦说了一个，自己从小就记在心中的故事。

“我小时候曾经跟着爷爷到B市住过一段时间，当时我们隔壁的邻居家有一个很有活力的小女孩。那段时间，我因为第一次离开家而郁郁寡欢，经常独自跑到海边坐着。那个女孩一开始悄悄地躲在我身后，后来她的胆子一天比一天大，开始缠着我陪她玩。”

“等到爷爷办完事要离开那里了，我去和那个小女孩告别。她突然抱住了我，勇猛地强吻了我。”

商亦说到这儿，眼角带着温柔的笑。

“你不知道，当时我整个人都愣在那里了，而且还恼羞成怒地推了她一把。那时候感觉真是天都要塌下来了，她怎么能亲我呢，那可是我的初吻啊。”

“我们两个闹得不欢而散，她临走的时候一边抹着眼泪一边对我说，‘你是我的！’当时我撒丫子就跑，只觉得这个小姑娘真是个恶魔。”

温欣看着商亦滔滔不绝的样子，完全蒙了。

怎么回事？

怎么商亦说的和自己记忆中的一模一样。

可是那个人，不是沈清明吗？

温欣看着商亦，心里拒绝接受这个事实。

商亦像是没有察觉到她的反常，最后感慨道：“一直到长大后我才发现，那个小女孩竟然一直印在我的心上。这次回去，我专门找爷爷问了那个女孩家的信息，回来之前专门去了一趟B市。”

温欣感觉自己的心脏要跟着跳起来。

“你找到她了？”

商亦突然目光深邃地看向温欣，就在温欣以为他要点头的时候，商亦却摇了摇头：“没有。那家人早就搬走了。”

温欣心里诡异地跟着松了一口气。然后她又听到商亦说：“不过还好，我在老房子那里找到了她留给我的项链。我相信，很快就会找到她的！”

温欣的心脏再次屏住了呼吸。

项链？

脑海里努力回想着自己当年是不是留下过项链，然后她想起了那个约定。那还是搬家的时候，她难过了好一阵子，想到当年那个小男孩回来就找不到自己了，所以特意写了一封信留给那个男孩，还用自己的零花钱买了一条很帅气的男士项链，偷偷用盒子藏在了老房子那棵大树下。

温欣看着商亦，很想将项链要回来，却又不敢不打自招，只能积聚出笑脸："是这样啊，那你们还蛮有缘分呀。"

商亦看着她笑，温欣总觉得今天商亦的目光有些说不清道不明的意味。他盯着温欣，最后问道："欣欣，你也为我开心是不是？"

温欣扯开嘴角，笑得有些僵硬。

商亦离开后，温欣几乎是第一时间打电话给沈清明。她把商亦是当年那个小男孩的事跟沈清明说完，感觉自己还没有办法回过神来接受这个事实。

沈清明坐在办公桌前，目光深邃。

他的面前放着一份杰新查出来的资料。上面清楚地写着，针对沈氏的另一股势力是来自首都的商氏。而被查出，疑似对航班做过手脚的，则是商家现任接班人商亦。

而此时温欣的电话，无疑在沈清明的心中再次埋下了一颗不定时的炸弹。想提醒温欣的话就在嘴边，但一想到商亦就是温欣一直挂念着的那个男孩，沈清明的话堵在口中，怎么也说不出来了。

沈清明想起那次看电影，温欣认真地望着自己讲她小时候和那个男孩的事情，她的目光中带着那么浓厚的期待，期望着自己点头承认就是那个男孩。可是——他到底还是幻灭了温欣的期待，因为他并不是。

他的记忆中从未去过 B 城，对温欣唯一遥远的记忆也只是很小很小的时候，和妈妈去蒋爷爷家的时候见到过温欣一次，那时候的温欣很文静，一天的时间里大部分把自己关在房间里看画册。

等到温欣挂了电话，沈清明在办公室拿着商亦的资料又看了一遍。看得越详细，商亦做过的那些事越清晰地印在他的脑海里。沈清明猛地站起来，拎着衣服出去，正巧进来拿文件给他签的女助理吓了一跳，连忙退避三舍。

不能靠近自己的老板，不然会被炒鱿鱼，是所有想要好好工作的女员工都具备的第一条件反射。沈清明顿了顿脚步，扫了一眼女助理手上的文件："不重要的拿去给杰签字，重要的让他放我办公室。"

女助理连忙点头，看着老板提前离开了公司。

温欣临下班前，萌萌又探头探脑地进来，说是外面有人找。温欣第一反应就是不会是商亦又回来了吧。想到这个可能，温欣没有太开心，反而有种要想逃避的想法。

"是谁啊？"

萌萌眨了眨眼，摇摇头："不认识，穿着制服。"

温欣一听还穿着制服，更有点云里雾里了。她站起来跟着萌萌出去了，等两个人再次回来的时候，都集体有些反应不过来。

"温小姐，您看要给您放在哪儿？"

温欣回头看了萌萌一眼，那么多花，就是把整个办公室空闲的地方都用上也不见得能够用吧。

"这花我能不能只选一束，剩下的你都拿回去。不用退钱！"

温欣试图和送花的人商量。

但对方是个耿直的好员工，使劲摇头："温小姐，我的工作就是让您收到花，获得完整的体验，如果将花带回去，那就是我的工作做得不够好。"

温欣："可是你看我这里实在是放不下。"

"我可以帮您摆在楼下大厅里。"

"……"

最后，温欣在一众同事好奇八卦的目光下，灵机一动道："大家都先停一下啊，最近一段时间大家都辛苦了，所以我特意为每个人定了一束花，女同志就直接带回家好了，男同志可以送给女朋友。”

温欣说完后又和送花的工作人员道：“你就每个人发一束吧，剩下的再找个地方放着。”然后又交代萌萌一句，让她将那些花里唯一一束蓝色妖姬给自己抱进来。

一时间，办公室里的议论声炸裂开来。三五个人凑到一起，大胆地八卦到底是谁送给温欣的花。年前被大家遗忘的赌局不知道被谁又重新提了出来，很多人揣测着温欣的男朋友到底还是不是年前那个高冷男神。

直到沈清明的身影出现在办公室门口。

手臂上搭着西装外套，白衬衣开了领口，脸上的表情淡然无波，但发型的凌乱又暴露了男神想要见到温欣的迫切。

所有人八卦的心越发高涨起来，盯着沈清明的目光火热而赤裸。

“温欣在吗？”

沈清明皱了皱眉，像是感觉到了办公室诡异的气氛。他看到一直跟着温欣的萌萌，招了招手问她。

萌萌刚把那束蓝色妖姬送去给温欣，这会儿见到上司的男朋友，几乎是抓紧了每一秒想要好好地拍拍马屁。

“您是温姐的男朋友吧！刚刚的花是您送的吧？温姐很喜欢呢！刚刚还让我把一束蓝色的玫瑰送进去。”

沈清明隔着萌萌一米远的距离站着，还不等萌萌拍完马屁，办公室里就飞出来一个人，还不等众人看清楚，那个人就已经拽着沈清明进了办公室。

随着办公室的大门再次合上。

这一次，议论声更加的猛烈。好多人在呐喊着要收盘，要收钱。

温欣将沈清明拉进办公室后，借着一股蛮劲和沈清明的猝不及防将人按在了门上。温欣仰着头，脸上的表情不像是高兴过头了，反而更像是受了惊吓。

“说，花是不是你送的？”

沈清明看着温欣的神情，有些狐疑。

“是。”

“但你并不高兴。”

温欣哀怨地瞪了沈清明一眼：“我今天知道商亦的事，已经够惊吓的了，没想到你竟然还给我来这么一招。现在估计全办公室的人都在讨论咱俩接下来要什么时候分手了。”

沈清明挑眉，等着温欣继续解释。

温欣泄了气，放开沈清明：“沈清明，你今天为什么突然想起来送我花？”

沈清明张嘴正准备解释，温欣却继续追问道：“是不是你知道商亦是那个小男孩后，产生了危机感？”

沈清明目光深沉地看着她：“我需要产生危机感吗？”

温欣连连摇头：“不不不，你不需要，一点都不需要。”说着伸手挑着他的下巴，像是在调戏良家公子一般，颇有几分流氓气息，“你啊可是我的心肝宝贝，就算是十个当年的小男孩，也比不上你对我有吸引力啊。”

沈清明的目光因为温欣的话变得幽深而炙热了起来。

“十个不够，那一百个呢？”

温欣凑过去在他的唇角蹭了蹭：“一百个也不够，一千个一万个也比不上你。”

原本两个人都略略低沉的情绪，因为见面，因为夸张的花海，因为一句甜蜜的告白，突然间烟消云散。两个人在这一刻，目光里剩下的只有彼此。

沈清明反客为主，将温欣紧紧地禁锢在自己的怀里，目光一寸寸地打量着她的每一个细小的表情，最后噙住了她的红唇。辗转缠绵，颇有几分抵死相拥的意味。

一吻过后，温欣气喘吁吁地靠在沈清明胸前，一只手调皮地在他身上游移着，悄悄往下面探去，等到马上要到禁区的时候，沈清明突然伸手按住了她的手。

“别动。”

温欣撇了撇嘴，想到两人现在的生活，被赶出家门，只能住酒店，颇有几分惨兮兮的味道。

“你说咱们现在像不像是在苦中作乐。要是你去砍柴我卖酒，也不知道能不能也成就一番佳话。”

沈清明不参与温欣这种古怪的幻想。

两人就这样静静地依偎了一会儿，温欣想起来关于青梅大师那个老宅的设计图有了初稿，她挣脱开沈清明的怀抱，到自己的桌子上翻了翻找出一份资料，转过身来递给沈清明。

“你来得正好，正巧我晚上准备把这个带给你。”

沈清明接过资料翻着看了看，等翻到关于主卧室那一页的进度图稿后，沈清明沉默了一会儿。

“温欣，这个重新设计吧。”

温欣听了这话有些诧异，她的图稿是之前就和沈清明敲定的。怎么突然又有问题了？她接过图纸准备好好看看沈清明说要重新设计的那一页到底有什么问题。

沈清明将那一页递给他。

温欣来回看了两遍也没有找出问题。

“这份设计稿，你哪里有意见？”

沈清明的目光静静地看着温欣，温欣几乎忍不住想要再看一遍，看看是不是自己没有看出来问题的时候，沈清明终于开口了。

“这个卧室，你的设计稿上是什么风格？”

温欣还没有往别处想：“单身贵族啊。”

沈清明一本正经地看着她：“我现在不是单身，卧室的风格不光要满足我的需求，还要满足我女朋友的需求。”

终于，温欣恍然大悟。

随之而来的是心底甜蜜的感动。

她扔了手中的图纸，朝着沈清明扑过去。

“沈清明，我好爱你！”

沈清明像是早就猜到了温欣这一步的动作一般，伸手刚刚好接到了飞过来的女人。借着温欣扑过来的力道，沈清明靠在了沙发上。温欣捧着沈清明的头，接连强吻了好几下。

“沈清明，我发现你这个人吧，虽然看起来很冷漠，但谈起恋爱来，情话力绝对分分钟满级。我觉得我真是捡了个宝啊！”

沈清明安静地接受了温欣的夸奖，抱紧怀里的小女人。

“你喜欢就好。”

温欣使劲掉头：“喜欢，我喜欢得不要不要的，以后你每天都跟我说好不好？”

沈清明眸中带着点淡淡的笑意，故意沉吟：“我考虑考虑。”

因为沈清明不同于以往的、过分的主动，让温欣接连几天脸上都挂着灿烂的笑意。哪怕在去谈项目的时候碰上了一直以来的竞争对手，她都眉开眼笑地主动和对方打招呼。

Seven 去老屋前后考察了一个月，带回来了详细的资料和专业的评估建议。两个人时隔三年再次合作，都带着几分激动。

再加上沈清明之前关于主卧的意见，提到要尊重自己女朋友的意见，更让温欣有一种是在设计自己新房的激动感。在多重动力下，温欣每次想到好点子都忍不住和沈清明分享。

“沈清明，你说我们以后生两个宝宝好不好，一个男孩一个女孩。男孩子的房间用海蓝色的主题，女孩子的房间就用最近流行的女王范的主题。”

“好。”

“沈清明，你喜欢壁炉吗？青梅大师早年有一份设计稿中有一个中国风的壁炉，我刚刚查到了，真的好美啊，不如我们试一试？”

“好。”

“沈清明——”

“好。”

除了和沈清明分享自己的设计思路，温欣还从 Seven 口中得知，原来自己当年和 Seven 合作完成的《老房子》，恰好就是沈清明外公家的老房子。只不过那栋老房子是 Seven 偶然一次采风的时候记录下来的，温欣并不知道。

要说在春天到来后还有什么值得一提的事。

那莫过于 Seven 对秦子萱的异样的态度。

在 Seven 不止一次向温欣旁敲侧击秦子萱的事后，温欣终于意识到了不对劲。在温欣的严刑逼供下，Seven 不得不坦白交代。

原来，他第一眼见到秦子萱的时候，心中就有一股既熟悉又陌生的感觉。后来等他回去翻小时候的相册，发现自己一直找的当年那个男扮女装的小男孩，和秦子萱有五分相似。他又找人打听了秦子萱的家庭情况，发现秦子萱小时候确实在国内住过，而且和他老家在一个地方。

Seven 觉得秦子萱应该就是自己一直在找的那个人。

温欣初闻这个消息的时候，差点笑掉大牙。她一点都不相信会有这么狗血的缘分。她调侃小七，是不是被秦子萱的魅力迷惑了。结果一根筋的小七第二天就把自己那个小男孩的照片拿过来了。

等温欣见到照片后，再也笑不出来了。

还真很像！

温欣偷偷将照片拍了下来，没过几天等她见到秦子萱的时候，温欣将照片装作不经意间拿出来给他看，结果秦子萱瞪着那张照片，原本妖艳性感的脸瞬间变得凶神恶煞。要不是沈清明也在旁边坐着，他一准能扑过来掐温欣的脖子。

“这张照片你从哪儿弄来的。”

一句话，让温欣整整有一周的时间缓不过神来。

出于对好朋友的鼎力相助，温欣在向沈清明报备后，果断将自己帮忙验证的事告诉了 Seven。这一下，Seven 每天除了做设计稿，终于找到了人生消失已久的阳光。

每天拎着早餐，带着晚餐跑去外公家蹲点。

据后来已经搬出来的秦子萱咬牙切齿地说，一开始外公还以为是哪家小姑娘的追求者，后来慢慢发现，这个像熊一样的男人是站在自己家门口在等人啊。

再过了几天，外公又一次撞见了被 Seven 熊抱住的秦子萱。当时，外公的脸都绿了。他看着两个人，想了半天，抱着最后一丝希望问秦子萱：“子萱，你跟爷爷说实话，你们认识对不对？”

秦子萱当时想杀人的心都有了。

外公当时像是看怪物一样看着秦子萱：“现在大男人表达感情也像女生那样流行搂搂抱抱了？”

秦子萱铁青着一张脸，对 Seven 咬牙切齿，但还是态度端正地跟外公解释：“蒋爷爷，您有所不知，那个 Seven，他在国外待久了，对自己的性别定位有些混乱，但您放心，我一定会好好帮助他，让他回归正途的！”

外公哼了一声，没有再多说什么。他最近最在意的还是温欣和沈清明的事，为了让两个人认识到他们不应该在一起，外公一度偷偷叫了沈清明回家，将自己觉得不错的女孩试图介绍给沈清明。第一次沈清明没有防备，结果对方有些主动，不小心触碰了沈清明的规矩，被沈清明下意识防备误伤了。

对于沈清明的荷尔蒙应激症，其实外公比温欣要早了解一些，只不过知道的不是很详细。等到后来沈清明来到家里住，外公没有见过沈清明病发，再到后来又撞见沈清明和温欣亲热，外公只当是沈清明的病已经好了。

结果，万万没想到，沈清明的病只有面对温欣的时候，才能痊愈。

可惜外公并不准备就此放弃，反而给沈清明介绍了一个精神科的医生，对方一上来就拿了一个小圆球，想要催眠沈清明。这回沈清明很自觉地提前向温欣报备了一声，所以还不等她大展身手，温欣就带着好哥们过来将人抢走了。

外公的计划就这么被她们接二连三的破坏，直接后果就是温欣接到了外公的电话，被劈头盖脸再次臭骂了一顿，以及给沈清明安排的相亲更加频繁。

一开始温欣心中经常吐酸泡泡，担心沈清明会不会遇到一个同样能痊愈的真爱，从此只把自己当路人。后来还是因为沈清明每次去见那些相亲对象，都会因为荷尔蒙应激症出现各种状况，温欣才放心下来。再之后，温欣干脆将其当作两人感情的调味剂。赶上工作不忙的时候，温欣还会特意跑去装作正室去查看情况，因为有沈清明的纵容，温欣很开心，反倒是外公一下子得罪了不少老朋友——因为沈清明的相亲对象大多数都是老战友的孙女、外孙女。

温欣原本对此表示很愧疚的，可是外公却乐此不疲。而且一想到外公这么狠心要拆散她和沈清明，她也就顾不了那么多了。

春天过去得很快，夏至的第三天是温欣的农历生日。沈清明提前一周就找了 Seven，请他帮忙，准备给温欣一个独特的生日惊喜。

Seven 说，温欣很喜欢跳交谊舞，喜欢那种夜幕下，灯光流转，依偎在心爱的男人怀里的气氛，所以温欣上学的时候下了很大一番功夫学会了跳交谊舞。遗憾的是，她一直没有找到自己的真命天子，所以舞技白白浪费了许多年。

沈清明作为波士顿大学的高才生，交谊舞还是会跳的。只不过因为他不近女色的规矩，所以交谊舞也一直没有用上过。想到和温欣一起相拥在舞池里享受温馨的时光，沈清明没有什么排斥的情绪。

温欣生日的前一天，两个人躺在床上，温欣问："明天我生日了耶，你给我准备了什么惊喜？"

沈清明眸光闪动了一下："明天你就知道了。"

温欣翻了个身，看着沈清明："真有惊喜啊！"

对于温欣的小质问，沈清明暗了暗眼："看来以前我做得还不够。"

温欣听出沈清明自责的意思，伸手捂住他的嘴，"不，你做了很多。只是我虽然知道你一定会给我惊喜，但听你亲口说出来感觉还是不一样的嘛！"

沈清明搂着怀里的小女人，闭了眼没有说话。

第二天，沈清明还没有进公司，就吩咐杰亲自去餐厅盯着，务必每一个地方都不要出错。

是 Seven 亲自带人过去，按照温欣曾经谈及过的期待的求婚场景布置下来的。今天不仅是温欣的庆生约会，沈清明更准备好了戒指，准备求婚。

Seven、秦子萱甚至欧阳，都提前知道了。

只有温欣，众人努力瞒着她，准备给她一个终生难忘的惊喜。

可惜有时候命运很会跟你开玩笑。最喜欢在你人生得意的时候，狠狠地绊你个跟头。也不知道它到底是想要提醒你低调做人呢，还是仅仅为了满足自己的恶趣味。

这天，温欣失约了。

沈清明一直等她到晚上十点，温欣也没有出现。

在温欣下班前，商亦突然闯进了她的办公室。他的手里拿着一份文件，里面还夹杂着照片，照片上是温欣小时候的模样。

“你是不是早就知道了？”

“为什么不承认？是因为现在已经不喜欢我了吗？”

“欣欣，我从来没有想过，你竟然就是当年那个女孩。我一直以为我们的一见如故是因为缘分。今天才发现，确实是缘分，不过是十多年前就注定的缘分。”

“欣欣，你不是说过，让我长大后就来娶你吗？为什么那次我告诉你我小时候的故事的时候，你不承认你就是那个小女孩？”

温欣有些不知所措。

她看着有些难过的商亦，有点不知所措。对于小时候的那个承诺，更是有几分心虚。

“商亦，你冷静点。当时我太震惊了，不知道该怎么跟你说。”温欣试图向商亦解释清楚自己的想法，“而且，我一直以为我现在的男朋友才是当年那个小男孩，我见到他的时候，就有一种熟悉的感觉。我从来没有想过还会有别人。”

商亦听了温欣的话，好看的凤眼中闪过一道冰冷的暗光，他收敛得很快，借着伸手去摘眼镜的工夫，再次恢复了往日那个温文尔雅的商大哥形象。

温欣望向他的时候，只看到他的双眼布满了血丝，眼底浓浓的阴影昭示着他的疲惫：“商大哥，你是不是很久没休息了？要不你先回去好好睡一觉，这件事咱们改天再谈。”

商亦摇摇头，看着温欣苦笑道：“欣欣，你是真的把我忘了。抑或是，当年其实你也没有真的喜欢过我，那只不过是你的一场恶作剧。当真的人，是不是从始至终就只有我。”

温欣想反驳说自己没有。但话却说不出口，她是真的没有忘记过那个小男孩，但她一直以为自己已经找到的，她所有的喜欢都是建立在沈清明就是那个小男孩的前提下。

如果那个人换是商亦，她会喜欢吗？

温欣想到第一次和商亦见面的情形，商亦当时风度翩翩，贵族气息浓郁，确实带给自己不小的震撼。但那种震撼，和自己以前交往过的那些男朋友没有什么区别。

那种震撼，和她面对沈清明时的心跳加速，恨不得灵魂挤进对方的身体内，然后长长久久地厮守在一起的感觉是不一样的。

如果是商亦，温欣没有底气再坚持说自己小时候那无所畏惧的一吻也是因为喜欢，她有些迷糊了。

然而今晚的商亦，却像是变了一个人一样，他咄咄逼人，甚至不给温欣反应的机会，就已经伸了他的长臂，将温欣拉进了自己的怀里紧紧抱住。

“当我得知那个小女孩就是你的时候，其实我很欢喜。因为我终于有了名正言顺的理由把你夺回来。”

“欣欣，你应该是属于我的。”

温欣背对着公司大门，整个人又被商亦紧紧地扣在怀中，她只听到商亦语气坚定地说要和自己在一起。商亦的声音带着点疲惫和受伤，温欣听着心里有点愧疚，就好像自己是个始乱终弃的坏人一样。

但让她答应商亦安抚他的受伤，她又做不出来。

她的心里明白自己喜欢的人是沈清明，爱的人也是沈清明。

“商大哥，你冷静一下——”

商亦紧紧地抱着温欣，单手温柔地扣在温欣的头上，像是呵护着自己的女孩那般。公司门外一个清瘦的身影在商亦抱住温欣的时候出现，冰冷的目光死死地盯着里面抱在一起的两个人，一直到商亦像是刚刚才发现他，并朝着他露出“友好”的笑意，门外的人方才有了动作，他很想冲进去，但看着他们紧紧拥抱的身影，不知道为什么像是脚底灌了铅一样迈不动半步。

后来，沈清明才知道，当你真正喜欢一个人的时候，你的心就会变得很小很小。小到只能容得下一个人，小到害怕她真的会离开，小到在她面前失去所有的信心，小到害怕对方真的是她心心念念的那个小男孩，小到只敢偷偷地转身离开。

等到门外的人离开后，商亦方才缓缓地放开温欣，依旧目露深情和难过。

温欣退后了几步，认真地看着商亦：“商大哥，对不起，我真的不知道那个小男孩会是你。小时候我……我亲你的时候，是真的心里喜欢你。但那时候我们都还小，喜欢只是一个很模糊的概念，更多的其实是朋友之间的感情。”

“我现在已经找到了真爱。真正的爱情不是小时候的互相喜欢就可以的。真正的爱情是那个人站在你面前，什么都不用说，你就能够意识到，是他了，他就是我一直要找的那个人。

“仿佛心脏一直以来都是在为了等他而跳动。当遇到的那一刻，恨不得将灵魂挤进他的身体里，从此能够长长久久地恩爱下去。

“我爱沈清明，我已经找到了我的真爱。

“我不能因为小时候的事，放弃真正的爱情。”

商亦安静地站在原地，听着温欣的深情告白，对另一个男人的深情告白。时间仿佛停止了，又仿佛延缓了流逝的速度，每一分钟都变得煎熬起来。等到温欣说完，商亦脸上闪过一抹难过和痛苦。

“欣欣，你说得真感人。”商亦的声音有些低落，“唯一让人心痛的，可能就是你这些话都是说给另一个男人听的。”

温欣看着商亦，心里也不好受。她从来没有想过会伤害别人，那些前男友，每个都只是想要得到自己，所以她乐得和他们玩玩游戏，果断地甩人。

哪怕是谢云，她拒绝了他，最多也只是尴尬一些而已。

唯有商亦。

虽然她们认识的时间不长，但商亦是让她一见如故，想要长长久久做知己的那个人。甚至，在她和沈清明第一次闹矛盾的时候，也是商亦及时出现，开导自己，劝解自己，甚至还带自己到明珠大厦看繁星夜空。

温欣不知道这会儿说什么才是对的。

就在她无助而又自责的时候，商亦突然轻笑了两声，他看向温欣的双眼饱含了神情。

“欣欣，我不会放弃的。”

他没有再多留，捡起地上的文件，和温欣道了一句晚安，便转身离开了。

温欣看着商亦有些缓慢地往前移动着的身影，心里面的思绪越发复杂起来。

等办公室的时钟开始报时，温欣才猛然想起另一件大事。

今天是她的生日。

沈清明早就为自己准备了生日惊喜和约会。而自己却因为商亦的突然闯入，忘记了约会，忘记了给沈清明打电话。看着已经到午夜十二点的时钟，温欣哀号一声，只觉得这个生日是这辈子过得最糟糕的一次了。

第十章

那这次
换我来追你好不好

沈清明不记得自己到底在楼底下站了多久。

无论他是闭着眼还是抬头看着天空，眼前的画面像是静止了一般，停留在温欣被商亦抱在怀里的那一刻。他虽然看不清温欣的脸，但能够感受到温欣的难过和痛苦。

沈清明心中像是有什么地方坍塌了一块。

伴随着下坠感，就好像刚刚挣扎出来的灵魂，再次被扼住了喉咙，被按了下去。

夜空越来越亮，周围的灯光也越来越繁华。

然后他看到商亦从大楼里走了出来。他的脸上挂着浅笑，刺痛了沈清明的眼。

是得偿所愿了吗？

沈清明紧抿着唇，目光冰冷，带着一股自己都察觉不到的绝望。一直到商亦上车离开后，他才像是终于有了力气挪动一下身体。

沈清明离开前抬头看了看温欣所在的办公室，那里还亮着灯。

亮白色的灯光，明明照亮了黑夜，但此时射进沈清明的心中，却带着透彻的凉意。温欣她会怎么选择？内心黑暗又患有古怪病症不解风情的自己，怎样才能比得过她心心念念的幼时少年？

口袋里精致的戒指盒不堪重压，已经被沈清明放在衣兜里握紧的拳头攥得变形了。打磨精致的钻戒，小小的几个棱角，却对着沈清明的手表达着反抗，很快，他的手掌开始沁出了血。

沈清明站在大楼的正门口，目光深深地看了一眼，转身离开。

温欣想起自己失约的事后，顾不上关办公室的灯。直接冲出去，结果好像今天所有的霉运都一起降临到了她身上一样。大楼的电梯坏了，等她气喘吁吁地从十八楼跑下来，双腿已经发软到打战。

冲到马路边伸手拦了一辆出租车，匆匆忙忙地往和沈清明约好的地点去。手上握着的手机一遍又一遍地打电话给沈清明，那边传来的却是冰冷的提示音，显示对方已经关机了。

“小姐，你没事吧？”

开车的师傅从后视镜看出温欣情绪上有些不对劲，有点担忧。前几天他一个同事拉了个小姑娘，也是这样，结果第二天就上新闻说出事了。

温欣无暇回答，只能勉强笑了笑回复司机的善意关心。

一直到温欣下车后，司机还有些不放心地叮嘱她没什么过不去的坎，别冲动。

餐厅里已经没有几个人了，值班的员工收拾完桌子，陆陆续续回到后厨休息。温欣一路冲上了二楼，眼尖的服务员气喘吁吁地跟在她身后：“小姐，我们已经打烊了，您有什么事——”

二楼空荡荡的，没有一个人。

好几个打扫卫生的阿姨拎着好几兜打包的餐盒从她旁边经过。

“要是每天都能来几个财大气粗的少年郎就好了。”

“唉，今天那个小伙子，我听他朋友说本来打算求婚的，结果女朋友没有来，啧啧，现在的小姑娘啊，一不小心就见异思迁了。”

……

听着几个人无心的议论声，心中更加焦急起来。身后的服务生趁着她晃神的工夫将人拦了下来。

“小姐，你来晚了，我们现在已经不营业了。”

“我是来找人的，你们这还有没有哪一桌客人还没走？包间的那种——”

服务员看着温欣，脸上闪过一抹恍悟：“小姐，你是不是今天的生日啊？”

温欣点点头。

服务员看着她，眼神突然有点不对了。

“那位先生等了您很久，一直到我们要关店了他才离开的。而且他半个月前就在我们这里预订了今晚的约会，您的好几个朋友连续好几天来帮他布置的地方……”

服务员的话，温欣没有听完，但不用听下去她也知道沈清明为了自己都做过什么。越是知道，温欣心里越难过。

她冲出了餐厅，在路边来回招手，想要拦住一辆车。她想要快点找到沈清明，去到他身边。但是，命运像是故意要捉弄她一般，接连过去了四五辆车，明明都是空车，司机却像是看不到她一样，没有一个停下。

温欣拿着手机，焦急地打给Seven，那边过了很久才接听：“喂？寿星还舍得给我打电话啊——”

“小七，我死定啦！下班前突然有点事，把约会忘记了，等我来餐厅的时候，这边已经打烊了，沈清明的手机又关机了，我现在站在店外面，出租车一辆接一辆，可是他们都不停下来——”

那边传来秦子萱的尖叫声：“什么？你是说你没去？你——”

Seven压低了嗓子制止了秦子萱的尖叫：“好了，欣欣不去肯定是有突发状况，她有多爱沈清明，难道你不知道吗？”

秦子萱撇撇嘴，虽然没有再说什么，但还是不满地哼哼了两声。要知道今晚餐厅的一切可都是他和Seven一点一点布置的，想他秦子萱这么多年为谁做过这些，却是这样的结果，他的哀怨不比沈清明少。

“那你到原地等我们，我和子萱过去接你。”

“我不去！”

秦子萱不满地抗议。

Seven不知道小声说了点什么，但成功地安抚了秦子萱。

温欣点点头，有些无力地挂了电话，蹲在路边情绪失落。

两人很快就赶过来了，Seven下车来接温欣，朝她敞开怀抱：“欣欣，别着急，没事的。”

温欣扑进他怀里，有些害怕：“沈清明他关机了，他不接我的电话。小七，我有一种特别强烈的感觉，这种感觉很不安。真的，你相信我，我的感觉一向很准的。”

温欣喃喃着，被 Seven 拽进了车里。秦子萱坐在前面，见她进来张嘴想要说点什么，但却被 Seven 一记眼神阻止了。

“你知道沈清明最可能去哪儿吗？”

温欣不断地摇头，最后还是秦子萱哼了一声自顾自地给司机指路，开去了老宅。秦子萱虽然对温欣晚上的失约不满，但碍于最近让他很是头疼的 Seven 也在，只能耐住脾气解释了一句：“那处老宅对他的意义非同小可，这个时候，想也知道他不会回你们一起住的酒店。”

温欣没有吭声，但也认同了秦子萱的话。

车上短暂地安静了下来，Seven 欲言又止，对于能够缠住温欣的急事有些费解，他了解温欣，按照她的性子，如果是公事的话，绝对不会让她忘记和沈清明的约会，所以应该是私事的可能性大一些。

作为旁观者，Seven 觉得温欣今晚有些失控了。就算是她没有赴约，但按理说沈清明也就是只会生气，不至于严重到关机。一定是还发生了什么其他的事。

像是感觉到了 Seven 的欲言又止，温欣突然拉着他的胳膊，小声道。

“小七，你还记不记得我跟你说过的小时候的那个小男孩。”

Seven 脸上一动：“记得，难道是——”

温欣苦笑一声：“遇见沈清明后，我一直有一种感觉，他就是当年那个小男孩，虽然他没有承认，但我觉得就是他。”

“去年我接了一个大案子，客户是个跨国集团的接班人，叫商亦。他为人很随和，我们两个接触的时候，他就像一个大哥哥一样友好。特别像我们大学时带我们设计的一个师哥，我只当是一种奇妙的缘分，多了一个好朋友……”

“这个世界上就没有单纯的异性朋友！”

坐在前面的秦子萱突然插嘴。

Seven 目光复杂地看了秦子萱一眼：“我和欣欣就是好朋友，你的意思是我不是男人？”

秦子萱被他的话堵得一愣，刚想要嘲讽他，但看了一眼旁边的司机，到底还是闭嘴了。

“所以，那个商亦今天来找你，难道是来和你相认的？他就是那个小男孩？”

Seven 继续之前的话题，一脸了然地看着温欣。

温欣点点头：“小七，沈清明他一定是去过公司了。他一定是看到我和商亦了，也许还听到了一部分……他一定是误会了，也许还生气了。”

坐在前面的秦子萱，对温欣说的小男孩很是好奇。

“你们说的那个小男孩是怎么回事？还有那个商亦又是谁？”

温欣实在没有心情去应付秦子萱，还是 Seven 简单地跟秦子萱讲了两句温欣小时候的事。等秦子萱听完，扭过头打量着温欣，最后啧啧称奇：“的确像是你能够做出来的事！”说完他又像是想到了什么，“你小时候老家在哪儿？”

温欣不明白秦子萱为什么这么问，但还是说了一个地方。

秦子萱眼皮跳了跳，又问：“我刚听你的意思是你和沈清明在一起后，直觉沈清明才是当年那个小男孩？”

温欣点点头，秦子萱越说这件事，温欣心里的担忧越停不下来。

秦子萱想到的却是另一码事，他一直怀疑沈清明故意遗忘了一些记忆，而在他所知道的沈清明那些和母亲在疗养院的日子，其实有一段时间沈清明的记忆是空白的，他说不出来那段时间和母亲在疗养院做过什么——如果温欣的感觉没有错，那么那个男孩到底是谁还不好说。

不管温欣的感觉对不对，这个突然冒出来的商亦，如果不是当年的小男孩，却知道这么多事，那他的目的到底是温欣还是沈清明？

秦子萱犹豫了一下，还是将自己的想法告诉了两人：“你们也知道，我专业的方向就是研究荷尔蒙以及神经系统，虽然记忆方面的事不是我的专长，但是我研究的感情和荷尔蒙假设中，是存在这样的状况的。而温欣提到的熟悉感，其实很多时候也是人的荷尔蒙神经系统能够辨别对方的荷尔蒙神经，从而产生熟悉感。”

温欣听了秦子萱的话，脸上一喜，但很快就黯淡下去。

“不可能了。商亦他对我们小时候的事记得清清楚楚，而且他还专门回去将我搬家的时候留给他的项链拿了回来。”

温欣的话无疑是从实践上对秦子萱研究的否定。

一时间，秦子萱只顾着回想自己的研究，试图找出是不是哪个环节出错了。突然，他像是想到了什么一样，转头问温欣：“你说会不会你的记忆也有点错乱，其实当时商亦本来就在场，而你也不记得了呢？”

秦子萱说的不无可能，但温欣现在一门心思都在想怎么和沈清明解释，根本没有多想。

到老宅后，温欣让两个人先回去。

这时，已经凌晨三点多了。

Seven 有些不放心，叮嘱了几句，在温欣进去后，没有马上离开，而是拉着秦子萱重新叫了一辆车，在路边决定等上半个小时。

半个小时，如果误会能够清楚，时间足够了。

温欣站在老宅门口，深呼吸了几口气。

老宅的装修还没有完成，油漆的味道有些刺鼻，混杂着花园里的花香，带着点人间烟火的味道。

掏出钥匙准备去开门，却发现房门是半掩着的。心头惶惶然的感觉随着大门被推开，突然间越发浓烈起来。

温欣故作镇定地推门进去，里面有些酒气。等她穿过玄关拐进客厅的时候，一阵轻若的、女人的呻吟声传来。

“清明……你轻点……”

“唔……”

明明微弱的近乎无法听清的声音，却振聋发聩，硬生生将温欣定在了原地，再也迈不动脚步。

不会的！沈清明不近女色，他怎么会找别的女人！

温欣使劲摇头，希望是自己听错了，出现了幻觉。

但很快，她看到客厅的沙发上，一个白衣长发的身影微微起伏着，像是很痛苦，但又无法挣开。

温欣僵住的神经因为视觉的刺激而吧嗒一声断裂开来。

原本的愧疚难过伤心，这一刻都被怒火取代。心头的委屈无限放大，温欣的灵魂又变回了从前那个敢爱敢恨的模样，不再因为爱，所以小心翼翼。

她像是一阵风，冲向了客厅。猝不及防地将沙发上那个白衣服的女人掀翻在地："你们在做什么！"

温欣的声音撕心裂肺。客厅原本没来得及卸掉的声控灯也因为温欣的尖叫声而亮了起来。一时间，偌大的房间如同白昼，温欣清清楚楚地看到了沙发上微微闭着眼衣衫不整的男人。

而被她推开的女人，郝然正是白清雅。

温欣下意识地抬手想要打人，却被白清雅毫不犹豫伸过来的手给拦住了。

"温小姐，吃一次亏是我没有想到你是这么粗鲁的人，但你觉得我还会被你打第二次吗？"

白清雅脸上泛着潮红，目光中还带着几分欲拒还迎的情欲，几乎不用想都能够知道刚刚两人在做什么，而又到了什么地步。

她死死地攥着温欣的手，目光挑衅意味十足。

"放开我。"

温欣用了很大的力气才挣脱了她的手，目光燃烧着熊熊烈火，恨不得扑过去和她同归于尽。然后她才看到沙发上的男人。沈清明迷迷糊糊地睁开了眼睛，被突然亮起的灯光刺得皱了皱眉。

温欣看着他的目光，心中冒出了一个令她恐慌的念头。她冲过去想要拉沈清明的手，但看到他衣衫不整的样子，到嗓子眼儿里的话却说不出口。

终于，在白清雅挑衅的目光下，温欣依然什么话都没有说出来，转身狼狈地跑开了。

温欣像是全身的精气神都被抽走了一般。一直到 Seven 和秦子萱看到她情形不对跑出来，温欣才哇哇大哭起来。

“他不要我了！”

“沈清明他不要我了！”

温欣哭得上气不接下气。

这一刻，她的世界像崩塌了一般。

温欣和沈清明感情的剧变，在 Seven 和秦子萱看来，来得有些莫名其妙。无论是沈清明的巨大变化，还是突然出现的商亦和白清雅。

一切看起来，都像是命运在故意捉弄他们两个人。他们三观合拍，不是因为觉得对方不够爱自己而互相猜忌和试探，更不是因为谁忘记了谁的大日子……这场巨大的感情变化，总是让人觉得有些不真实。

沈清明一直没有回酒店。温欣也没有再去找他。她躲回了两人住了不少日子的酒店，窝在酒店里整整三天没有出门。

她的眼泪像是哭干了。

心里一阵委屈一阵心酸。她既愧疚那晚的失约，又委屈沈清明和白清雅的事。这种矛盾的心情折磨着她。

而沈清明更是让所有人都找不到。Seven 甚至跑到公司去找人，但是连沈清明的助理杰都不知道他到底去了哪儿。

第三天，温欣突然下楼了。

一直守在酒店楼下的 Seven 见她出来，松了一口气。

“欣欣，你饿不饿，早餐我都给你点好了。”

温欣朝着 Seven 笑了笑，竟然点点头：“饿了，感觉自己能够吃下一头牛。”

温欣像是已经恢复正常了，她不仅正常的和 Seven 一块儿在酒店用了早餐，而且还对前两天的事向他和秦子萱表示感谢，然后竟然拎着包去上班了。

Seven 有些不放心她，等他跟着温欣进了公司，亲眼见证了温欣正常地处理了半天工作后，才半信半疑地离开了公司。

接下来的几天，温欣像是忘记了沈清明。

她从酒店搬了出来，嚣张的住进了 Seven 的公寓。

温欣的正常，让 Seven 和知道她与沈清明的事的欧阳两个人都觉得有点可怕。因为竟然连 Seven 拿沈清明那个疗养院的案子跟温欣讨论，她都不带眨眨眼，一脸正经地和 Seven 讲自己的想法。

她就像是和沈清明没有发生那些事一样，又有几分像是从来不认识沈清明一般。

而沈清明，依旧没有人能够联系到他。

商亦是在一周后又出现在温欣面前的。

他在楼底下等着温欣下班，温欣一出来，就抱着一束花出现在温欣面前。商亦的脸上带着几分歉意，不等温欣说话，就先道歉："温欣，对不起。我不知道那天是你的生日，请你相信我，我不是有意在那天故意去找你说那件事的。如果我知道那天是你的生日，我一定不会——"

温欣打断了他的话。

"你不用道歉。"

语气平淡没有波澜，不复之前见到商亦时的热情和熟稔。商亦也感觉到了温欣的变化，眸光变换了两下："温欣，不管你信不信，那天我一拿到资料，发现那个人竟然是你，我实在是太吃惊了，所以才那么不冷静去找你了。我虽然想要和你在一起，但我绝对不会用这样的方式来破坏你和沈清明之间的感情，我……"

温欣终于正眼看向商亦。

“商亦，你真的不用道歉。这件事和你没关系。是我和沈清明，我们之间的感情太脆弱了，没有经得起考验。”

温欣说这话的时候，语气有几分凄凉。

商亦眸光深处闪过一抹愧疚，但下一秒，他却突然笑了起来，看着温欣满含深情：“温欣，我知道你现在一定无法接受我，也不愿意谈感情。但我知道你现在一定很难过，让我陪着你好不好。”

“不用了。”

温欣拒绝，脸上有些不耐烦起来。

商亦脸上先是黯淡了几分，但下一秒却又坚定了起来，他突然伸手抓住温欣的手，不容她拒绝，拽着她上了路边的车。

“商亦，打开车门，放我下去！”

“你要做什么！”

温欣有些生气了。

可是她无法对商亦生气，因为他是自己惦念了很多年的小男孩，哪怕他们重逢之后，她没有再对他心动，但她不会忘记小时候的美好。

商亦更没有做过对不起她的事。甚至他现在也只是想要照顾自己。

可是，温欣现在不愿意跟任何人相处，只想一个人静静地待着。

商亦像是没有听到温欣的话，他直接吩咐司机开车去明珠大厦。温欣一直闹个不停，他更是直接将人揽在怀里禁锢起来。

“温欣，你还记得小时候你是多坚强开朗的女孩吗？”

“还有我第一次见你的时候，你自信乐观，仿佛任何困难都不会把你打倒。偏偏你又带着一腔的浪漫细胞，你的设计，你的人，都让我折服。一开始我对你没有其他的想法，只觉得一定要交你这个朋友。后来，当我得知你就是那个小女孩后，心里先是惊讶，之后又生出一股狂喜和庆幸。”

“你别说了！我求求你别说了！”

温欣想要捂住耳朵，不断地挣扎着。

商亦目光复杂，在温欣没有注意的时候，脸上闪过几分嘲弄，又带着一丝不甘心，最后他的目光中只剩下了纯粹的心疼和担忧，商亦像是想明白了什么，他低低地叹息了一声："温欣，我跟你说这些，不是想乘虚而入。而是想告诉你，你应该像以前一样，勇敢点，去找沈清明说清楚，不管是和好还是……你都应该勇敢面对，你现在是在逃避。"

温欣安静下来，低垂着头不知道在想什么。甚至连车子停下来，商亦拉着她上了明珠大厦都没有反应过来。

等温欣回过神来才发现眼前是一片暮色下星星点点的城市夜景。一如第一次和沈清明吵架的时候，也是商亦带着自己来到了这里。商亦站在温欣身后，脸上的表情有些晦暗。

"谢谢你。"

温欣目光飘得有些远，声音有些压抑，好像是从很远的地方传过来的，带着几分空虚。

商亦上前两步，站在她身旁："温欣，去找他吧。"

温欣没有吭声，像是沉浸在窗外的星空和夜景之中。商亦微微侧过身看着她的侧脸，有几分消瘦，浑身的活力好像是被抽走了大半。商亦再次叹息了一声，心里竟然感觉到了几分愧疚和酸涩的意味。

他收敛了心思，没有再劝。

两个人谁也没有再说话，一直到温欣感觉到自己的双腿好像失去了知觉，酥麻的刺痛感总算让她清醒过来。温欣缓缓转身，看到安静地站在一旁的商亦，越发愧疚了起来："商亦，对不起。"

商亦笑了笑，像是认输了一般："温欣，想想你一开始是怎么追求自己的爱情的，去找他吧。"

温欣依旧回避这个话题，转身离开。

"不早了，回去吧。今天谢谢你。"

商亦默默地跟在温欣身后，司机一直在楼下等着。

等送温欣回家后，商亦回到车上，吩咐司机开车回公司。

司机跟了商亦不少年，对于商亦回国的事多少有几分了解，到底没压下心底的疑惑，欲言又止地问了出来。

“少爷，您为什么突然让温小姐去找沈清明。这时候不是应该努力将她抢过来？”

商亦的目光看向窗外，车速有些快，窗外的景色像是浮光掠影般从眼前消散，过了很久，久到司机以为商亦不会回答自己的疑惑的时候，却听到商亦有些失意的苦笑。

“是啊，这时候原本应该乘虚而入，可是看到她这么伤心，我竟然会心痛。”

司机不吭声了，脸上一派凝重。透过后视镜看着商亦，心中叹了一口气。一向冷情的总裁竟然动了真感情，对象还是仇人的女朋友，这……会是好事吗？

许是商亦的话温欣真的听进去了，又或许是先说爱的那一方，总是更容易妥协。温欣拿着手机犹豫了很久，还是拨通了那个熟悉的号码。

只不过两三秒的等待，对于温欣来说，却漫长得好像过了一个世纪。

“对不起，您拨打的用户已关机。”

温欣原本鼓起的勇气，像是被戳破的皮球，唰的一下全都泄了出来。身上仅剩的几分力气也消失殆尽，身子像是失去了支撑，后仰在床上，眼泪无声无息地流了出来，心口那种钝钝的疼痛无限放大。

沈清明是被秦子萱找到的，在一家高档酒吧的包厢里。

说出来可能没人会相信，秦子萱是靠着自己偷偷藏在沈清明扣子里用来检测他的荷尔蒙活跃数据的仪器的波动频率找到他的。

当秦子萱踹门进了包厢后，看到的是一个满身酒气，双眼通红，衣衫凌乱，身形极度消瘦的沈清明。

他的样子就像是被人丢进了原始森林里过了半年一般。

秦子萱一边将人拖出去，一边破口大骂。

沈清明像是沉浸在醉生梦死之中，对秦子萱的出现反应都迟钝了下来。除了他周身的冷意，比以往任何时候都更加冰冷木然，仿佛只要有人靠近他身边，就能够被冻死。

沈清明视线模糊地分辨着眼前的人到底是谁，像是认出了秦子萱："子萱……我……温欣……她找到她的少年了，我们完了。"

秦子萱听着沈清明断断续续的声音，脑门一阵阵地疼。

"温欣找了你好多天，每天给你打电话你都关机，你还好意思说她不要你了。"

"你就是个懦夫！你平时不是很厉害吗，怎么一遇到感情就这么懦弱啊！你跑什么跑啊！就算是天神下来跟你抢女人，你不会抢回来吗？"

秦子萱气急败坏地摇晃着眼前这个邋遢又臭气熏天的男人。

沈清明皱着眉头，过度消瘦让他的五官越发深邃起来。

"你说什么……关机……我没有！"

沈清明说着就要去找自己的手机。

秦子萱干脆将人扔到地上，任由他胡乱一通翻找。

"手机……手机……"沈清明翻遍了衣服，醉意朦胧地在房间的每个角落找了一遍，终于在枕头下面找到了手机。

他还没来得及打开手机，秦子萱就夺了过去。

"我让你亲自看看温欣给你打过多少电话……哎，你怎么把温欣的电话设置成黑名单了？"

"黑名单？"沈清明拿过手机看了看温欣的呼叫，"不可能，我没有，是谁动过我的手机？"

秦子萱看着眼前这一幕，还有什么不明白的。

手机肯定被人动过了，沈清明一直躲在这里等着温欣给她打电话，却一点都没有想起来看看自己的手机在不在身边。而那个一直打电话的人，每天听到的都是冰冷的提示音，要是他，应该早就死心了。

这两人，该说他们什么好呢。

命运这次跟他们开得玩笑，实在是有点大。

无力地叹了一口气，暗暗在心里腹诽。要不是看在你们两个是我的小白鼠的分上，我一定不管你们！

最后秦子萱半拖半拉将人带回了酒店，等沈清明终于清醒过来已经是下半夜的事了。

秦子萱躺在床上正在做着美梦，突然感觉被子被人掀了，浑身一凉。紧接着就听到一个熟悉又惹人烦的声音：“秦子萱，你在这里做什么？”

沈清明皱眉看着睡在床上的秦子萱，记忆慢慢回笼，但是一直躲在包厢里的他，对时间的概念还有些模糊。

秦子萱被人扰了美梦，从床上跳起来就破口大骂：“沈清明，你能不能给老子消停点——”

直到感觉到沈清明散发出的冰冷的气息，秦子萱才终于清醒过来。

他冷静下来，像是刚刚什么事都没有发生过，从床上跳下来。围着沈清明转了一圈，嫌弃地直接将人丢进了浴室：“好好看看你自己的样子吧。”

一直到沈清明将自己重新拾掇出人模人样，秦子萱才不情不愿地将这几天发生的事讲给沈清明听。当他说到沈清明把温欣的电话设置成黑名单，没有接到温欣的电话，温欣现在看起来已经死心了的时候，沈清明的双手紧紧攥成拳头，身体在轻微地发抖，像是在努力克制着什么。

“是白清雅！”

沈清明的声音透露着几分危险的气息。

秦子萱朝他翻了翻白眼：“现在知道她不是好东西！早就告诉你了不要对她太宽容。你不听，还在那种时候把她叫去，你说说……”

“我没有叫她。”沈清明打断秦子萱的话，脸上的表情越来越复杂，秦子萱有点看不懂。然后他就听到沈清明说，“她是自己去的，就像是猜到了那天我会去老宅一样。”

秦子萱："哼，你这意思是白清雅还会未卜先知了？"

沈清明摇摇头，突然神色凝重地看向秦子萱："你是怎么找到我的？说实话。"

秦子萱脸上表情一变，含糊着糊弄了两句，沈清明目光深邃地看着他："你把东西藏在哪儿了？"

秦子萱当作没听见。

沈清明深深地看了他一眼，暂时没有再追究这件事。

"你知不知道有什么药物能够诱发人回忆起不好的记忆，从而扰乱人的理智？"

秦子萱狐疑地看着沈清明："你问这个干什么？等会儿！你说这话的意思不会是想告诉我你被人下药了吧！"

沈清明看了他一眼，没有回答。

秦子萱有些不敢置信："没理由啊，你回国没多久，有谁会给你下药啊？"

沈清明的大脑还有几分痛意，他伸手揉着自己的眉头，消瘦的脸冷凝着："我虽然不常喝酒，但酒量并不差。那天我进酒吧后没多久就想通了，我是准备去找温欣的……但是后来，那些陈年往事像洪水一样，突然间充斥进我的脑海中，脑子里面全都是沈徽和肖丽迫害我母亲的片段……"

这回换秦子萱沉默了。

沈清明的少年阴影他是知道的，同时他也知道沈清明曾经连续看过五年的心理医生，早在三年前他就已经走出了那个阴影，能够控制自己的思想。

虽然和温欣的争吵，剧烈的情绪起伏可能会诱发记忆中的一些不好的片段，但按照沈清明说的，在他想通之后出现，确实有些反常。

"那你有怀疑的对象吗？"

沈清明沉默了一会儿，然后吐出两个字："商亦。"

这回秦子萱更吃惊了："那不是温欣小时候强吻的那个小男孩吗？难道说是他为了抢回温欣，所以对你下药？可是也不对啊，他都没有见过你，应该不认识你吧！"

沈清明想的却是调查到的那些关于商亦对付沈氏的事。不过这些，沈清明没有准备告诉秦子萱。不欲在这个话题上做过多地讨论，沈清明转移了话题："温欣她……还好吗？"

秦子萱冷笑两声："好，好得很呢。男朋友落荒而逃，打电话关机，而且好像还和别的女人胡搞在一起……这是个女人都能迅速死心，重新开始！"

其实和别的女人胡搞在一起秦子萱是猜的，毕竟那天在老宅他没有进去。那天温欣的状态实在不好，秦子萱不能想象她进老宅没多久就像丢了魂一样地跑出来究竟发生了什么事。

为此后来他特意调看了监控，不过因为老宅内还在装修没有装上监控查不出到底发生了什么事。只是后来看到白清雅从老宅出来过。

凭他的想象力，以及对白清雅地了解，还有刚刚沈清明说的话，多少能够猜出个大概。

而听了秦子萱阴阳怪气的话，沈清明心底沉了沉。

虽然他不太记得究竟发生了什么，但他知道，他一定让温欣伤心了。

第二天沈清明给杰打了个电话，交代了一些事，安抚了因自己多日没有出现而导致公司涣散躁动的人心。

今天，沈清明依旧没有去公司，而是梳洗干净，来到了温欣公司楼下找她。

他完全清醒了过来，目光重新变得深邃而犀利。

如果不是身体明显地消瘦，可能没人会从他的精气神上看出有什么不对。

沈清明上去的时候，温欣正在会议室对接新客户。萌萌一见沈清明，二话不说将人带进了温欣的办公室。因为沈清明的到来，再次引发了不小地议论。

温欣送走客户回办公室的时候，见到萌萌正准备叫她给自己送一杯咖啡，但萌萌见到自己，却飞快地跑掉了。

温欣有些狐疑，暗自揣测着她今天是不是犯什么错了。

等推开办公室的门，温欣第一时间就察觉到了里面有人。熟悉的气息，哪怕是她闭着眼睛，都能认出来是谁。正是因为她第一时间就感知到了里面的人是谁，所以温欣顿住了要进去的脚步，转身就准备离开。

至于萌萌为什么会跑掉，温欣也大致明白了过来。

“温欣。”

里面的男人比她更迅速，有力的大手按住了温欣还没来得及撤走的握在门把上的手。沈清明双眼贪婪地盯着温欣，他稍稍用力，将站在门外抗拒进来的小女人拉了进来，然后将门反锁上。

“放开我，你出去！”

温欣被拉进了办公室，瞬间炸毛，像是尖刺全都张开的刺猬，目光防备地看着沈清明。

他瘦了。

瘦得都只剩一副骨架子了。

等理智反应过来自己竟然没忍住去打量他，还在心疼他的时候，温欣狠狠地在心里鄙视着自己。为了不让自己被面前的男人再次迷惑和伤害，温欣迅速低下头，装作看不见他。

男人却没有错过她的每一个小动作。

当他捕捉到温欣眼中的那抹心疼时，再也忍不住伸手将人捞进了自己怀里，用尽了全身力气，将人禁锢在自己的怀里，无论她怎么挣扎都不放手。

“对不起。”

“对不起。”

“温欣，对不起。”

……

沈清明一遍一遍地道歉，吻一个接一个地落在她的头顶。温欣并没有觉得自己消气，反而积聚了多日的委屈和怒火再也控制不住地爆发了出来。她握紧了拳头，因为挣脱不开沈清明的拥抱，干脆直接用拳头狠狠地砸着他的胸口。

“你浑蛋！放开我！浑蛋！”

沈清明没有放开，反而稍稍松了几分力道，让温欣打着更方便。

察觉到沈清明的举动，温欣咬着唇，越发愤怒，俏脸被泪水染得越发苍白，手下的拳头也越来越用力。

“你走开！走开！”

“我再也不要爱你了！爱你太辛苦了，我爱不起了！你滚啊——”

温欣口不择言地指责着他。

沈清明一直没有吭声，直到温欣不再吭声，低着头一个人小声地轻啜，他才伸手捧起温欣的脸，细吻密密麻麻地落在她的脸上，吻尽了每一滴泪水，沈清明的声音带着愧疚和心疼。

“温欣，对不起。我去找你的时候，看到你们抱在一起，他说你只是还不知道真正的爱情才会迷失，他会给你真正的爱情。而那时，你没有说话。我以为你被他说服了，我以为我在那一刻，失去你了。我不愿意接受这个事实，所以我落荒而逃了。对不起，温欣。”

“我不会再逃跑了，不会再对我们的感情没信心了，你原谅我一次好不好？”

“你没有力气爱了没关系，以后换我来爱你好不好？”

沈清明的声音低沉，带着几分小心翼翼。

他从未一次性说过这么多话，但此时此刻，他却恨不得将心中所想的每一个字都说给温欣听。

温欣依旧低着头不吭声，眼泪却没有再流出来。

她像是没有听到沈清明说什么，但身体却不再排斥沈清明的靠近。

“温欣，我不知道后来你又看到了什么，听到了什么，总之，你要相信我，所有你看到的一切都是假象，都是误会。后来我是打算回来找你的，哪怕你决定不和我在一起，我也不愿意放弃你。只不过在来的路上出现了问题。我无法跟你解释究竟发生了什么，因为就连我自己的记忆都出现了问题。但我唯一可以肯定的是，我不能失去你。温欣，我们重新开始好不好？”

沈清明一口气说了这么多，说完以后认真地看着温欣。

“不好。”

温欣终于说话了，但开口说的话，还是带着几分怨气。

沈清明却眼前一亮，对于他来说，温欣愿意和自己说话，就是好的开始。

“那这次换我来追你好不好？”

温欣没吭声。

沈清明再接再厉。

“我没有追过女孩，你教我好不好？”

这回温欣冷哼了一声，作势要挣脱开沈清明。沈清明连忙将人抱紧，继续道：“温欣，有一句话，原本应该那天晚上说给你听。”

温欣的身体悠地一下僵硬起来。

“放开我，你出去，不管说什么我都不想听。”

沈清明却将人死死地抱在怀里，然后低头，在她耳边深情又缠绵地说道：“我爱你。”

温欣像是被定住了，身体僵硬，脸上没有任何表情。但是眼角的泪水却不受控制地往外流。

沈清明轻啄她的眼角，一遍一遍地重复着。

“沈清明很爱很爱温欣。”

第十一章

早晚有一天，我要被你馋死

什么是爱？应该就是在一起的时候想要做遍所有浪漫的事，吵架的时候像是失去了全世界，却又能因为对方的一句对不起忘记所有的不愉快，重新握紧彼此的手，勇敢又幸福地继续向往着美好的生活吧。

温欣和沈清明和好了。

在沈清明的告白攻势下，温欣根本管不住自己的心，但是想到那晚在老宅看到的，温欣又觉得心脏像是被浸泡在醋坛子里。最后还是沈清明后知后觉地想起白清雅的事，虽然他不清楚他到底和白清雅做了什么事，但他被下了药是肯定的。他诚恳地解释了半天，才算是摸准了温欣的最后一道脉。

这两人是重新活过来了，但是有人却准备出国逃难。

秦子萱是在沈清明跟杰交代去仔细调查商亦的事的时候闯进他的办公室的。

“我受不了了！”

“沈清明，快让杰帮我订机票，我要出国！哪里最远我就去哪里！”

沈清明跟杰又交代了几句，才正眼看向秦子萱。

“怎么了？”

秦子萱想到每天追在自己屁股后面跑的Seven，实在是说不出口。难道要让他跟沈清明说，有个男人对我死缠烂打？！

沈清明见秦子萱脸上一阵狰狞，又泛着古怪的红晕，转念间想到昨晚温欣神秘兮兮地跟自己说的八卦，沈清明瞬间明白过来。他盯着秦子萱：“你自己去和杰说。”将秦子萱打发走，沈清明稍稍沉思了几分钟，还是给温欣发了一条消息。

两个小时后，当秦子萱被Seven从机场扛回来后，终于意识到，有人为了讨好女朋友，做出了出卖好朋友的不义之事。他鬼哭狼号地咒骂沈清明，最终却被Seven武力镇压，带回了公寓。

雨过天晴。

一切仿佛重新步上了正轨。温欣和沈清明经过上次的事，两个人做了新的约定，以后不管遇到什么事，都要在二十四小时内给对方一次解释的机会，不能无故离开，不能失踪，不能回避问题。

生活又归于正常。

除了越来越狂躁的秦子萱。

至于温欣，则忙着在早就完工的老宅院子里安装秘密武器——专门防白清雅的防盗识别系统，只要将不欢迎的人的照片输入系统里，当对方上门的时候，就会触动报警系统，不仅会被院内配套的水管喷射，还会自动报警。

两人商量好了，等老宅院子里的施工结束后，就一起搬进去，享受二人世界的幸福生活，顺便躲避外公时刻准备拆散两人的新招数。然而，姜还是老的辣，外公的新招数来得猝不及防。

这天，风和日丽，天清气朗。

两人一块儿吃完早餐，准备出门的时候，温欣接到了外公的电话。

“你爸妈出去玩遇到了车祸，在C市的中心医院，你快买票过去！”

温欣不疑有他，胡乱穿好衣服就要往外冲。

沈清明追上来拦住她：“出什么事了？”

温欣早就红了眼眶：“我爸妈出事了。”

沈清明拉住她：“你冷静一下，我陪你一块儿回去。”

温欣点点头，大脑有些乱，嘴里不断地念叨着：“之前我妈气我来外公家住，过年的时候也没搭理我，我没当回事——”

沈清明迅速换好衣服，搂着温欣出门，上车后，沈清明一边开车一边打电话让杰订票。

等车子驶入高速，沈清明的手机突然急促地响了起来。

“沈清明，你在哪儿？”秦子萱焦急的声音传来：“快点来蒋爷爷家里，蒋爷爷不知道受了什么刺激晕过去了。”

沈清明听着秦子萱的话，目光一紧。

温欣坐在他旁边，虽然没有听太清楚，但也听出几分意思：“是不是外公出事了？”

沈清明“嗯”了一声，脸色有些难看。

温欣却让他停车：“你快去看看外公吧。在这里把我放下，我打车去机场。”

沈清明动作没有停：“我送你过去。”

温欣摇摇头：“沈清明，我已经冷静下来了。真的，外公对你有恩，现在他出事了，你应该去陪着他。等外公醒过来了，你再来找我好不好。”

最终，沈清明没有拧过温欣，在路边将她放了下来，一直看着她打到出租车离开后，才调转了车头开往外公家。

沈清明走近院子后，眉头皱了皱，过于安静的环境，让他有些疑惑。而这份疑惑等到进入房间后，马上明白过来。

客厅里，外公好端端地坐在沙发上，一本正经地喝着茶。对面坐着的女人一脸温柔地给他讲着自己的工作，当沈清明进来的时候，她第一时间就看到了，眼前一亮，脸上露出几分带着娇羞地笑。

“清明！”

白清雅有些激动地喊了一声。

“清明呀，你回来了？快来，这位姑娘说她特意过来找你的。”蒋爷爷也热情地对他招呼。

还没等沈清明反应过来，一旁的秦子萱突然凑到了他耳边小声地对他说：“这个女人突然找到了这里，还骗蒋爷爷说她是你在国外的女朋友。你小心点，来者不善。我没办法和蒋爷爷解释，只得配合他把你骗回来。你自己处理吧。”

对于秦子萱的话，沈清明没有回应。他只是看着白清雅，然后掏出手机打给温欣。

“温欣，回来吧，你爸妈没事。”

那边温欣还没有反应过来：“你说什么？我已经到机场了，我……”

沈清明语气温柔，又带着点歉意：“温欣，你给你妈妈打个电话，她们没事。你打完电话就来外公家吧，外公也没事。”

最后一句话，打消了温欣所有的疑惑。

等温欣给妈妈打过电话，在家里正和老爸一块儿做饭的妈妈满头雾水地听着温欣说了一堆车祸啊，出去玩什么的话，最后不耐烦地中气十足地吼了一声：“我看你是在那个老头子家里住久了，脑子都不正常了。你赶紧给我找房子搬出去！”

听到老妈气大如牛的吼声，温欣悬着的心才完全放了下来。

回去的路上，温欣很快明白过来，这一切应该是外公早就设计好的。

他是又要给沈清明相亲吧，因为知道自己会去破坏，所以不惜诅咒自己的女儿出车祸了，更不惜拿自己的身体开玩笑。

温欣这次是真的生气了，气外公的顽固不化，更气外公这一通胡来。

“清明啊，快过来，坐清雅身边去。”外公扭头看了沈清明一眼，笑呵呵的，像是有什么大喜事一样，“清雅都有身孕了，你怎么也不早点告诉我，我还以为你真的和温欣那个疯丫头在一起了呢，原来都是烟雾弹啊。我就说你不能看上她——”

“他为什么不能看上我！”

一阵剧烈的踹门声。

紧接着，是气势汹汹冲进来的温欣。

她像是气急了，一进来不管不顾地冲到外公前面，甚至都没有来得及分给白清雅一个眼神。

“外公！难道你亲手毁了自己三个女儿一辈子的幸福不够，你还想继续毁了我的幸福是不是？”

“从小别人都有外公外婆，只有我很少见到你们。问妈妈，她总是说你们太远了。一直到我长大了，我才知道原来不是你们离得太远了，而是因为我外公太顽固，想要掌控三个女儿的人生，最后害了三个女儿，被她们恨着，一辈子都不愿意原谅你！”

“那时候我没有体会过爱情，总觉得妈妈和两个姨妈做得太过分了。您是她们的爸爸啊，所以我上大学的时候偷偷报了这里的学校，瞒着我妈死皮赖脸地住到您这儿来，去年我妈终于知道我一直住在您这里后，臭骂了我一顿。但我还是觉得，您虽然古板，但您从没有不喜欢我，还烧得一手好菜，我赖着您的这几年过得很开心！”

“直到、直到您竟然用这么荒唐地计谋想要拆开我和沈清明，就因为您想要沈清明娶你觉得合适的女人，您就完全不顾我们的感情，不顾我们的幸福。您的心里只有您的权威，您的掌控欲，您就是想要操纵别人的人生！”

温欣的歇斯底里将秦子萱彻底震住了。

几乎是在温欣开始发飙后，他就非常明智地悄悄后退了十丈远。

就连一脸挑衅的白清雅，也处于震惊之中，直到温欣的话说完了才慢慢回过神来，她站起身来，走到外公身边，像是要表达自己是站在外公这边的一样：“温小姐，可能你不知道，我已经有了清明的孩子，外公他不是不顾你的幸福，而是不希望清明做出错误的决定，耽误我们所有人的幸福。”

白清雅的话愈加点燃了温欣的怒火。尤其是她说自己有了沈清明的孩子，这让温欣气得浑身发抖，目光如刀子一样甩过去，看向沈清明。

沈清明在她来的时候就站到了她身边，这会儿见温欣看向自己，朝她淡笑了一下：“我从来没有碰过她。”

温欣心里舒服了几分。

白清雅听到沈清明说的话，脸上闪过一抹怨毒，紧接着是有些委屈地控诉：“清明，我知道你不愿意伤害温小姐，但是那天晚上——”

沈清明冰冷的目光扫过白清雅的双眼，像是将她玩的所有小把戏都看在眼里。

“那天晚上是谁告诉你我去老宅的，你忘记了吗？

“你孩子的父亲知道你想要将他的孩子安在别人身上吗？”

沈清明接连两个问题，瞬间让白清雅的脸色苍白起来。她不敢置信地看向沈清明，不明白到底是哪个环节出了问题。

“你在说什么，什么谁告诉我的？不是你打电话叫我……”

“你最好想清楚再说，否则你做的其他肮脏的事，也兜不住了。”

温欣对沈清明这次的行动还算满意。悄悄地握住沈清明的手，给了白清雅一个不屑的眼神，在温欣眼里，真正的难题从来不是她。

外公从温欣进来说了那些话后就没有再吭声。

他一直沉默着。

这些年来，他心里一直有个不能面对的创伤，就是温欣的外婆，他的妻子、战友。他一直后悔自己在战场上没有保护好她，亲眼看着她死在自己面前。因为愧疚，他将自己的三个女儿细心地保护着，生怕她们像自己的妻子一样，因为自己的保护不周而遭遇不幸。所以他不顾她们的选择，安排她们和自己信任的手下结婚，想要让她们的一切都在自己的掌控当中。哪怕她们不理解，他也不介意。只要她们平安健康就好。

可是看着自己的女儿因为自己的掌控而和自己决裂，后来的他不是没有反思过，是不是他太过保守，太过担忧，以至于根本不是对她们的爱，反而成了一种禁锢。

温欣说得很对，他很后悔和自己的三个女儿决裂，被她们记恨，被自己最亲的人疏远。

他看着温欣和沈清明紧紧握在一起的手，晃了晃神：难道这一次，他又错了吗？

他也不知道为什么在看到温欣和沈清明在一起时会发那么大脾气，他只是突然想到了沈清明过世的外婆。那个曾经在他们最年轻冲动的岁月里，像母亲那样包容照顾着他们，让他们艰辛的十年军旅生涯变得温暖而美好的女人。

他一直后悔没有及时了解她的生活状况，没有在她最需要帮助的时候出现帮助她的女儿和外孙。

后来，他在葬礼上见到了沈清明，了解事情来龙去脉后，毅然送沈清明出国，在他的心里，他早已经将沈清明当成了自己的亲孙子，沈清明就是蒋家的孩子。

既然是蒋家的孩子，又怎么能和自己的外孙女在一起呢？

蒋爷爷越来越凌乱了。

“蒋爷爷——”白清雅脸色发白，将最后的希望寄于身边的老人。然而她的话还没有说完，就被身旁一直晃神的老人打断。

“你们都走吧。”

“我要一个人静静。”

看着神色逐渐暗下去的外公，温欣心里忽然一沉。她很想说些什么，但她张了张嘴，最终什么话都没有说出口，就拉着沈清明离开了。

只有白清雅，看着被温欣拉着离开的沈清明，再看看一脸颓废，晃晃悠悠地把自己关进房间的老头，最后只能不情不愿的一个人离开。

而她不知道的是。在她的住处，早就有提前得到通知的人在那儿等着，几乎是她刚回到家，人就被强制打包了行李，丢上了飞机。

“白小姐，我们老板说了，以前他什么都不说并不代表他什么都不知道。你在美国的时候流了几个小孩，陷害过多少你看不顺眼的女人，他都不感兴趣。”

“我们老板这辈子最厌恶的就是表里不一和耍阴谋诡计的女人了，不巧白小姐两者都占全了……”

杰嘲讽的笑脸，是白清雅晕过去前最后的印象。

这天晚上，温欣和沈清明躺在床上，对于白天的事，两个人都很有默契没有再提。直到睡觉前，还是温欣没有忍住，她翻了个身，趴在沈清明身上，有些怏怏地问：“沈清明，我今天那样对外公，是不是太不孝了？”

想到自己死皮赖脸住到外公家的这几年，外公虽然纪律严明，但对自己还是很疼爱的，会给自己做好多好吃的菜，会在天冷的时候叮嘱自己多穿衣服……想到外公的好，温欣有些内疚。

“外公经历了各种风雨，他不会跟你计较的。”

沈清明已经不再喊蒋爷爷，而是和温欣一样叫起了外公。

温欣伸手扒着他好看的下巴，突然笑了起来：“我觉得你叫外公比叫爷爷更好听。外公怎么就感觉不到呢。”

见她有心情开玩笑了，沈清明知道，温欣这是想通了。

两个人搂在一起亲热了一会儿，然后温欣就听到沈清明声音低沉地说道：“明天一起搬去老房子住吧。”

温欣怔愣了一下，然后毫不矜持地点点头：“好！搬！”

想到自己当时第一眼就被那栋老宅迷住，万万想不到有一天会成为那里的女主人，想到这些，温欣又忍不住感慨：“真是人生如戏啊！”

两个人在酒店的东西不多，大部分家当都在外公家里。按照沈清明的意思，温欣暂时不想面对外公也不必勉强，可以全都买新的。但温欣却没忘了那天的某个漏网之鱼。

一通电话，秦子萱乖乖认命，忙活了两天，偷偷将两人的东西打包送到了老宅。最后一趟跑完，秦子萱直接累瘫，一屁股躺在了老宅的沙发上，哼哼唧唧了半天。

“你们两个就会欺负老实人，我秦子萱上辈子是欠你们的吗？”

温欣笑眯眯地看着秦子萱，对于他之前是怎么找到的沈清明，又是怎么偷偷在两人的随身衣物里放了以假乱真的监控仪器，温欣全都知道了。

所以，对于秦子萱的抱怨，她什么话都没说，直接将找出来的罪证拿到他眼前晃了一圈，秦子萱顿时就闭上了嘴。

为了庆祝乔迁，主要是温欣觉得沈清明孤身在国外多年，如今正式搬回了老宅，这件事应该对他意义重大。所以特意悄悄筹备了一场精致的乔迁宴。

来的人除了沈清明的一些得力助手，就剩下温欣的一些朋友。

而欧阳来的时候，身后还跟着一个温欣没有请的人——谢云。

一见到谢云，温欣下意识地就朝欧阳看过去，欧阳递给她一个没问题的眼神，两个人一块儿走过来，谢云朝着温欣笑了笑，脸上少了几分上次见到的失意。

“听说你和男朋友搬新家了，恭喜。”

谢云递过来一份包装精致的礼物。温欣赶紧道谢，对于接到手上的礼物，觉得很是棘手。

“这里就是你设计了两次的那栋老宅？”欧阳说着在客厅小小的转了一圈，啧啧称赞，“不错，有你的风格，设计独到，浪漫之中又带着几分小现实，光是让人看着就觉得舒服。”

温欣对于欧阳的夸奖，大大方方地接了过来。

等谢云离开后，温欣才将欧阳拉到一边问：“什么情况？他不是说出国了吗？怎么又回来了？”

“你别乱想了。人家有女朋友了，今天来也只是听说你和男朋友同居了，所以过来祝福你一下。”

温欣听到欧阳的话，心里安定了几分。

结果还不等晚宴结束，温欣就发现欧阳根本就是被人骗了。因为她在去阳台取东西的时候，被不知道什么时候就站在那里等的谢云拦住了。

谢云拦着温欣，大有想要好好和她谈心的意味。

温欣看了一眼坐在沙发上的沈清明，他的身边是助理和秦子萱等人，杰和秦子萱一直在打嘴仗，其他相熟的人时不时地掺和一下，而沈清明，完全是一副不在状态的样子。

谢云也跟着温欣的目光看过去，正好看到沈清明。

脸上黯淡了几分，有些嫉妒：“温欣，你男朋友看起来不太好相处，你真的幸福吗？”

温欣看着面前一脸关心自己的谢云，只觉得很是狗血。

“谢谢关心，我男朋友对我很好。”

“温欣，我第一眼看到你的时候，就觉得我们应该是天生一对——”

温欣忍不住抬头看他：“谢云，欧阳说你已经找了女朋友了，我以为之前的事已经过去了。”

谢云脸上闪过一抹不自然。

“其实……我没有女朋友，只是我只能这么说，欧阳才能放心带我过来。”谢云说这话的时候，脸上的表情越来越深情，“温欣，你不知道，我原本以为自己对你只是一时的迷恋，但出去游历的这段时间，我每天都忍不住想起你，我终于领悟到，你就是属于我的那个缪斯女神、真命天女，我不能没有你！”

温欣：“……”

深吸了一口气，温欣努力回想着自己之前解决那些前男友的时候都用的是什么理由，还不等她想出来，肩上突然多出来一双大手，温欣几乎是马上就感觉到了沈清明熟悉的气息。

“谢先生。”

沈清明搂着温欣，目光平静地看着谢云。在外人看起来没有什么起伏的表情，偏偏却给了谢云很大的压迫感。

但艺术家天生的野性和不羁却又让他不愿意就这样退缩，竟然干脆回视沈清明，两个大男人原本的针锋相对莫名地变成了眼神厮杀，温欣很快察觉到了这股诡异的状况，悄悄握了握沈清明的手。

沈清明慢慢收回了目光，但是谢云却引起了他的注意。沈清明蹙了蹙眉头，总觉得谢云的出现有些不对劲。搂着温欣离开，顺便问了两句，谢云都和她说了什么，温欣两句话就复述完了。然而越是这样，沈清明心中怀疑的念头越深。

“这里不欢迎谢先生，你亲自去送送谢先生。”

沈清明朝着迎向自己的杰冷淡地吩咐了一声。温欣默默地抬头看了一眼身边的男人，说好的高冷如神祇呢，你这句话真的不是小男孩闹脾气吗？原本是想要来刷刷存在感，继续升职加薪的杰眼前一亮，早就义无反顾地跑去执行老板的命令了。

除了谢云，乔迁宴整体上还算成功。

温欣和沈清明简单收拾了一下，许是喝了酒的缘故。两个人都有些情不自禁，原本是温欣开玩笑式的调戏，后来却变了味道。沈清明更是直接将人拦腰抱起来三两步上楼进了卧室。

等到两个人将崭新的床单滚得皱皱巴巴，才终于气喘吁吁地分开来。

温欣面色潮红，含羞带俏地伸手拽着沈清明："沈清明，我愿意的。"

她朝沈清明身边蹭了蹭，手指从沈清明的下巴移动到他的胸口，主动送上薄唇："难道你不想吗？"

沈清明的目光被炙热的情欲充斥着，因为极力克制，显得有些深邃。他突然伸手抓住温欣的手，翻过身将人压在身下。温欣以为他终于想通了，主动微微抬起头去轻啄他的唇，但沈清明却伸出手捧着她的脸，目光深沉地看着她。

时间在这一刻像是静止了下来。

一分钟，两分钟，一开始温欣还能大大方方地任由他看。

但时间长了，温欣终于被沈清明毫不掩饰赤裸的目光看得脸红起来。

"沈清明！"她带着几分恼怒，轻嗔起来。

沈清明却突然在她的额头落下一记轻吻："乖，再等等。"

等事情处理完了，一定让你得偿所愿。沈清明压下心底其余的话，脸上挂着从未有人见过的宠溺，温柔地注视着温欣。

温欣脑袋里晕乎乎的，哪里还听得清沈清明说的是什么，又是什么意思。一直到两个人相拥着冷静下来后，温欣才终于意识到哪里不对劲了。

她伸手毫不犹豫地掐在沈清明的胸口，又像是不解气一般，突然支撑起身子，一个小脑袋探过去，一口咬在沈清明的下巴上，只听他哼哼唧唧地说道："你刚刚说什么！在你眼里，我是不是欲求不满的色女！"

沈清明原本有些迷惑，这会儿听了温欣的话才知道她是误会了，但想想从认识开始，温欣时不时偷香的小动作，沈清明难得有兴致地侧过头，开玩笑地看着她，眼中调侃的意味分明。

温欣受到调侃，更是不满地想要跳起来，可惜行动刚开始，就被沈清明的"武力"镇压了下来，顺便又不争气地被沈清明的美色迷惑，很快就沉醉其中不能自拔。

到最后，温欣干脆红着脸埋头在沈清明胸前，哼哼着心满意足地睡了过去。

对于两人一块儿搬去老宅住的事，外公是从秦子萱那里知道的。虽然秦子萱也早就被外公赶出去了，但是秦子萱脸皮厚啊，尤其是之前白清雅的事他算是掺和了一脚，所以在外公眼里，秦子萱还算靠谱，最少愿意站在自己这边。

所以外公从秦子萱那里知道两人的近况后，先是哼了一声，但等秦子萱说起两个人恩爱的事，外公又变得有几分沉默了下来。

而温欣上次莫名其妙的一通电话，也引起了温妈妈的担忧，接连打电话问了好几次，温欣最后不得不坦白了一部分，跟妈妈交代了一下，自己谈了个男朋友，外公不同意，所以想要把自己骗回家去。

温妈妈一向和外公不对盘，当年为了爱情大战的事到现在也没有个输赢，所以听了温欣的话，直接拍着大腿支持女儿的感情，还说让两人回老家去发展。完全没有问女儿找的男朋友到底是谁，外公为什么会反对。

唯一让温欣庆幸的是，老妈和老爸一辈子恩爱，简直到了半分钟不能离开对方的地步，从小在一个爱情太丰富的家里长大，她总觉得这是造成自己性格豪迈大方的主要原因。而还有一个好处就是，这样的家长一般不太干涉子女的事，因为光忙着谈情说爱去了……

搬去老宅后，温欣总觉得和沈清明之间的感情，有些微妙的变化。比如之前沈清明基本上不说公司的事，但最近却经常拜托温欣陪自己去参加一些推不掉的商宴。对于一些跟了沈清明多年的手下，温欣去见沈清明的时候碰上了，沈清明会专门停下来给温欣介绍。

沈清明的举动让温欣有一种，被拉出来认亲的感觉……有几次她忍不住问沈清明为什么，沈清明一脸讳莫如深地看着她，酝酿了半天，结果一个字也没说。

不过都说一个男人如果愿意把他的生活全都摊开了给你看，并且主动将你带进自己的生活，那就说明他是真的爱你。温欣想到这个道理，也不再纠结沈清明的意思，总归知道他爱自己就行了。

因为之前温欣的生日两人生了误会没有过好，所以等温欣提出七夕节那几天出去玩的时候，沈清明虽然不是太理解七夕节的传统，还是点头答应了。

温欣一直记得小时候奶奶说过，七夕节那天，如果躲在葡萄藤下面，就能够听到牛郎织女说的情话。所以温欣定了周边一个大的田园度假山庄，山庄背靠着青山，山腰上不仅有温泉别墅，最重要的是有一大片葡萄园。

这还是温欣在公司查资料的时候偶然翻微博看到别人的推荐才知道的。等温欣一查才发现，这个度假山庄很出名，但因为位置偏一些，又一向有固定的客户群，所以推广做得不是很全面，知道的人也不多。

沈清明完全是一副随温欣折腾的意思。因为温欣一直没有动他给的副卡，沈清明还专门让杰又多办了几张其他的银行的卡，等温欣问起来的时候，沈清明有些不明白地说道："之前的卡杰说这边的分行不多，不方便用。"

在这个刷卡的时代，分行多不多真的是理由吗？人家只是觉得作为新时代女性，我不缺钱啊，哪怕以后你的就是我的，我的还是我的，但我还是觉得花自己的钱自在啊。

温欣的金钱观，不是所有的人都理解，就连沈清明也皱着眉头："温欣，我想让你花我的钱，我挣的钱如果你不花，我不知道还能给谁花。"

情话一出，温欣就有些招架不住了。

后来还是她灵机一动，突然想起来之前设计老宅的时候，对老宅外面的院子，有很多想法，比如院墙啊，大门啊，就连应该铺什么样的地板，温欣都曾经默默地想过好几遍。可惜当年自己只是室内设计师，客户也没有这个需求。

现在自己当家做主了，又正好被沈清明逼着花他的钱，温欣就有点想法，准备休整一下外面。嗯……顺便把那些贵的咂舌但是觉得值得入手的室内用品也买一买。

征求过沈清明的意见后，温欣就抓来Seven，然后将自己的想法和他一说。Seven在院子里慢慢悠悠地转了一圈，回来后点点头："你说的想法大部分可行，但小喷泉什么的……有些太夸张了吧。还有维纳斯女神像……你是不是做梦呢？"

Seven说话毫不留情，将温欣想法里不现实的地方一票否决。

温欣垂死挣扎："可是你不觉得如果有小喷泉，会很浪漫吗？"

Seven看着她，想了想沈清明没有什么表情的脸："欣欣，你想想如果以后你们俩的孩子和沈清明一个性格，你觉得你娃每天出门看到一个小喷泉，而且很大可能会每天都喷他一身的水，你觉得他会不会想要换个妈？"

"……"温欣被Seven的理由打败，实在是太强大了。真是的，这都是什么奇葩理由，不行就不行呗。

温欣赶在出去玩之前把方案赶了出来，然后就全部扔给了Seven。

"反正你现在除了老屋的事也没有别的活。能者多劳，庭院设计你不是学过吗，肯定比我专业，而且你亲自出马去选材料，我更放心！"

Seven瞪她。

温欣毫不愧疚，反而笑嘻嘻地继续说道："再说了，你现在也没有什么家底，以后怎么养某人啊，所以赶紧挣钱吧！诺，你看我够意思吧，主动送钱给你挣。”

Seven：“……”

最后，他是黑着脸答应下来的。

因为玩的地方离得不远，所以两人没有做太多准备，甚至出发这天两人上午还都分别去了公司上班。

也是这天，杰拿着一份厚厚的资料进了沈清明的办公室，然后在沈清明的办公室留了很久才出去，出去的时候正好碰上温欣，下意识的，杰看向温欣的目光略微有几分复杂，像是有什么事，但还不等温欣注意到，就已经很好地收敛了起来，回到自己的办公室工作去了。

温欣进去的时候，沈清明刚把杰带过来的资料收起来。脸上冷凝、带着几分怒意的表情还没有来得及收拾好，正好被温欣捕捉到了最后几分变化。

“怎么了？你脸色这么冷，是不是发生什么事了？”

温欣走过去，沈清明赶紧迎了上来，伸手将人带进怀里。温欣先是踮起脚给了沈清明一个爱心轻吻，然后眨着大眼睛，关心地问。

沈清明低头看着温欣，目光深处带着点庆幸和闪躲。很快他就移开了目光，带着温欣坐在沙发上，伸手轻轻地把玩着她的发尖：“公司里的事。”

温欣听沈清明这么说，便知道他是不愿意多谈，也没有再追问。

“没什么大事就好，沈清明，要是真的有什么事，你一定要说啊，还有我呢！”

温欣最后叮嘱了一句。

沈清明低头在她额头轻啄了一下，身体和情绪都放松了下来，像是心情又变得好了起来。

“好。”

温欣也对着他笑，笑了一会儿才想起来问道：“你还有事吗？没事咱们去吃饭好不好，下午别来公司了，咱们直接过去。”

沈清明点点头："好。"

因为温欣想吃日料，而比较有名的日料店比较远，最后是沈清明开车载着这温欣过去的。吃饭的时候，看着切得精致的生鱼片，温欣突然想起很久之前看过的一个很是残忍的视频，忍不住和沈清明讲了起来。

"……那条鱼被切了一半肉，却能不流血，还在水里游来游去。而那个食客，就坐在水族箱旁边，吃得津津有味，你说日本人残不残忍。"

沈清明是见过温欣说的这个情况的，以前去日本见客户，被招待的时候，日本人喜欢向客人展示自己的技艺。

沈清明当时没有动筷，后来也不太喜欢和日本人合作。

收回思绪，给温欣夹了一个寿司："那些都是假的。"

温欣不信，只当沈清明是担心自己有心理阴影，不过她也没有再继续这个话题。

等两人吃饱喝足，回家取了早就收拾好的行李，直奔车站。

路上温欣有点小兴奋，说了好一会儿，后来有些困了，才靠在沈清明肩上小眯了一会儿。而沈清明，虽然也闭目养神。但脑子里却不由得想起了上午知道的那些事。

商亦对付沈氏，他多少猜到应该是沈徽当年做过什么事。但商亦去追温欣，并且承认自己是当年的小男孩，尤其是赶在温欣生日那天，自己准备求婚的日子。再加上突然出现在老宅的白清雅，和自己的醉酒，让沈清明重新派人调查了商亦。

这一次，查到的线索无不指向商亦是有备而来。甚至他和温欣之间所谓的往事，也不排除是商亦在调查温欣的时候碰巧查到后，将其作为一步好棋来利用。从给温欣设计别墅，到他拿着当年温欣留下来的项链对她说自己是她等待已久的那个小男孩，都可能是他调查之后得到的线索，然后利用了起来。

如果一切都是商亦调查好，设计好的阴谋……一想到这里，沈清明脸上有些冷，不由自主地释放出危险的气息。

靠在他身上的人，像是察觉到了，轻轻唔了一声，伸手拍了拍沈清明的胸口："有我呢。"

见温欣睡着了依旧对自己本能地关心，沈清明睁开眼，深情而温柔地看着她，原本考虑的事也被暂时搁置了下来。

到了现在这个时候，相比商亦也知道自己将他查得差不多了。只要他还有下一部动作，就总会有露出尾巴的一天。

等到度假山庄的时候，正好赶上美轮美奂的火烧云。

"我们这边有缆车，在山顶看才美呢，一边欣赏晚霞和变幻的星空，一边用烛光晚餐，保准会让你们乐不思蜀。"

接待的员工热情地推荐，温欣倒是真的被说动了心，眼巴巴地看着沈清明。沈清明对员工点点头："那你准备一下吧，我们收拾一下就出来。"

两人坐缆车到山顶时，正赶上日落和火烧云交缠在一起，将整个天边都染红了。一层层不同色调的红色，映衬着仿佛就在眼前的天幕夺目绚丽。

沈清明不喜欢被人打扰，早在交代员工的时候，就直接将山顶包了下来，任由温欣欢喜个够，都不会有其他人来打扰。

这处度假山庄也确实是别出心裁，两人上来后才发现山顶竟然被一层设计精巧的玻璃房子全部笼罩着，所以哪怕是傍晚，也不会因为夜风和蚊虫的打扰而扫兴。不仅能够站在山顶欣赏大自然的美景不会产生来了一个假山的错觉，还能保证环境的舒适现代化。

温欣忍不住啧啧称奇。

"不知道这里的设计师是谁，不过我觉得，一定也是个浪漫的人。"

"你也很棒。"

虽然沈清明平时话不多，但只要肯说，情话力根本分分钟将温欣迷得神魂颠倒，果然沈清明这话一出，温欣脸一红，也顾不上欣赏美景了，直接拉着沈清明，跳过去就要强吻。

沈清明温柔地接着人，任她予取予求。

员工上来送餐的时候，正好撞见两个人吻得难舍难分，温欣甚至整个人都被沈清明压在身畔的玻璃上，温欣的手从沈清明的西装里探进去，沈清明则要比她冷静克制得多，双手只是紧紧地搂着她的腰，将人狠狠地贴在自己的身上。

明明恨不得把自己揉进身体里，却偏偏喜欢紧要关头刹车。

等温欣被放开后，因着欲求不满忍不住闹起了小情绪，她瞪着沈清明，哼哼道："早晚有一天，我要被你馋死！"

沈清明目光深邃地看着她，一本正经道 ："纵欲不好。"

温欣："……"道理我也懂，重点是沈清明——能先让我吃到肉我们再聊这个话题吗？

温欣被沈清明牵着不情不愿地坐下吃饭。

布置精致的烛光晚餐，地道的风味特色。

温欣原本的那点欲火，被美食冲淡，等一顿饭吃完，早就忘记了吃饭前纠结的事。

天色已经暗了下来。玻璃房子四周挂着精致又不喧宾夺主的小竹灯。

既能保证游人的视线，又不会夺走夜空和星辰独有的光芒。

而早就贴心准备好的躺椅和热饮，更是给准备看星星的人提供了最完美的服务。温欣拉着沈清明躺下，窝在沈清明的怀里，兴高采烈地指着不断闪烁在夜空里的星星，讲述它们的来历。

后来扯着扯着，话题跑偏到了神话和科幻。

到最后，一地缠绵。

第十二章

对不起，
我没有早点来到你身边

七夕这天，温欣一整天都保持着兴奋。

甚至连沈清明送她礼物，都没有让她转移注意力。等到了傍晚，温欣拉着沈清明，迫不及待地往葡萄园冲去。

“我都打听了，不是只有我想体验一番，往年也有人会来，专门在今天晚上去葡萄藤下约会。他们还说，只要情侣在这天晚上去葡萄藤下面接吻，就能够永远在一起！”

沈清明任由温欣拉着到了葡萄园，等进了院子里，就发现有个小小的问题。

野葡萄园的架子都比较低，而沈清明的身高……导致他跟着温欣走进去的时候，只能弯着腰。温欣看到弯着腰和自己走在一起的沈清明，不由得扑哧一声笑了起来。

“沈清明，我真开心。”

温欣笑够了之后就不遗余力地倾诉自己的真心告白。

沈清明回应她的是将人搂在怀里，继续往前走。

虽然说是葡萄园，但其实也被度假山庄打理得很干净，甚至每隔一段时间会安排专人来清理葡萄藤掉落的叶子。

每隔一段会有一个稍微开阔些的空隙，摆放着白色的桌子和椅子，看来是专门用来给过来的情侣休息的地方。

温欣拉着沈清明走了两步，发现偌大的葡萄园里竟然没有人，难免觉得有些奇怪。

“不对啊，那个服务员说每年这天葡萄架下要挤满人，很夸张的——”

沈清明沉默没吱声。

等两人走到葡萄园的中心地带后，面前突然出现了一张精致古雅的桌子，桌子上已经摆放好了瓜果点心和茶水。甚至旁边还有一个已经被点燃的精致的小烛台。

看到这儿，温欣还有什么不明白的。

她转过身，吧嗒在沈清明脸上亲了一口，然后魔爪又趁着沈清明没注意的时候捏了上去：“说，你是什么时候准备的！”

沈清明拉着温欣坐下后，隐隐作痛的腰让他微微松了一口气。他故作思索地垂眸想了想，又抬头看向温欣：“好像是发现爱惨了你的时候。”

情话力再次完胜。

温欣被他一句话说得从心里到脸上，都羞红了。

和沈清明的情话比起来，温欣突然觉得自己每天说得那些都好俗啊！有些忧愁地跑偏了几秒钟，很快回过神来笑眯眯地朝沈清明勾勾手：“既然你这么喜欢本宫，那今晚本宫就翻你的牌子了。”

沈清明握住她的手，一个巧劲，将人拉到自己的腿上：“没成亲，为夫不侍寝。”

温欣一听这话，无力地哼哼两声，就当作没听到，直接用行动证明自己迫切的色欲！

等月亮温润的光越过烛光，透过影影绰绰的葡萄藤照射到桌面上后，两个人才依依不舍地放开彼此。

“许愿吧。”

沈清明依旧将人抱在身边，气息有些紊乱，声音沙哑，轻吻不舍地落在温欣的耳畔，脖颈间。

温欣这才想起来要在戌时和亥时交错十分像雀仙许下心愿。

时间刚刚好，温欣拉着沈清明，认真地闭上了眼睛在心里默默嘀咕着。等温欣许好愿，两人又在这里待了一会儿，直到桌角的烛光要熄灭了，才相拥着回了房间。

度假回去后，接连一周温欣都有些懒洋洋的。果然古人说得没错，饱暖思淫欲啊，玩乐久了，斗志都消磨光了，就想每天风花雪月吃沈清明的豆腐人生才算是有乐趣。

就这样过了一周，等到 Seven 拿着老屋已经全部定好的方案来找温欣的时候，温欣才反应过来，老屋那边，也到了要开始施工的时候了。

说起来，自己只负责了设计，因为有 Seven 在，所以她还一次都没有实地去看过。虽然这是她和 Seven 合作时候的惯例，但想想老屋的意义不一样，它是沈清明执着多年的愿望，所以温欣想了两天，准备施工的前一周，亲自过去看看。

沈清明原本想要陪着温欣一块儿去，但已经准备了一年的股东大会就在三天后，为了一次性除掉肖丽留下来的人，沈清明这次是真的挪不开身。温欣本来也没准备让沈清明跟着，公私分明，态度端正，这是她一向的工作原则。

只是，当温欣在老屋见到商亦后，就有点不淡定了。

好像自从上次商亦突然出现，开导了自己一次后，已经有近两个月的时间没有见到他了。虽然中间他也吩咐秘书给温欣送了两回礼物，但都被温欣拒绝了。商亦也一直没有出现，温欣心里是暗暗舒了一口气的。

她是万万没有想到，商亦会追到老屋，并且看起来风尘仆仆，眼睛里充满了血丝。

“你……是不是很久没好好休息了？”

两人站在老屋外面的走廊上，静默了一会儿，温欣打破了沉默。

商亦听到她的话，笑了笑。“温欣，你在关心我，我很开心。”

温欣听到他这么说，一时间不知道该说什么，还是商亦开口道：“之前总公司有点事回去了一趟，刚回来，本来想去找你的，后来听说你来了这里，我便也跟过来了。”

“你找我有什么事吗？”

商亦看着有点不知所措的温欣，镜片后的目光越发深邃了几分。难道现在都不愿意和自己心平气和地说说话了吗？按理说自己是当年的小男孩，应该会让她放松下来才是……还是，难道爱情真的有这么大的魔力？

商亦觉得，这还是自己第一次有一件事估算失误。

“难道没什么事就不能来找你吗？”收敛了心思，商亦依旧让自己用以往的态度来对待温欣，“就是想你了，想看看你。”

温欣咬了咬下唇，欲言又止地抬头看了商亦一眼。

商亦笑眯眯地看着她：“有什么话可以直接跟我说。”

温欣又犹豫了一会儿，还是问出了心中的疑惑：“商亦，你之前不是说让我去找沈清明吗？当时我们分手了，你让我们在一起，现在我们和好了，你怎么又——”

商亦笑了笑，带着几分宠溺：“感情这种事，我从不乘人之危。我是想要光明正大的将你从沈清明手里抢回来，而不是在你们闹矛盾的时候乘虚而入。”

温欣明白了几分，不过这次，她却听出了问题。

“商亦，你怎么知道我男朋友叫沈清明。你——”

温欣的话，倒是让商亦脸上一怔，很快他笑了起来：“你这问题可不地道，你忘了之前我们合作的时候，你可是天天把你男朋友挂在嘴边的。可能你说得多了不觉得吧，我可是听这个名字听得耳朵都要磨出茧子来了。”

温欣有点迷惑，努力回忆了半天，但时间已经过去这么久了，她实在是想不起来了，只能点点头，不再纠结这件事。

商亦也没有多待，他又叮嘱了温欣两句，无外乎让她照顾好自己，然后就离开了。临走前商亦跟温欣说道：“我这几天就留在这边，等你回去了给我打电话，我陪你一块儿回去。”

温欣想拒绝，但商亦却比她更快一步，上车走人。

“就这么说定了。”

温欣看着离开的商亦，心里阵阵无奈。头一次，有些怨怼小时候的自己，小小年纪矜持点多好，现在欠下了理不清的情债，可怎么才能理清楚啊。

温欣在老屋不仅见了装修队的负责人，而且对 Seven 重点标注的地方都实地考察了一遍，又稍微调整了一些小细节。临走前，温欣想起沈清明说他母亲的墓最后选在了老屋后面的公墓里，温欣在网上订了一束花，趁着黄昏过去了一趟。

等到温欣看到墓碑上那个年轻的女人的照片的时候，她却险些吃惊的扔掉手里的花。

墓碑上的女人，赫然正是指引温欣走进室内设计行业的青梅大师。当年那个惊才艳艳，却红颜早逝，消息全无的著名室内设计师。青梅大师不仅是那一批回国的优秀人才，更是开创了国内新锐世纪风格的大师。当年她的系列作品无不被人争相追捧。

温欣看着墓碑上的女人的照片，清雅的笑容，眸光之中星星点点，温柔如水。心中低低叹息一声，沈清明他小时候和母亲的感情一定很好吧，所以才会在母亲被生父逼迫至抑郁，亲眼看着母亲从一个温柔高雅的大师变成疯子后，性情大变，甚至患上了荷尔蒙应激症，抗拒所有的异性。

“青梅老师，您放心吧，以后我会好好照顾沈清明啊，我保证会让他未来的生活再也不会有伤心和难过，只有幸福。”

温欣絮絮叨叨地在讲了自己怎么绞尽脑汁让沈清明爱上自己的事，一直到日暮西陲，才依依不舍地和青梅大师告别，转身回去，路上碰上了老屋的老员工。见她是从公墓回来的，就起了攀谈的心思，当得知温欣是去看青梅大师，对方的话匣子竟然一下子打开了。絮絮叨叨说了很多当年的事，越是旁观者的角度，越是公正真实，而恰恰也正是如此，当温欣亲耳听到别人说起沈清明和青梅大师当年受过的伤害，难过更多地被愤怒和心疼所取代。

被丈夫日日逼迫签离婚协议书，小三带着走狗暴力施虐，在那个年代，有钱人的一句话就能轻松毁了一个人的一辈子。

据说，青梅大师最后是在沈清明去上学的时候，被上门来的小三灌了药害死的，那时候沈清明母子没有钱，也没有能力，根本没办法到医院做检查和鉴定。

这些事，沈清明在回忆的时候都没有提起过，他应该连回忆的力气都积蓄不起来了吧。这样的伤害，对于一个还没有长大的男生，应该是一辈子都不会轻易摆脱的阴影吧。

温欣突然迫切地想要见到沈清明，想要亲自抱住他，什么都不说，就静静地抱着他，感受到他已经拨开云雾的新生，感恩自己的幸运。

温欣没有告诉商亦自己回去的事。她提前了一天，是坐火车回去的，因为时间太赶，没来得及买票，甚至像大学那样，做了一回先上车再补票的事。

等商亦接到温欣已经回海城的消息时，温欣已经出了火车站。一路风尘仆仆，赶在新一天的凌晨时分回来了。坐在出租车上，经过沿海的公路，正好看到徐徐升起的太阳。温欣心中暗暗安慰着自己，一切都过去了，以后有她在，沈清明会过得很幸福的。

可她回到老宅，却发现家里没有人。

卧室里的床整整齐齐的，显示着昨晚沈清明根本没有回家。温欣皱了皱眉，想起沈清明之前提到过股东大会要开，准备将沈父和肖丽留下的所有人都替换掉。尤其是肖丽扶持的肖家的人在海外开设的公司，也都在这大半年的时间里，被沈清明暗地里或并购或打压，差不多都收了回来。

基本上这些公司沈清明拿回来后，就都抛售了出去，资金则全都流转到了沈清明和几个合伙人做的慈善基金中，当作原始资本和股权。

如今，就是肖家的人再傻，也或多或少明白过来到底是怎么回事了。

这段时间，所有的人都陆陆续续回国并跟在了肖丽的弟弟肖泽手底下，准备和沈清明鱼死网破。

温欣略微想了想，估计沈清明是在公司彻夜未归。她将行李随手放在了客厅，自己上楼梳洗了一下，又做了简单的早餐，这才又出门去了沈氏。她去的时候还不到上班时间，大楼里很安静。温欣直接乘专用电梯上楼，等到了沈清明在的那层楼，就发现这里很是忙碌，大家都埋首在工作中，时不时有人从会议室出来，又有人进去。

温欣过去的时候，有人见到她，也不觉得惊讶，礼貌地问好，就又投入了工作中。温欣没有在杰的座位上看到人，思量着也不知道沈清明这会儿在不在办公室。

这时候，从会议室出来的林秘书看到了温欣。

“温小姐，这么早您就过来了，是刚回来吧。”

温欣的行踪，沈清明身边的几个员工多少是知道些的。温欣点点头，因为见大家都在工作，也不好说自己是特意给沈清明送早餐来的，只是问：“沈清明他在办公室吗？”

林秘书摇摇头：“老板还在会议室，肖泽带了很多零散的小股东来公司里闹了好几天了。好几个野心不小的股东也想趁机作乱，老板这几天都在公司处理事情。”

温欣点点头：“那你先去忙吧，我去他办公室等一会儿。”

林秘书点点头，送了温欣进去，又给她送了杯咖啡，就又忙得不见踪影了。

温欣将早点放下，走到沈清明办公桌前看了看，果然堆放了许多文件和报表。温欣没有去看上面到底写的是什么，转个身从一边的书架上抽了一本书坐到了沙发上，权当打发时间。

但是心里装着事，温欣翻了两页就发现自己走神了。放下手里的书，想起外面加班的那些员工，温欣干脆掏出手机帮大家定了早餐。过了大约二十分钟，林秘书端着一杯粥敲门进来。

“温小姐，谢谢你。”

林秘书脸上挂着笑，是专门来向温欣道谢的。

温欣走过去迎她：“举手之劳了，我看你们都顶着黑眼圈，这段日子应该很辛苦吧。”

林秘书点点头，正准备说什么，一个叫萌萌的女孩急匆匆地从会议室过来：“老板让把上个月的人事命令送过去，说是就在抽屉里。”

打发走了萌萌，林秘书歉意地朝着温欣笑了笑，三两口把粥喝了，进了沈清明的办公室从抽屉里抽出两份文件看了看急忙送了过去。

温欣准备关门进到办公室，却见到好几个人也站起来朝自己这边看，还举着手上的吃的朝自己笑，温欣朝他们点点头，打了个手势让他们安心吃早饭。

进来后见林秘书走得急，抽屉还没来得及合上，温欣过去伸手准备将抽屉关上，结果余光却瞥见了抽屉中商亦的照片。

温欣站在抽屉边上，思想斗争做了很久。

最后还是没有忍住，伸手将里面放在一起的一份资料拿了出来。等她从第一页看到最后一页，全部看完后，心中的震惊已经没办法用语言来形容。

资料上记的那些事……虽然都是用的可能、疑似，但是想到之前沈清明坚持称白清雅不是他叫去的，想到商亦清清楚楚说的那些小时候的事……如果那些都不是真的，而是他根据调查获得的资料，那他接近自己，甚至不惜亲自出马，对自己关心有加。那得是有多大的目的，才能做出这样的事情来？

他是不是和沈父，以及肖丽那些人有关？

他接近自己，是为了对付沈清明还是……

温欣跌坐在地上，哪怕她对商亦没有非分之想，甚至也不复之前熟稔的关系，但他依旧是自己认可的朋友，温欣从来没有想过，会有人能够不惜利用自己的感情做筹码来达到种种目的。

沈清明进来的时候，看到的就是温欣一脸呆滞，甚至眼睛红红的。

“温欣，你怎么了？”

他关上门，随手将一堆文件扔在桌子上，等绕过去见到温欣手上的文件后，便没有再继续问下去了，因为他已经知道是怎么回事了。

听到沈清明的声音，温欣回过神来，她伸手摸了摸脸，像是要掩藏自己的情绪，可是很失败，不仅藏得太慢了，而且她一双明显心事重重的大眼睛也早就将她出卖了。

沈清明并没有因为她随便看了自己的东西而恼火。而是将人拉起来，抽走了她手里的东西，半搂着带着温欣坐到了沙发上，才开口道：“你都看到了。”

温欣点点头，有些着急地问：“这上面写的东西，都是真的？”

沈清明沉默了一会儿：“这些都是私人调查的结果，真实性我也不能轻易下定论。”但是温欣并不傻，甚至这会儿她的脑子转得很快，商亦出现在自己身边后的一幕幕重新被翻出来，温欣越想越觉得疑点重重。

还未见面就给自己大项目。见面后对自己一见如故，所有的喜好都和自己很合拍，自己和沈清明吵架的两次，一次是他及时出现，一次干脆他就是导火索。后来他和自己相认，说一直在找自己。再到在老屋的时候，他说沈清明的名字……一件件事，都让温欣产生了怀疑。

“这到底是怎么回事，他难道是你父亲那边的？”

沈清明见温欣想歪了，原本想瞒着她的事情，只能选择性地告诉她一部分，对于商亦的事，沈清明简单提了两句：“他和沈徽没关系，甚至我怀疑他应该是和沈徽有仇的。”

沈清明说了商亦暗中对付沈氏的事情，又说了现在公司的情况。大致上沈清明已经掌握了肖泽等人这些年来贪污公款，犯法，走私等多条罪行的证据，原本沈清明可以直接交给警察，但因为还不清楚商亦和沈徽之间当年的恩怨，所以沈清明在等着肖泽等人回老家请肖丽的姨母肖颜。肖颜的背景有些复杂，手上有沈氏8%的股份，手段狠毒。当年就是她将肖丽介绍给沈徽的人。

沈清明不仅是想从她口中知道一些沈徽与商亦，或者是商家的事；更主要的是，沈清明从来没有想过放过她。因为肖颜这几年一直深居简出，只能用这招来引蛇出洞，在肖泽他们死来临之前再发挥最后的价值。

“肖颜手底下应该是有些不怕死的人，这两个月你也多加小心。”

沈清明说到最后，都变成了对温欣安全的担忧。

温欣点点头：“放心吧，我肯定会保护好自己的。反倒是你，要是那个肖颜她们要对你动粗，就像是当年——”温欣突然顿住了，话卡在嗓子眼儿里说不出来。她偷偷看了沈清明一眼，见他脸上表情不变，有些拿不准。

“你在老屋见到李阿姨了？”

沈清明稍微一想就明白了。

温欣不仅提前回来了，而且一大早就跑到自己公司来，肯定是遇到什么事了。现在见她欲言又止，一脸懊恼又夹杂着心疼的表情，沈清明还有什么不明白的。

“那些事我都想明白了。”

温欣抬头看着沈清明，为他的这句话更加觉得心酸。

“沈清明，对不起，我没有早点来到你身边。”温欣突然站起来抱住了沈清明，双手抱着他的头，像是想要努力把自己身上的温度传递给他。她微微仰着头，努力让泪水不要不争气的在这个时候流下来。

沈清明先是一怔，身体有一瞬间的僵硬。而当他听到温欣的话后，心中突然哗啦一声，好像最后那一点顽固的坚冰也溃不成军，消失殆尽。

反手回拥着身边的小女人，沈清明的眼眶热了几分，他伸手拍了拍温欣抱着自己的手：“我知道了。”

两个人这样静静地拥抱了一会儿，温欣渐渐冷静了下来，这才放开沈清明，想起自己是来给他送早餐的，赶紧催促着他快点吃东西。

趁着沈清明吃饭的时候，温欣交代了一番自己刚刚帮他的员工订早餐的事。

“嗯，花的是你的钱，就当是帮你犒劳一下你的手下了，我没有越权吧！”

温欣故意问他。

沈清明回应她的是宠溺的浅笑。

等沈清明吃完饭，温欣忍不住又问起了商亦的事：“关于商亦的这些事，如果我没有看到，你是不是不准备告诉我？”

沈清明看着她沉默了一会儿，然后点点头。

“为什么？”

温欣从心里不能理解沈清明的想法。之前两个人的矛盾，不就是因为商亦而产生的吗，他在意商亦的身份。可是为什么在知道真相后不告诉自己呢。从正常逻辑看，把商亦的事告诉自己，不才是一劳永逸的法子吗？

桌子上有商亦的照片，沈清明目光晦暗地看了一眼，最后低低地叹息道。

“温欣，商亦他对你的在乎和关心，不是假装出来的。虽然还不清楚他是敌是友，但我不想你因为这些资料对他全盘否定，他是你认可的朋友不是吗？”

沈清明的话让温欣又是心酸又是感动。

“我明白了。”窝在沈清明怀里，声音嗡嗡地道，“不过我也算是松了一口气，如果他真的是当年的那个小男孩，我这心里就总是感觉自己很对不起他一样。现在我知道了他很可能不是，那不管以后会发生什么事，我都按照我看到的和感受到的去选择。”

沈清明嗯了一声，算是赞同温欣的想法。

因为心中的一块大石头突然挪开了，温欣松了一口气。但旋即，又开始琢磨起来，当年的那个小男孩，到底是不是沈清明呢？

沈清明坐在办公椅上处理公事，温欣坐在沙发上努力回忆往事，却想不出更多和那个男孩有关的线索。

“沈清明，当年我强吻你的事，你真的一点都不记得了吗？”

温欣冷不防又问出声。

沈清明先是晃神了一下，然后放下手中的笔，抬眼看向她。目光中带着点就知道她会问这个问题的无奈，又带着几分歉疚：“没印象。”

温欣长长叹息了一声：“可是我真的觉得就是你啊。”

沈清明失笑，目光深沉地看着她：“过去到底是谁重要吗？我会一辈子陪着你，以后才更重要。”

温欣有点傻乎乎地重复了一遍沈清明的话，突然像是释然了，使劲嗯了一声：“对，过去的事就过去吧，重要的是无论他是谁，都只是过去。重要的是我们的现在和未来！”

肖颜是一周后被肖泽和十几个保镖护送着回到市里的。

肖颜到了之后，沈清明给温欣去了消息，让她暂时去 Seven 那边住上一阵子，尽量少出门，等他处理完最后的事就去接她。因为沈清明的这一安排，让温欣有些担心。

一时间风雨欲来。

就连一向一见面就争吵的秦子萱和 Seven 也握手言和，两个人的脸上时不时出现紧张的神色，基本上每天都会有一个人陪在温欣身边，好像就怕温欣出什么事一样。

后来秦子萱竟然干脆每天都跟着温欣上下班。一开始温欣以为秦子萱是受沈清明所托来看着她的，对秦子萱的举动还是很感动的。同时还有些担心秦子萱看起来瘦瘦弱弱的，又顶着一张妖孽的脸蛋，别到最后他们两个全军覆没了。

所以温欣很真诚地和秦子萱谈了谈，建议不如他藏在暗处好了，这样如果自己真的出事了，他还能及时报警。

结果，秦子萱瞅着她嘿嘿冷笑了好几声。

等到隔天真的有人找上了温欣的时候，还不等温欣掏出手机准备报警，就看到秦子萱越过自己，轻轻松松地朝着几个人挥了挥手，温欣甚至没有看清楚他到底做了什么，就看到来的人都被放倒了。

温欣瞠目结舌，指着秦子萱，像是第一天认识他一样。

“你、你、你——”

秦子萱一巴掌拍掉她的手：“我我我什么，还不快点谢谢我。”

温欣呆滞状：“谢谢。可是你——”

那天晚上，温欣总算是见识了秦子萱的另一面，别看他是医学高才生，但因为十八岁和家族决裂离家出走，也吃过不少苦头，他身材上又不具有优势，只会鼓捣一些医学上的研究，后来秦子萱就想了一个好办法，随身携带各式各样的麻醉药、迷药，还有他有时候一时兴起制作的黑暗药水。

没想到还真的制住了那些找他麻烦的混混，不仅如此，秦子萱的这项有点神秘的手段，一度被当时好几拨不小的势力看中，秦子萱为了自保，不得不答应加入，混了两三年，身手锻炼得更熟练了几分。

后来他遇到了沈清明，被沈清明不近女色的古怪病症吸引，正巧当时他做的也是荷尔蒙方向的研究，就死缠烂打赖上了沈清明。后来也是沈清明帮他摆脱了当地的势力，带着他去了美国。

秦子萱的专业水准很强，到了美国一下子就有好几家科研机构邀请他去做研究。可是秦子萱都没答应，一直赖在沈清明身边，把他当小白鼠，观察了四五年……

温欣白天遇到的事，沈清明很快就知道了。也正是因为知道她们竟然敢真的对温欣动手，短短一晚上的时间，沈清明一改之前波澜不惊的手段，变得疾风劲雨起来。

短短一夜之间，肖家所有的证据被递交给了海城最高司法机构。同时，各地十八家公司集体上诉，质控肖家七个子弟以非法手段抢占资源，培植亲信，盗取自己的商业机密。

而肖颜在马尔代夫度假的女儿也上了当地报纸的头条，信息量很大，大致有勾引有妇之夫，教唆富商转移家产，迫害合法妻子。而那个富商的妻子，看到报纸后就带着娘家的人闯进了富商金屋藏娇的地方，将其暴打了一顿，直接连人带护照塞进了飞机，打包扔回国。

肖家别墅里，一夜寂静无声。所有的人都恨不得屏住呼吸，才能控制住心里的不安和慌乱。一大早，所有的人都齐刷刷地坐在了客厅里，正中央一个浓妆艳抹的中年女人最后才在肖泽的陪同下出现。

“姑姑。”

“姨妈。”

接二连三的问候声，女人像是没听到一样，眼皮子都没抬一下。直到坐好后，才开口说话。

“沈家那小子动手了？”

肖泽脸色有点难看，尤其是刚刚得知的这位姨母女儿的事，他更是不知道该怎么开口。只能点点头，挑着大家伙的事来说。

女人听着大伙一句一句地抱怨和告状，冷笑声越来越大。

“这小子，真以为自己翅膀硬了，我动不了他了！”

女人眼珠子转了转：“去书房把你姐姐留下的那个保险箱拿下来。”说着，从身上拿出来一把钥匙，见到这钥匙，所有的人眼睛一亮。

“姑姑，那箱子里是什么？”

“姑姑，您什么时候去收拾那个沈清明？”

……

箱子里是沈清明和杰找了许久的沈氏公司不知所踪的6%的股权书。恐怕就是沈徽都不知道，自己爱了二十多年，甚至为了她不惜亲手逼死了自己的结发妻子的女人，竟然会背着自己偷偷转移沈氏的股份。

只不过肖丽命不好，她才刚刚挪动不久，就赶上了沈徽遭遇报复，被沈徽连累一块儿死于空难了。

也不能算是连累，说不定沈徽做得那些事，她也是大功臣呢。

众人见到箱子里的股权书，目光都变得炙热起来。

“原来大堂姐还留了一手！”

“姑姑，再加上你手上8%的股份，八个常任股东席位我们就能进去了，到时候再联合那些早就对沈清明不满的股东，我就不信，弄不死他！”

显然女人也是这样想的，她将股权书仔细看了一遍，亲手交给了一直跟着自己的壮硕大汉，随即站起来目光不带太多感情地扫视了一眼周围的人：“这两天你们都安分点，等把那个小子拉下来了，你们想干什么，我都不管。”

女人的话还是有点分量的，所有人都乖乖点头很是恭敬。

第十三章

你对我说
一辈子情话好不好

肖颜拿到那份股权书的一个小时后沈清明就得到消息了。同时得到消息的还有商亦，早在温欣回来后的第二天，商亦也跟着回来了。

和沈清明查到的一样，他从回国开始就在专心对付沈氏还有沈徽老婆偷偷开的那些公司。在他眼里，凡是和沈徽有关的人，和沈徽有关的利益，都应该全部被毁掉。

这是他十八岁后唯一的使命。

十八岁之前，商亦是盘踞大半个陆地市场，势态强势的商家太子。他十八岁那年，父母到海城来谈一桩生意。合作对象是商家多年的老朋友，与其说是来谈公事，不如说是父母借机出来游玩。

偏偏，那单生意，沈徽也想拿下。在沈徽几次和对方交涉失败，并得知对方马上要和商家签合同的时候，丧心病狂的沈徽竟然联合肖丽，设计和商父商母不打不相识的戏码，之后热情待客，等到商父商母放下戒备之心，在他们的车上动了手脚，最终商父商母的车子在高速上失控，连续撞了六辆车后，从路边冲向了大海，尸骨无存。

一夕之间父母双亡，让当时志得意满的十八岁少年一夕之间长大。祖父暗中调查知道事情的真相之后，商亦的心像是失去了知觉，再也不信奉什么规则和信条，他只知道，只有足够强大才能够报仇，只有狠心冷情才不会让小人有可乘之机。

商亦的思绪被敲门声打断，秘书拿着第一手资料在明珠大厦的顶楼找到了商亦。商亦看着早上初升的太阳，脸上的表情说不清道不明。

“总裁，根据这段时间地观察，沈清明好像也在对付肖家的那些人。”

商亦冷笑两声：“正常。当年肖丽是小三上位，沈清明的亲生母亲没多久就病逝了，想也知道这里面有什么猫腻。他要是不对付肖家，我才会觉得意外呢。”

秘书欲言又止，最后还是问道：“总裁，根据咱们现在查到的，沈氏集团内部迷雾重重，沈清明既然已经开始调查咱们了，那现在沈氏集团的情形，会不会是他故意布下的陷阱？”

商亦随手翻了翻手里的资料："是不是陷阱重要吗？35%的股份都在咱们手里，就算他再厉害，这次也注定要败在我手里。"

说着，脸上浮现出一股执拗得近乎嗜血的笑意。

这一刻等得真久啊。

为了等到和沈清明交锋，为了逼他早点回国，他不惜做了一切该做或者不该做的事……商亦突然抬起双手，像是在打量着自己的手，又像是在回味着什么。

秘书沉默地站在商亦身后，直到听见商亦充满了热情地吩咐："走吧，也是时候见见我的对手了。"

沈氏集团的股东会原本是三年一届，每年年终会有八个常任股东的总结会议。这一次，因为沈清明回国接替沈徽任董事长，接受了公司大权，再加上沈清明回国后除了维持公司的日常运营外，更是将沈徽原来的心腹、肖丽的亲属都毫不犹豫地清除了出去，所以觉得时机到了的其他有野心的股东，在肖泽等人的煽动下，最终凭借自己手中的股权，逼迫沈清明召开了这次增设的股东大会。

所有的目的无外乎两个：

第一，驱逐沈清明。

第二，夺权。

集团总部的会议室内，气氛很是紧张。所有入场的股东都沉着脸，不复往年的一团和气。肖颜在肖泽的陪同下入场的，她进来后，有些和她是旧相识，甚至当年有过其他牵扯的股东都露了笑脸，和肖颜寒暄了几句，话里话外的意思很是清楚。

沈清明是按时到的。

等他坐到主位上，准备开始股东大会的时候，商亦带着几个助理推门进来了。他脸上带笑，在所有人迷惑不解的注视下，坐在了沈清明的对面。

“今天集团召开股东大会，我这个大股东不出现怎么行呢。”

“好了，我现在来了，今天的会，可以开始了吧。”

几个早前手里的股份被商亦收购的股东脸色有点僵硬，因为是私下交易，商亦又承诺三年后才会执行法律效率收回股权，所以他们都还一直觉得股权依旧是自己的。如今看到商亦，原本心中摩拳擦掌的宏图大志瞬间冷却了一半。

至于不认识商亦的，则是一头雾水。

其中就包括肖颜。

在商亦进来后，肖颜第一个目光凌厉地朝他看过去，像是在探究着这个年轻男人的来历，她死死地盯着商亦，想要分辨清楚他到底是哪一边的。

只有沈清明，像是早就料到了商亦会来一样，不仅没有什么质问的举动，更是在吩咐助理发文件的时候，给了他一份，就像是早就准备好了他那份一样。商亦不动声色地接过文件，心里却暗暗对沈清明现在的反应评估着。

“沈总还在的时候，从来没有说过公司要交给你继承。你手里的股权原本也是沈总要收回的。”

“沈总和肖总虽然没有孩子，但他们早就立了遗嘱——”

沈清明淡淡地瞥了一眼说话的人：“遗嘱？沈徽都死了快一年了，怎么没人拿着遗嘱来宣读。”

语气里的嘲讽和不屑让说话的人脸色一白。其实他心里也没谱到底有没有遗嘱，但是他和肖丽勾搭在一起的时候，曾经听肖丽提到过。

“沈徽和肖丽都过世了，我们不必拿过世的人来说事。”肖颜开口道，“但是，清明你还年轻，也从来没有管过公司的事，你一进公司就开除了公司数十个功臣，导致公司人心涣散这是事实，今天大家坐在这儿，都是公司的股东。也是为了公司的未来着想，我们一致觉得你不适合做沈氏的董事长，而你手里的股权，也存在非法获取的嫌疑，我在这儿代表各位股东，提出撤掉你董事长的职位，并依法申请有关部门对你手里的股份进行清查。”

肖颜一番话说得滴水不漏。唯一可惜的是，自始至终，沈清明连一个眼神都没有给她。

而是在她说完后，偏过头看向自己的助理。

“她长得很眼熟。”

助理看了看肖颜，眨了眨眼，不是太懂沈清明的意思。

反倒是一直没有吭声的商亦突然抚掌大笑：“沈总这么一说，我看着也挺眼熟的。我想想——”就在肖颜以为这两人是合起火来准备侮辱自己的时候，就听到商亦一拍手，笑眯眯地说道：“想起来了，这不是那个在马尔代夫破坏人家家庭的那个小三的亲妈吗？”

商亦的话一说出口，在场所有人的脸色都变了变。

知道肖颜老底的人只低着头不作声，一些不知道和肖家不是一派的，则有几分幸灾乐祸的意味。

肖颜女儿的事，肖泽一直没敢告诉她。这回商亦和沈清明一唱一和地说了出来，肖泽顿时头皮发麻，低头看了一眼肖颜，果然她的脸色变得很难看。

“你胡说什么，我女儿在美国念书呢。你不要血口喷人。”

商亦大有一副要好好跟肖颜说道说道的意思，挥挥手，直接让秘书找出电子版的新闻拿给肖颜看，还很有耐心地给肖颜讲后续的八卦。

“你不会还不知道吧，你女儿被人家脱光了扔到飞机上，估计再有半个小时就能到了。你难道还没派人去接她吗？啧啧……”

肖颜看了新闻，眼前一黑，一口气差点上不来。

等商亦逗弄肖颜逗弄够了，才正眼看向沈清明，像是跟他说让他继续。

沈清明和商亦对视了一眼，然后目光扫视了在场的所有股东一圈，才不紧不慢地道：“有件事你们搞错了。沈氏这种肮脏的公司，如果不是因为它的前身是我外公一手创办的，而我又恰巧没有任何善心将我外公的东西白白送给你们肖家的任何一个人。”

“当年你们对我母亲做过什么，这些年在公司又做了什么……肖丽当年迫害我母亲的时候，你们都扮演了什么角色，我都清清楚楚。”

沈清明的话，让大部分股东变了脸色。

当年沈徽做得那些事，他们大多数都掺和过，而没掺和的也是多少知道一些，睁一只眼闭一只眼，为了自己的利益，从来没有想过要站出来去帮一把那对母子。当年谁又能想到那个看起来活不长的小男孩十几年后竟然会以这样强势的姿态重新出现呢。

沈清明将所有人的反应尽收眼底，心中的厌恶让他甚至想现在就起身离开。

“原本我想直接毁掉沈氏，再将你们做过的那些事交给有兴趣的人。但……沈氏两万多员工是无辜的，他们的生活不应该因为你们当年的报应而被波及。”

沈清明在说两万多员工的时候，目光若有所思地盯着商亦。

他的目光实在太过明显，让商亦心中咯噔一下，有一种事情很可能会超出自己控制的感觉。

“一个小时后，你们在沈氏做过的所有违法、贪污的证据会同时出现在该出现的地方。”

“沈清明！你不能这么做！”

“沈清明，你以为你是谁啊，你有什么权利这么对我们？”

“你以为你老子就干净到哪里去了吗，你这是引火自焚。难道你不想要沈氏集团了吗？”

沈清明目光阴冷地盯着肖颜，嘴角闪过一抹冷笑：“沈氏集团，这么肮脏的名字，肮脏的公司，我从来就没有想要过。”

沈清明的话终于彻底惊醒了这些养尊处优了十几年的股东。

他们以为沈清明是来夺权的，所以他们想要掺和一脚。但他们万万没想到，沈清明他根本就不把沈氏集团看在眼里，他从始至终就是为了报复他们。

突然有人指着肖颜大叫："是她！当年的事都是她做的，是她把肖丽介绍给你父亲的，也是她教唆肖丽逼死你妈妈的，清明、清明，你要报仇你找她啊！我是无辜的！"

一个老头突然号啕大哭起来，指着肖颜，一会儿的工夫就已经数落了十几件当年肖丽做过的恶事。

有第一个就有第二个。没一会儿，所有的人都互相撕扯起来，股东大会变成了一团混战。

商亦脸色复杂地看着沈清明，事情没有照着自己预想的方向进行。

但，他原本就没有指望这群小人。

他来，是为了和沈清明单独交锋的。

将一群内讧起来的股东丢在了会议室，沈清明姿态强硬地将商亦请到了自己的办公室，商亦刚坐下，沈清明就将三四份文件推给了商亦。

"这是沈徽和肖家在沈氏的股权转让书，也是你私下收购的那35%的股份的大部分来源。"

沈清明的话一说出口，商亦顿时什么都明白了。

沈清明早就将那些股东手里的股权做空了，不仅如此，那些白痴竟然一点都不知道！

盯着眼前几份股权书，商亦沉默了良久。

直到沈清明有些不耐烦了起来，商亦才抬头看向他："沈清明，你这么做是什么意思？"

沈清明目光深沉地看着他。

"你调查过我。"

商亦没吭声，算是默认了。

沈清明也没有要等他回复的意思，继续道："我也查了你。"

商亦点点头，再次表示了解。

沈清明蹙了蹙眉："你对付沈氏，应该是沈徽和你们商家上一辈的恩怨。你调查过我，但有些事你没有查到。”

商亦挑眉，他在调查沈清明的时候，确实关于沈清明十岁到十二岁的事都是一片空白，但根据前后猜测，他猜测那两年沈清明应该是跟着他妈妈住在老屋。

“当年……”沈清明像是在回忆很痛苦的事，周身戾气横生，但他还是坚持说了出来，“沈徽放任肖丽带人强迫我母亲在离婚协议书上签字、将我们赶出海城、安排人在疗养院刺激我母亲、最后诱导我母亲自杀……她以为我母亲死了沈徽和沈家的公司就是她的了。她不知道的是，沈徽拿到离婚书后就发现公司因为原始资本的事，30% 的股权从法律上讲是属于我母亲的。”

“所以他后来才放任肖丽对母亲下手，试图伪造母亲的遗书拿回股权。”沈清明的声音没有任何的情感起伏，明明气息暴戾而冰冷，但他在讲述的时候，却像是在复述别人的故事，“肖丽那个女人成事不足，虽然手段狠毒，但总想逞威风，每次要将母亲杀死的时候，又将母亲救回来，就为了炫耀她抢到了母亲的一切。”

商亦听到这儿，如果说之前还有几分不明白沈清明为什么会跟自己讲这些，但现在他觉得自己已经完全明白了沈清明的意思。

沈清明他对沈徽和肖丽的恨一点都不比自己少。

果然，下一刻他又听到沈清明说道：“你在飞机上动手脚，杀了沈徽和肖丽。我从心里感谢你。”沈清明的声音带着几分颤音，但他很快就冷静下来，“但飞机上不光只有他们两个人。你虽然报仇了，但也害死了两百多无辜的人。”

沈清明的话，猛地打开了一直被商亦压在心头的隐秘。

商亦想起自己刚回国的时候，看到沈徽和肖丽，明明做了那般丧尽天良的事，却在海城过得风生水起，俨然一派商业帝王帝后的派头。他恨得牙痒痒，故意在晚宴的时候接近两人，故意提起了当年被他们联手害死的父母，却听到肖丽不屑地嘲讽母亲是个木讷没有主见的老女人，而父亲是个懦弱硬不起来的败家子。怒火就在那一刻被无限引燃，等商亦得知他们要在隔日坐航班飞巴黎度假的时候，他买通了航空公司的工程师，亲自进了机舱，亲自在他们的座位下面动了手脚。

直到此时此刻，他的双手还能感觉到当时触碰飞机时的感觉。

之后是航班失事。

紧接着他出面买下了空难而股票大幅度下跌的航空公司，将当初买通的工程师提到老总的位置。一切都天衣无缝，沈氏和肖家那些蠢货，没有一个人想到过会有人会在飞机上动手脚。

解决了沈徽和肖丽，就剩下沈清明和那些余党，商亦越发跃跃欲试。比起沈徽和肖丽，他更看重沈清明。

父母来海城谈生意，车子却被沈徽和肖丽做了手脚，父母车祸去世后。祖父秘密查出了真相，将报仇的希望寄托在自己的身上，希望有一天自己能够打败沈徽或者沈徽的儿子。

所以，在他十八岁之后，沈清明是他无时无刻不在追赶和关注的对手。整整十年的时间，他都在为了扳倒沈氏，打败沈清明而做准备。

思绪回炉，商亦脸上很平静，像是听了一个笑话一样，嗤笑了一声："沈清明，你说的这些和真的一样，我都想为你拍手叫好了。可惜，很多事情是讲究证据的……"

"是不是真的你心里很清楚。"沈清明打断商亦的话，他没有再继续这个话题，因为商亦说得很多，很多事情是讲究证据的。这件事，杰也只能调查到那班飞机出事的原因可能和商氏集团有关，但具体的证据，商亦做得天衣无缝，根本无从查起。

说完没等商亦回应，沈清明又将商亦推回来的文件重新推过去："沈徽和肖丽已经死了，肖家和沈徽的那些心腹，你还想再做什么，我都不会干预。从今天开始，只要你愿意，你便是沈氏集团的新任董事长。"

商亦目光一紧，像是从来没有了解过沈清明一样看着他："你这话什么意思？"

沈清明平静地看着他："字面上的意思。原本我是打算清理了那些人后，重新征集股东，最后将沈氏集团交给大股东。知道你的目的后，我就改变主意了。"

"得到沈氏，应该能解你心头的几分怨气。你要怎么处置那些掌权人，我都不干涉。甚至我手上的30%的原始股，按照市价，你想买我也可以全部抛给你。但只有一点，那些基层的员工是无辜的，你在做任何决定前，都要先安置好他们。"

商亦看着沈清明："如果我不同意呢？"说着他突然冷笑了一声，"说了这么多，其实你不就是想要让我不要找你报仇吗？沈清明，你不会是怕了吧。"

沈清明看着他，没有什么情绪起伏。

"你如果一定要因为沈徽继续和我对峙，我不能拒绝，但光是你在航空公司做的事，我就能够马上将你送进监狱。如果我是你——"

沈清明的话被冲进来的Seven打断了。

"沈清明！温欣出事了！"

"什么？！"两道声音同时响起，两个男人同时起身。这一瞬间，他们忘记了上一秒的针锋相对，都目光死死地看着Seven，等着他说清楚到底发生了什么事。

"谢云打电话给温欣，说是欧阳出了点事让温欣过去看看。等温欣过去后，谢云连哄带骗，将温欣带到了船上，等上船后，谢云才说出真实目的，要带温欣离开这里。温欣趁着谢云不注意借了员工的手机打电话，但是你的手机一直没人接，所以她最后打给了我。"

"谢云！"

商亦狠狠地低咒一声。

而开车的沈清明也脸色一沉："商亦，如果温欣有什么事——"

坐在后面的Seven有些疑惑地看了看沈清明，又看了商亦一眼，脑袋里闪过一个念头："沈清明，你刚刚说的话是什么意思？谢云他和商亦有什么关系？"

商亦的脸色也不好，他没有想到沈清明竟然连谢云都查到了。

沈清明没有回 Seven 的话，车速越来越快。

而此时码头上，温欣刚打完电话就被谢云发现了。

他挥手将电话扔到了海里，脸上带着几分受伤和气恼："欣欣，跟我走吧，这里不安全，商亦和沈清明都保护不了你。"

温欣看着谢云，异常的冷静。

"你怎么知道商亦？"

谢云脸上的表情一顿，旋即笑了笑："欣欣，我们去日本好不好，我看过你的微博，你说过一直没时间去日本好好玩一趟，我带你去好不好。"

温欣躲避着向自己靠近的谢云。

"你站住！"

船速很快，她甚至感觉自己已经看不到岸边了。也不知道 Seven 他们赶过来了没有，沈清明公司的事到底怎么样了？

谢云，又是和谁一伙的？

"你是商亦的人？"温欣试探着问道。

谢云却像是听不到温欣的话，他突然情绪激动起来，朝着温欣挥舞着双手，大吼着："欣欣，你相信我，只有我能给你幸福！沈清明为了公司惹了很多不能惹的人，她们要抓你呢！"

温欣看着谢云，总觉得他有些不对劲。

"幸好我在那儿，我把她们全灌醉了，她们所有的计划我都套出来了。没有人能伤害你，我会好好保护你的。"

温欣皱眉："谢云，你没事吧——谢云——"

温欣的话还没说完，谢云突然朝着自己扑了过来，他的双眼焦距有些涣散，像是看到了什么除自己以外的东西，但晴空万里的大海上根本什么都没有。温欣心里闪过一个不好的念头，身体使劲地往旁边倒去。

“谢云，你冷静点！你是不是忘记吃药了？”

谢云的表现太不正常了，他没有了以往的开朗热情，整个人变得有些疯疯癫癫的。

温欣在船头上气喘吁吁地躲避着谢云一阵阵突如其来的追捕。

“谢云，你放开我。”

身体的各项机能正在迅速减退，温欣感觉自己双腿无力，她喘气的工夫，就被谢云从身后扑了过来。顿顿的疼痛从身体上传到神经上，温欣头一回体会到眼冒金花的感觉。

而就在她绝望地闭上眼准备暂时放弃挣扎的时候，一艘快艇突然从巨大的海浪背面冲了出来。

“温欣！”

沈清明的声音，隔着海浪，有些破碎，但还是清清楚楚地传到了温欣的耳中。这给了她巨大的力量，温欣咬牙切齿地绷紧了双臂往身后狠狠地抡过去，谢云被她从身上推开了。

温欣连滚带爬地站了起来，然后就看到沈清明驾着快艇就在旁边。他的身后是 Seven 和商亦，两个人都面露焦急地看着她。

“温欣，你没事吧。”

“谢天谢地赶上了，不然我们就要去异国他乡解救你了。”

沈清明将游艇设置为自动导航后，朝着温欣走过来。船和游艇的间隔很小，他对温欣伸出了双臂：“温欣，跳下来。”

温欣站在船边，刚刚的反击耗尽了她全身的力气，这会儿头晕眼花的后遗症全都上来了。她想要勇敢点跳下去，但发现自己连抬腿的力气都没有。

Seven 拿了绳子扔到船上：“温欣，把绳子系到船上，我上去接你。”

温欣点头，努力睁大了眼睛，在绳子即将滑落到海里前抓住了。她拉着绳子在船舷上使劲绕了七八圈后才打了一个死结。

还不等她站起来，绳子突然紧绷了起来。

等温欣用最后一丝力气站起来转身看过去的时候，见到的就是已经拽着绳子跳上船的沈清明。他的裤脚都已经湿透了，一张俊脸也紧绷着，像是别人欠了他几百亿的样子。

温欣笑了笑，还没来得及说话，就感觉跌进了一个熟悉的怀抱中。

“温欣！”沈清明并不知道温欣之前发生的事，只当是谢云对她做了什么。抱着昏过去的温欣，想要扯开她的衣服检查一下到底是哪里受伤了。

“沈清明！”谢云挣扎着爬起来，他猝不及防，眼睛被温欣打中，迅速肿了起来。但一只眼睛并不妨碍他认出沈清明，几乎是见到沈清明的那一刻，谢云心中顿时被绝望填满。他突然像是暴怒中的狮子一般，握紧了拳头朝着沈清明冲了过去。

然后，是重重的被踢到摔落在地上的砰砰声。

之后，是连续不断的拳头声和人的呻吟声。

不知何时上来的商亦，正揪着谢云的衣领，像是失控了一般，暴打着谢云。

沈清明检查完，见温欣身上没有受伤，才平静下来，将人抱在怀里，经过商亦和谢云身边的时候，他的目光冷冷地落在两人身上，什么话都没说，直接越过去，跳进了游艇。

沈清明抱着温欣安全回到游艇后，直接吩咐Seven将绳子扔进海里，掉头回去。Seven看了看还在船上的商亦，最终选择了听从沈清明的吩咐。

温欣被直接送去了医院。

一直到晚上，商亦才出现在医院，他身上有些狼狈，带着点血迹，那副金边的镜框已经不知道去哪儿了，脸上的表情也没有了以往的儒雅温和。

商亦直接走到沈清明面前：“我要和你谈谈。”

沈清明深深地看了他两眼，转身走去了走廊尽头的逃生通道里。商亦经过温欣的病房时，透过半掩着的门，看到里面睡着的温欣，心里蓦地疼了一下，但很快被他压了下去。

不过是他用来刺激沈清明的棋子而已，他心痛什么呢？

商亦嘲讽地笑了笑，跟上了沈清明的脚步。

“谢云的事我很抱歉。”

回应商亦的是冷淡的沉默，他轻笑了几声：“沈清明，我输了。”商亦的声音里带着几分落寞和失意，声音也连带着低了起来。

沈清明正要开口说什么，却感觉到危险的掌风朝自己袭来。

商亦的拳头就差一寸就能打到沈清明了，而沈清明地回击却是直接反手将其擒拿住踢倒在地上。商亦像是疯了一样，半跪在地上，哈哈哈地笑了起来，到最后，眼角有湿润的液体冒出来，商亦马上扬起了头。

“沈清明，我可以不把沈徽的帐算在你身上，但我不会放弃温欣的。”

沈清明的目光因为商亦的话，陡然变得狠厉起来。但很快，他却克制住了自己的情绪，目光带着几分不屑：“你没有资格。”

商亦想要反驳，但他一触及沈清明的目光，双手就不由自主地颤抖了起来。他这辈子用过不少阴谋手段，只要能够报仇，能够纾解心中的仇恨，他从不介意自己阴暗卑鄙。

但唯一让他的内心时时刻刻受到谴责的，却只有那一件事。

而就这一件事，足够断绝了他接近温欣的所有可能。

“不要接近温欣，不要打扰我的生活。沈氏集团所有的股权，我会让人都交接给你。”

沈清明丢下这两句话，不欲和他多说，推门准备离开。

商亦看着沈清明的背影，突然大喊道：“你以为你赢了我很厉害吗？其实你也是懦夫，你不敢回忆小时候的事，哪怕这让你忘记了和温欣最甜蜜的时光。是你的懦弱让我有机可乘的，哈哈哈——”

沈清明身体顿了顿，但却没有转身，果断地离开了这里。

商亦笑的直到肺部的空气全都被抽空了才慢慢扶着墙站了起来，踉跄着从楼梯上一步一步地走下去。

温欣醒来的时候，病房里只有Seven，据说沈清明和秦子萱一块儿和商亦去处理之后的事了。Seven神色复杂地看着温欣，犹豫着要不要把事情告诉她。

“沈清明呢？他没事吧？还有商大哥，他怎么样了？”

Seven见温欣还在关心商亦，哼了一声。

“沈清明没事，他陪了你小半天了，公司那边一直催，他这才回去的，处理完了就来接你。”

温欣了然地点点头：“商大哥呢？”

Seven看了温欣一眼：“你放心吧，谁有事他都不会出事的！别人是螳螂捕蝉黄雀在后，他则是黄雀后面的猎人，阴险着呢。”

温欣皱眉：“小七，你什么意思？”

Seven叹息一声：“你知不知道谢云为什么接近你？”

不等温欣反问，Seven就已经自问自答了：“他是商亦派来专门接近你的！商亦和沈家有仇，他一直把沈清明当对手，回国之前就详细调查了所有和沈清明有关的人和事。原本你和沈清明交集不深，所以他安排了谢云靠近你。后来你成了沈清明的女朋友，又对谢云不感冒，所以他才不得已亲自出马。”

温欣使劲摇头，不相信那个和自己一见如故的商大哥会做出这种事：“什么？！”

Seven：“你以为他是怎么知道你们小时候的事的，都是调查你才知道的。一开始，他只是以防万一，因为蒋爷爷和沈清明的关系更密切一些，所以派了谢云接近你，计划着关键时候通过谢云利用你破坏蒋爷爷和沈清明的关系。后来谢云失败，你又变成了沈清明的女朋友，他又详细调查了你，冒充当年的小男孩，想要把你从沈清明身边抢走，好让沈清明痛苦。”

温欣：“那谢云这次绑架我难道也是——”

Seven：“这倒不是，估计商亦现在也正后悔着呢，谢云他是真的爱上你了，爱而不得，又被肖家的人刻意接近，被撺掇着有了想带你出国私奔的念头。”

听完这些，温欣一时间不知道该欣慰谢云的事都是他自作主张，还是该因此厌恶将自己当棋子，甚至拿自己珍贵的幼时回忆利用自己的商亦。恐怕如今，就是商亦将自己的一颗真心捧出来给温欣看，她可能也要先想一想商亦这次又有什么目的了。

而可笑的是，不只是温欣，就是商亦之前也从未想到过，原本这个他觉得不会有太大关系的女人，最后不仅成为沈清明的女朋友，更让他弄丢了一颗心。

温欣知道了商亦的事后，接连好长一段时间回不过神来。脑子里有时候会莫名地蹦出来和商亦相处的那些时光，最后所有过往的回忆都在叹息声中归于沉寂。

商亦和沈清明的底牌在温欣被谢云挟持后彻底摊开了来。

最终，商亦选择了接受沈清明的提议，接受沈氏集团。接下来的日子里，沈氏整个高层都被以最快的速度更换。甚至沈氏也被改了名字，成为全新的、和沈家再无任何关系的 HY 公司。温欣出院前，接到了商亦的电话。温欣犹豫了很久还是接听了，那边久久沉默，最后只低低叹息了一声。

“温欣，我很好，你也好好的。”

“还有，对不起。”

这一天，温欣被沈清明从医院接回了家。HY 公司向海城商界宣布，会在三年内将公司业务牵往海外，从此退出海城。

商亦驱车跟在沈清明的车后，看到他赶到医院，看着他牵着温欣从医院出来，又小心翼翼地扶着她上了车。当沈清明的车子发动从医院离开后，商亦也跟着踩动油门，想要继续跟上去。

然而，人与人的缘分，这一生其实都是被预定好的。

沈清明的车拐进了旁边的马路，一路畅通无阻。商亦的车启动后来不及开出去，一个踩着滑板的少年从医院旁边的巷子里冲出来，不受控制地撞到了商亦的车上。等到商亦将人送进医院再次冲出来驱动车子跟过去的时候，偌大的马路上车流如海……

最后，商亦熄灭了车子，就在路边看着近黄昏的天色悄然变成暗黑的夜幕。后来他又去了第一次和温欣吃饭的餐厅，坐在老位置上，耳边好像还能听到温欣当时轻快的笑声，可惜目光望过去的时候，对面只有空荡荡的座位。

商亦感觉自己早在十八岁之后就再也不知道疼痛的心脏，突然又感知到了痛意，没有撕心裂肺，而是顿顿地被凶猛的愧疚和悔意包裹着的痛，让他最后狼狈不堪地逃离了海城。

是夜，商亦上了飞往洛杉矶的航班。

从此再无山水相逢，只浪子孤身漂泊。

半个月后。

沈清明缓缓睁开眼，对面是秦子萱期待的目光，一直追随着沈清明的每个动作。

“怎么样，怎么样，想起来了没有啊！”

沈清明像是忘记了自己之前在做什么，目光探究地扫视了一眼四周，最后在秦子萱的期盼下，摇了摇头。

秦子萱顿时垮了脸：“怎么可能呢！我的催眠术很专业的，就算是被碾成渣渣的记忆，我都能让你再催眠中找回来，你怎么可能记不起来，你是不是没有用心！”

沈清明已经穿好外套准备离开了，面对秦子萱的纠缠，沈清明一本正经的沉默了一会儿才说道：“你的催眠术可能是假的。”

秦子萱：“……”

沈清明下楼后，径自开车驶向老宅。

今天是很普通的一天，但以后每一年的这一天，却都会变得不普通。副驾驶座上放着一个精致的礼袋，如果仔细看，就会发现这是 I DO 的钻石礼袋。之前温欣生日时准备的婚戒，沈清明失意的时候随手丢进了大海里。

他又仔细重新选了一枚今年的最新款。

今天是周末，温欣在家里休假。他说公司有点事，其实是想在求婚前试一次看看，会不会有奇迹出现。

初秋的风，吹进半开的车窗里有些暖。

沈清明的思绪回到了十一岁那年夏天，他和母亲偷偷逃出了疗养院，因为母亲想要临死前再看一眼父母的老房子，不料母亲的身体状况特别差，在中途就出事了。

当时，蒋爷爷没办法赶过来，所以吩咐了温欣的爸爸帮忙。温欣的爸爸瞒着温欣妈妈找到了他和母亲，将他们安置在朋友度假的海边房子里。

那段时间刚好是暑假，温欣跟着父母也去了那里度假。她像是装了无数个小马达一样，充满了活力。沈清明担心母亲的病情，经常坐在礁石上发呆。温欣一开始只敢悄悄躲在后面看自己，后来胆子越来越大，到最后……沈清明的嘴角多了几分笑意。像是回想起了什么有趣的事。

那段时间，是沈清明童年中为数不多欢快的日子。

直到后来温欣的爸爸要带她回去准备开学，温欣专门跑来找他告别，小脸上泪眼汪汪，还不等他安慰，就突然扑过来抱着自己吻了过来。

那个吻，带着小女孩身上稚嫩的香气，却成了他好长一段时间最大的慰藉。只是后来随着母亲的去世，那时候的他承受不住这份考验，情绪失控，选择性地忘记了那两年的事。

关于那一年夏天的点点滴滴，他都想起来了。

那是他人生最灰暗的时候，狠心无情的亲生父亲，抑郁憔悴的母亲，恶毒丧心病狂的第三者……那段时间，他身边的每一个大人，都在摧毁着他原来形成的价值观，给他上着严酷的人生课。

温欣就是那个时候出现的，她好像没有任何烦恼，每次出现都挂着大大的笑脸。她拿自己的漫画书给他看，和自己分享偷偷喝爸爸的红酒却因为喝醉了被捉到的糗事，甚至还偷偷把她最喜欢的巧克力送给自己吃。

温欣每次都会不厌其烦地问自己：“你为什么一直坐在这儿？”

沈清明从来没有回答过她，但温欣依旧笑得很灿烂。她会在潮水退下去后，指着旁边的礁石：“你等着，我去给你捉螃蟹，运气好的话，说不定还有珍珠哦。”

碰上晚上自己在外面坐着的时候，温欣也会偷偷跑出来，她的胸前挂着一个小巧的望远镜，然后逼着自己帮她数天上的星星。

“我数学最差了，你帮我数数看，据说如果能数清楚天上的星星，就能够向神仙许愿！”

沈清明第一次忍不住开口：“星星是数不清的，而且世界上也没有神仙。”

如果有神仙，为什么母亲无辜遭遇这么多的苦难，坏人却能够逍遥自在呢？

结果，温欣第一次怒了。

她圆鼓鼓的小脸没有了笑容，反而瞪大了眼睛，双手叉腰瞪着自己。

沈清明也不甘示弱地看着她，目光中带着几分嘲笑。

“你说谎！星星怎么会数不清，天空就这么大，只要有耐心，肯定能数得清的！还有神仙就在星星上住着，怎么会没有神仙！”

沈清明嗤了一声，正欲和温欣再做争论，却见到温欣红了眼眶。

原本要说的话都卡在了喉咙里，最后沈清明有些笨拙地安慰她：“你、你别哭。有神仙，我帮你数星星还不行吗？”

后来，沈清明告诉温欣，天上的星星一共有九百九十九颗，代表着天长地久。

温欣那灿烂的笑重新洋溢在脸上，她像是很满意这个答案，抓着沈清明的胳膊：“我就知道！我们今天一起数了星星，以后也会天长地久的。”

然而，温欣并不知道，沈清明是抱着什么心态说出天长地久这个词的。那是无尽地嘲笑和讽刺，因为他的父亲也曾经这样哄骗过他的妈妈。

之后，温欣在沈清明面前更加地放肆起来，她拉着沈清明一块去儿追海浪，一块儿半夜爬到房顶上许愿，甚至还把温爸爸的酒偷偷带出来和沈清明一起喝。

那段日子，温欣的出现，让沈清明第一次对自己重新定义的肮脏晦暗的世界有了不同的评价，甚至他在想，是不是上天真的没有忘记他们母子，所以才会派温欣出来拯救陷入黑暗中的自己？

那天晚上，母亲又犯病了，将已经消瘦得不像人样的母亲哄睡后，沈清明感觉自己快要被逼得窒息了，他迫不及待地想要看到温欣，所以飞快地去了阳台，结果见到了早就等在那里，并且因为出来得太急忘记穿外套而被冻得瑟瑟发抖的温欣。

还不等沈清明开口，温欣已经先哭了起来。

“沈清明，我要走了。”

温欣的话，像是一记闷锤，打得沈清明猝不及防。他呆呆地站在原地，再次感受到铺天盖地的冰冷，原来又是自己的奢想吗？还不等沈清明用尽浑身的力气憎恶命运，温欣就已经如一只小鸟一般扑到了沈清明的怀中，她紧紧地抓着沈清明：“我要回去上学了。爸爸答应我了，只要一放假就带我过来。你不能忘记我，在这里等我好不好！”

沈清明一句话也说不出来。

冬天……多么漫长的时间啊，那个时候母亲的病会好吗？那个时候他们是会在疗养院，还是又重新去了新的地方避难？

那天晚上，温欣哭哭啼啼却死死记住了沈清明木着的一张脸。那天晚上，温欣离开后，沈清明站在阳台上吹了一晚上的冷风，第二天就发烧病倒了。等他病好能够出去的时候，温欣早就已经离开了那里。

很快，蒋爷爷来接他和母亲回疗养院，之后母亲自杀，他忙着处理母亲的后事，等到一切结束后，沈清明再去回忆和母亲在海边的那段记忆时，过度悲伤引起的荷尔蒙应激症让他的潜意识自动将那段温暖的回忆封存了起来。一开始，他还会感到悲伤，总觉得有什么事情被自己忘记了，但沈徽的出现，出国计划一个个被提上日程，之后的十多年里，他再也没有想起过那段往事。

车子缓缓驶进蒋爷爷的家门外，沈清明的思绪随着车子停下而中止。他的目光温和，带着迫切而浓郁的期待。伸手拿过副驾驶的礼袋，沈清明深深地吸了一口气，开门下车。

这一天对于温欣来说很平常。

一早醒来接到沈清明的电话，被告知他今天要在公司加班，让她自己在家里休息。中午温欣和 Seven、欧阳一块儿在外面吃了饭，准备回老宅的时候，却被两人拦住了。

温欣没有多想，听到两人说要去逛街的时候，她很轻松地答应了。她正巧准备给沈清明买几件衣服。但到商场后，她却接连被两人忽悠，先是买了一件越看越像礼服的白裙子，又被忽悠着去做了发型，甚至还去做了 SPA。虽然自己不差钱，但也不能这么腐败啊，尤其是沈清明现在打理的已经不是偌大的沈氏，而是自己刚迁回国内的新公司，温欣觉得有必要励志做一个贤惠的女朋友。

所以等做完SPA后，无论两人怎么说，温欣都坚定表明立场要回家了。

两人偷偷交换了几个眼神，最后什么都没说，同意了送温欣回家。一直到两人送她回到老宅，温欣还没有察觉到什么不对劲。

直到两人不知道从哪里拿出来一束花，塞进了温欣手里，然后又一左一右慢了自己半步跟着她准备进屋，温欣才意识到有什么事发生。

当她推开门踏入客厅的一刹那，漫天的花瓣和闪烁的礼带扑面而来。四周站着的则是她认识了二十多年的面孔。

“爸妈？小姨！二姨！你们怎么都来了——”温欣惊讶得合不拢嘴。

而音乐也在这时缓缓地响起来。温欣听着熟悉的音乐，终于意识到了什么，她尖叫一声，不可置信地抬头朝前面望去。

果然，沈清明穿着礼服，脸上虽然依旧没有什么表情，但目光之中，却有只有两人能懂的温柔。

温欣站在原地，看着沈清明一步步朝自己走过来。他的步子很稳，就如同他表现出地对自己的感情，坚定而充满了诱惑。

沈清明走到温欣身边，握住她的手，细吻落在她的眉梢，额头。

“温欣，嫁给我。”

沈清明没有单膝跪地，而是一边如同膜拜一般亲吻着她的脸，一边不断地重复着同一句话。

全场所有人都齐刷刷地看着两人。

坐在沙发上的外公，更是心情复杂。当沈清明找到他的时候，手上拿着一份白清雅的最新资料，另一份是沈氏目前的资料。

沈清明和自己谈了很久，最后他将白清雅的资料留了下来。顺便还留下了一句话：“我知道您是因为从心里将我当作孙子，所以一时不能接受我和欣欣在一起。但麻烦您认真看一下，如果当初我按照您的意愿娶了白清雅，会发生什么事。”

外公将白清雅的资料看了好多遍。

白清雅，毕业于英国剑桥，是秦子萱的学妹，长相和沈清明去世的母亲有七八分神似。也正是如此，在白清雅通过秦子萱认识了沈清明，并一直出现在沈清明的身边，没有被拒绝。

三个人曾经在美国共度过一段很纯粹很轻松的岁月。三个异乡人，经常在秦子萱的心血来潮下一起研究做家乡菜。这份温馨和谐的时光，在秦子萱撞破白清雅给沈清明下药后宣告结束。

那时候沈清明的荷尔蒙应激症很严重，甚至还不能自我控制。白清雅能够靠近沈清明也是因为那张和沈清明母亲相似的脸，但她依旧不能碰沈清明。

谁都不知道白清雅的父母是什么时候生意失败并染上赌瘾的，他们追着白清雅要钱，最终将白清雅内心深处的恶魔释放了出来，她为了彻底摆脱自己的父母，联系了当地街头的黑帮，雇凶杀人，亲手杀害了自己的父母。后来，白清雅就深陷街头黑帮的威胁和骚扰，甚至被强奸。

白清雅彻底黑化是在失身后，她给沈清明下药，想要借机得到沈清明，并彻底洗清自己的遭遇。而秦子萱因为破坏了白清雅的计划，也被白清雅恨上了。

她偷偷联系了英国一直追查秦子萱的势力，当那些人找到美国的时候，秦子萱才终于意识到白清雅的坏有多么彻底。再之后，沈清明渐渐疏远了白清雅，但白清雅却更加疯狂，不仅将每个和沈清明说过话的女人当作敌人，还自甘堕落，选择了和街头黑帮相互利用，继续找机会想要得到沈清明。

秦子萱一直没有将白清雅的事告诉沈清明，他知道在沈清明心中，白清雅那张脸，是他晦暗的记忆中一缕浅淡的光。之后，白清雅借住黑帮的势力，在当地的医院迅速成为主治医师。

那段时间，有一个当地的女孩在追求沈清明。那时候沈清明的荷尔蒙应激症已经稍微缓解了下来，能够在安全的距离下和异性正常地交谈。沈清明和那个女孩并不算过密的关系，在白清雅看来确是对她最大的挑衅。

后来，那个女孩被白清雅安排的街头男孩欺辱了。

也是那次之后，沈清明隐约发觉了白清雅的事，开始慢慢疏远她。

时间快进到沈清明回国后，白清雅在沈清明回国后不久，也跟着回到了国内，但她没有一开始就出现，而是暗暗观察着沈清明身边的人，直到温欣出现，并且成为沈清明荷尔蒙应激症的例外后，白清雅才按耐不住出现了，并试图陷害温欣，破坏两人的关系。

第一次，她佯装给沈清明带东西，将沈徽的遗物放在老宅，使得温欣和沈清明爆发第一次争吵。

第二次，她在酒吧宿醉被人下药，之后她用半个多月的时间将孩子的父亲骗到美国。等到发现自己怀孕后，又回国趁沈清明喝醉酒给他下药，故意制造两人在一起的场景，被温欣撞见。之后佯装自己怀孕，利用外公试图嫁给沈清明。

资料的最后，有一张白清雅的近照。照片上，是被强迫送回美国的白清雅，发了疯一样拿刀子捅一个街头的流浪汉，她的身后，三四个浑身文身的白人，似笑非笑地看着她。

将手中的资料放在桌子上，外公摘下老花镜，重重地叹了一口气，终于再也没办法继续固执地坚持自己的想法，他给沈清明打了电话过去，所有的话最后都变成了："以后跟小欣一样叫我外公吧。"

温欣根本没时间在乎这些，她先是呆呆地任由沈清明轻吻，回过神来后，她突然上前一步，双手抱住沈清明："嫁！嫁！嫁！沈清明，我这辈子嫁定你了！只嫁你！"

沈清明像是很满意温欣的反应，手里的戒指悄无声息地套在了温欣的手上，不等温欣好好看一眼，就已经把人拦腰抱了起来。温欣见沈清明抱着自己要出去，有些费解，小声地问了一句："我爸妈都来了，咱们不在家里待着，要去哪儿啊？"

沈清明低头轻啄着她的唇瓣，突然露出一个魅惑人心的笑。

"去侍寝。"

温欣被这三个字砸蒙了，晃了好一会儿神才反应过来，然后是她搂着沈清明的脖子，啾啾一阵猛亲"快走，快走，本宫等得实在是太久了！"

沈清明低沉的笑意传进温欣的耳中，两个人完全将满屋子的家属当作了空气，一直到车子离开后，温欣的爸妈才反应过来，刚认识没多久的女婿，竟然这么嚣张地把女儿拐跑了！

两个人正准备追出去，却被一直沉默地坐在沙发上的老人喊住。

“老大，老二，老三，你们都过来。”

一场酣畅淋漓，你情我愿的运动结束后。

温欣依旧神采奕奕，她的手不老实地在沈清明终于舍得露出的美好肉体上摸索着，大眼睛专注地盯着他。实在忍不住的时候，又凑过去偷吻了一口。

“沈清明，我今天特别满足，特别开心。”

沈清明伸手拦住温欣捣乱的手，将人搂在怀里，嗯了一声没有说话。

温欣的探险夭折，她只能不情不愿地抽回收，改捏着沈清明的下巴，感慨自己的远见，勇气和好眼光。

“沈清明，我觉得我上辈子一定是拯救了银河系，所以这辈子才能把你拿下，还能吃拆入腹！”

沈清明听着温欣大放厥词，一直到她说得唾沫横飞，最后嗓子眼儿里有些冒火后渐渐没了声音，沈清明才伸手将温欣的头扳过来看着自己，他低着头看着温欣。

“欣欣，对不起，让你久等了。但我终于找到了你，并且如愿娶到了你。”

沈清明的话，听在温欣的耳中先是奇怪，紧接着是狐疑，最后是惊疑不定和突然涌上心头的巨大惊喜。

“沈清明！”温欣一下子坐了起来，甚至连自己走光了都没注意，她看着沈清明：“你刚刚、你刚刚说的是我想的那个意思吗？”

沈清明在温欣的期待下，点点头。

温欣再也控制不住自己的激动，扑向沈清明。

“我就知道是你！我没有认错人！”温欣使劲在沈清明的脸上猛亲，过了好久才冷静下来，方想起来问到底是怎么回事，“你是怎么想起来的？”

沈清明简单地说了两句秦子萱催眠的事，温欣才恍然大悟：“这秦子萱看着不靠谱，但是关键时刻竟然还会好多技能。”

沈清明伸手帮温欣将掉下来的碎发理到脑后，目光饱含深情：“温欣，多谢你的念念不忘，让我有机会获得幸福。”

温欣再次被沈清明开启的情话模式魅惑，直接干号一声，再次化身恶狼，将人扑倒。

“沈清明，你给我说一辈子情话好不好？”

“好。”

“沈清明，你爱我吗？”

“爱。”

“沈清明，要是我没有先找到你，你会来找我吗？”

“……”

如果你没有找到我，我会去找你吗？

会的。

你带给我的全是温暖和幸福，我怎么舍得将你汹涌的温暖拱手让人？如果你没有找到我，那我便跋山涉水去找你。